"海岸线"美文典藏

大梦松声

任凤生　著

海峡出版发行集团
海峡文艺出版社

目录

2

附　录

桃 花 山 记

有人赞赏傲霜吐艳的秋菊，有人心爱斗雪怒放的蜡梅，有人在温馨四溢的水仙盆景前流连忘返，有人在暗香浮动的桂花树下吟哦毛泽东的《蝶恋花·答李淑一》，而我对普普通通的桃花，却有着强烈的感情，一见桃花，就引起遐思，联想起人民教师的崇高事业……

这是阳春三月一个晴朗的日子。我再次回到了桃花山上的母校。一路走着，20 多年前中学时代的生活，一下子闪现在眼前，萦绕在脑际……

1

那时，我刚从小学升入中学。一踏进校门，一座四层教学楼，恰如天外飞来，巍然屹立在荒山坡上。一间间崭新的教室还弥漫着木材和油漆的清香。你说巧不？新楼新教室，就连老师也是新的。新老师来了，看上去三十挂零，不高的个儿，圆圆的脸盘，穿着一身蓝色的中山装。他走向讲台之后，除了自我介绍姓王名俊之外，便没多说一句话，就开始讲课。

他十分和蔼，不到两天工夫，大家都消除了怯生生的心理，跟他亲近起来。第三天上午课间，王老师来到我们的教室。我想，没有他的课，突然找我们干吗？也许是通知什么吧。我正猜测，谁知他却径直朝我走来，伸出手问："你的作业呢？全班就差你一个没交！"平淡的语气中显出威严。望着他那两道严峻的目光，我脸上发烫，心里发慌，低下头，嗫嚅道："我……忘了做。下午……补交……"他转身走了。慌乱之中，我暗暗佩服他的厉害：五六十人的作业，他竟没有漏过一个；而且才这么两三天时间，他就把众多的学生和一大串生疏的名字对了起来，一下子就"抓"住了我！

次日，作业发回来了，一看，很使我吃惊的是，上面批改的痕迹很多。看那密密麻麻的红字，王老师为改我的作业，该花费多少时间啊！再看别人，大家也都埋头细看老师详细批改过的作业。一阵阵惭愧，一阵阵感激，在我心头翻腾……

一周之后，王老师带领我们绿化校园。栽种什么树最富有诗意呢？很自然地，我们首先想到了桃树。于是，挖坑、移苗、培土，一连花了三天的课余时间，满山栽遍了桃树苗。我们还郑重其事地把这座无名小山正式命名为"桃花山"。到了我临毕业的那年春天，这些桃树苗已经长得很高了，舒展着的青枝嫩叶上，竟然绽开了花朵，星星点点，虽然还很稀疏，但我们却高兴得围住一枝枝花簇欢呼、雀跃。而我们的王老师更是别有一番心情，只见他在一朵含苞待放的花蕾前久久地伫立，也许是在憧憬着桃李满天下的将来吧？

后来，我们告别了母校，奔向祖国各地，但是一座桃花山，却深深地镌刻在我们的心灵上。走向祖国建设岗位的校友呵，对于哺育过自己成长的母校——桃花山，以及桃花山上难忘的园丁，始终怀着游子思念慈母的感情，日夜怀想！

前年春天，我出差路过故乡。头一天，我就急匆匆地登临桃花山。那是个阴霾满天的午后，一场滂沱春雨过后，几抹乌云还在天边变幻着各式各样的形状，一束霞光透过乌云的缝隙笼罩在山坡上。教学楼空寂无人，冷冷清清。仰望楼上，一扇窗摇摇欲坠，就要凌空砸下。近楼的沟道，尽是玻璃碎片。撕烂的课本，揉皱的纸团，狼藉一地。转过楼角，我惊住了，多年不见，这一片山坡上的桃树，已经蔚然成林，一株株亭亭玉立，千姿百态，真是名副其实的桃花山了。但使我伤心的是，枝丫上的桃花却稀稀拉拉，毫无生机。因雨水浸透而显得暗红湿烂的花瓣上，水汽沾滴，好似泪痕斑斑。偶尔一根枝头上花蕾簇簇，伸向云天，给人一丝欣慰。看那地上，却覆盖着一层飘落的花瓣，树下一条小径，有谁走过，凌乱的脚印上，被践踏的花瓣，深深地陷在烂泥之中。我俯身捧起一把花瓣，一股难以名状的凄楚袭上心头。我正想转身找王老师，忽听东山坡上传来了掘土声，透过密匝匝的枝叶，我看见一个人正弯腰锄地。好奇攫住了我的心。一阵大雨刚过，他独个儿到山上挖什么呢？待到我循声来到东山坡，真是喜出望外，这不是我正要找的王俊老师吗！看见是我，王老师丢下锄头，一把握住了我的手。呵，我们的老师，岁月虽然无情，但您也过早地衰老了，鬓发已经悄悄地染上了霜雪，额上明显地卧上了两道不太深的皱纹，脸色青白，消瘦多了。只有一双眼睛还跟过去一样，炯炯有神。

还在外地的时候，我曾收到同学的一封来信，报告他拜访老师的情况。那是一个夜气如磐的冬夜，他来到了王老师的宿舍外，一看，窗户上一片漆黑，一点光亮也没有。他心里冷了半截——看来老师已经睡下了，怎么好去打扰呢？这几年学生念不念书都升级，考不考试都毕业，谁能勤勉钻研文化知识？当教师的也省得熬夜备课改作业，王老师自然早就休息了。他踯躅门外，正犹豫不决，忽然，房间里传出了低低的说话声，在静谧的夜里尤为清晰。他断定老师还没睡下，于是叩响了门。稍停片刻，房里问："谁呀？"是王老师的声音！他高兴地回答："王老师，是我——您的学生，来看看您。"门开了小缝，一道白灿灿的灯光照射出来。进了房间，他惊住了：原来房间里灯光雪亮，王老师坐在桌中央，周围七八个小青年围着，像众星拱月。桌面上堆满了课本、作业、文具盒。两扇窗户，都严严实实地拉紧了窗帘，密不透光。看到这一切，他心里清楚了：王老师在辅导学生读书。为了避免讨厌的干扰与可怕的诬陷，只好秘密进行。置身在这样一个特殊的环境里，他感到自己来得不是时候，但正是在这种时候，这样的环境里，看见了他的老师，多么欣慰，多么感动呵！无意之中，他发现灯光把王老师的身影映上了粉墙，显得高大魁梧。

想起同学的这封来信，再端详着王老师与年龄不相称的外貌，回首那一片"万花纷谢一时稀"的桃树林，我心头很不是滋味，轻轻地说："老师，这些年来，您的工作很艰难啊！"王老师习惯地耸耸肩，淡然地苦笑着，没有回答。一瞬间，我发现一道阴影从他脸上掠过，忧患使他的目光黯然下来。像记起了什么重要的事情，王老师突然拾起锄头说："来，培完这一墩土就回去。"我这才注意到，原来这片五六米见方的土地是新开垦出来的，已经种上了几株桃树苗，那小小的土墩子，土色犹新，显然是刚刚培过土，而手下的这一株，颓然委身于地上。我明白，是刚才的那场大雨摧残了它，便赶紧帮助王老师扶起它重新栽好。但我心想，老师何必操这份心，多此一举呢？便脱口而说："王老师，气候不对，种树也枉然！"老师听出我的话意，诧异地瞪大了眼睛打量着我，使我局促不安起来，后悔刚才不该说那句话。他双眉紧蹙，凝视着阴沉的天空，一字一顿地说："气候诚然不对，但这能阻止天底下的桃花正常地开放吗？为了迎接晴朗的明天，人们更是照样永不休止地工作着。唐朝诗人李商隐留下这么两句千古绝唱：'春蚕到死丝方尽，蜡炬成灰泪始干。'为了献身我们民族的文化教育事业，有的教师表示自己要像春蚕那样，吐尽最后一根丝；更要像蜡烛那样，从顶燃到底，有一分热，发一分光，照亮下一代前进的道路。这个比喻，真是说出了我的心里话。"听了老师的话，我心里豁然开朗，明白了老师为什么那样倔强而又艰辛地开辟新桃园，那样执拗而又精心地培育新树苗……

时隔两年后的今天，我们国家经历了战斗的洗礼，铲除了"四人帮"，笼罩在人们心头上的阴云毒雾被驱散了，春风千里，浩荡在祖国的山山水水，浩荡在亿万人民的心坎上。在这不同寻常的日子里，我再次探访母校，看望老师，思潮纷至沓来，百感交集。到了学校，我先到王俊老师家里，他不在，师母笑容可掬地把我让进了老师的书房，连连说："难得回乡，你们师生总要见见面，畅叙心怀。哦，他就要回来了，就要回来了……"我决计等老师，便劝师母忙去，自己随便坐下来翻看书籍。书案一边，整齐地放着一大沓笔记，封面上工工整整地写着"高考辅导材料"。回来这几天，我听说，王老师在去年的高考冲刺阶段，正碰上了胃溃疡发作，痛得他脸色发青，额上的汗珠成串地滚落下来。师生们不忍心看着他带病上课，劝他回家休养一段时间，但他说："过去，眼巴巴地看着学生虚度年华，我们痛心、焦虑、怨恨。现在，党中央领导我们攀登 2000 年的高峰，我们不干，更待何时！"不知是因为他学问渊博，讲课生动，还是受他的精神所感动，那几天他的辅导课，从教室移到礼堂，还是济济一堂，水泄不通，就连角落也是理想的座位，门口、窗外都挤满了听讲的年轻人……现在，看着这本讲稿，可以想见王老师熬了多少不眠之夜，倾注了多少心血！透过扉页，我看见一颗忠诚党的教育事业的心在跳荡……

忽然，门外一阵"笃笃笃"的脚步声唤醒了我的沉思。王老师出现在门口！他一反平素不修边幅的习惯，穿着意外地讲究：笔直的天青毛料裤，蓝色上衣，洁白的衬衣领子翻出来，显得大方、洒脱。老师的脸色虽然不那么红润，但精力充沛、神采奕奕，一股喜悦流溢在眉宇间。呵，我又望见了多么熟悉的目光，又沉静又聪颖，而且如今又添了一道明显的色彩：闪耀着青春的光泽。显然，看见了我，他高兴得合不拢嘴，又是让座又是倒茶，倒叫我尴尬起来。发现我在端详他，他笑声朗朗地说："怎么，我这一身，有点碍眼吧？可是你知道，我活到今天，这样穿戴才是第二次哩。记得 30 年前，毛主席推翻旧社会，成立新中国，使我获得了第一次解放，解放军进城的那天早上，我穿上了结婚的全套礼服，奔向街头迎接亲人；可是几年前，'四人帮'又把沉重的枷锁套在我的心上，把我们打入了十八层地狱；现在，感谢党中央一举粉碎了'四人帮'，中国得救了，我们得救了！我又穿上了崭新的衣服，参加了一个大会，庆祝我生命的第二次解放！"这时，我才恍然明白，王老师是从教育战线先进代表大会归来的。我打开了他的会议文件袋，火红夺目的代表签，犹如绚烂的彩霞，从天上飘然落了下来，整个房间骤然明亮生辉。捧着代表签，我低声回味着王老师的话：第二次解放……

正合我的心意，王老师邀我漫步春光，来到了桃花山上。一眼望去，整座山完全变成了桃花的世界，这是一片多么旖旎的风光啊，走进艳丽的桃林，就像融进了梦幻般迷人的境地——如火如荼的万千花朵，好似迷茫的云雾、舒朗的朝霞，那么轻柔，那么妩媚。你看那满树枝柯擎起一簇簇花蕾，既娇嫩可爱，又生机勃勃，含苞待放，透出一股无限旺盛的生命力。而就在这花团锦簇的美好环境里，我看见了许多年轻的朋友，母校的学生，男男女女，三三两两，在树下花前朗读外语，看书学习。我们轻轻走过，他们大多没有觉察到，有的偶尔抬起头发现了我身旁的王老师，便慌忙起身招呼，微笑。看着他们专注的眼神、沉思的眉宇，蓦地，我的思绪飞越逝去的岁月，追溯到20多年前的一个清早。桃花山上晨雾薄纱，袅袅娜娜地飘浮。早起的我们走向山坡，埋头诵读，琅琅的书声传遍了四方，迎接红日一轮……而眼前这新一代的勤奋攻读，与我们当年朗声早读的情景，何其相似！我想，21年后，还是他们风华正茂的闪光时代，我们伟大的社会主义祖国，雄姿勃发，昂首阔步，跨进21世纪。那时，他们或守卫在北国边陲哨所，或勘探南疆海域宝岛，或攀登科学高峰，或思索伟大的人生课题……但有一点不容置疑：他们将迈开比我们这一代更坚实、更健壮的步伐，为建设现代化的社会主义强国，挑起更重的担子，跨越更高的险峰。想到这，我心中无限慰藉，无限骄傲。但不管我们这一代，还是他们那一代，难道离得开老师的培养吗？一时间，我又记起了王老师雨后扶植幼苗的倔强身影，记起了刚才桌面上的那一叠讲义……我感到周身的热血在沸腾，在奔涌，心中升起对老师的由衷敬意。舒瓣吐艳的桃花呵，你的每一片花瓣，都闪耀着最纯洁、最高尚的情操。绯红烂漫的桃花山呵，你的每一抔泥土，都蕴含着最炽热的感情、最坚贞的忠诚。20多年前栽下的桃苗，而今已经绿荫如盖，两年前风雨中新栽培的青苗，如今也迎着和煦的春晖，苗壮成长。桃花山呵，你本身就是一首诗。你举起火焰一样的花束，赞美人民教师崇高的事业，伟大的人格！

1979年1月

书 的 回 忆

　　福州市教师进修学院拟定了《书的回忆》这个题目，作为今年高考预考的作文题。这个给高中毕业生做的考题，深深地触动了我的心灵，勾起了我幸福的回忆。记得我刚考入中学，就对书产生了极大的兴趣。每天课余，我一头栽到图书馆，便忘记了阅览室窗外诱人的花香，发光的流云，滴翠的绿叶，甚至对南国知了的长鸣也不感到嘈耳，仿佛走进了另一个世界。在那座挂着"安静"横匾的小洋楼图书馆里，那么多的书林、书山、书海……于是，我就像久旱而龟裂的土地上的一棵禾秧，敞开心田承受甘霖的滋润。于是，我就像呱呱坠地便即双目失明的患者，在一个明媚的早晨，突然睁开眼睛，呵，白光熠熠，何等神奇的世界——气象磅礴的宏观，千奇百怪的微观；从此，太阳再不是一圈生锈的光晕，夜空再不是一片铁青的黑暗……一天，我偶然读到"海阔凭鱼跃，天高任鸟飞"的诗句，也不知道作者的原意是什么，却总感到自己是飞鸟，是游鱼，在盈盈蓝天飞翔，在淼淼大海遨游。呵，我是多么幸福！

　　如果说中学时代的母校是我的文化摇篮，那么，那座拥有阅览室、借书室、地下书库的图书馆便是我的知识褓褓。在那儿，我翻阅书籍，寻章摘句，有时竟忘却了墙上"爱护图书"的提醒，而情不自禁地在字里行间画杠杠、打圈圈、加点点，真达到了如饥似渴的地步。

说也奇怪：读的书越多，越感到自己空虚。起先，学得一鳞半爪的粗浅知识，还以为学得差不多了，学海也不过巴掌大小。后来，越读越怕了，原来知识如此宏阔浩繁，目不暇接，永无止境！这正如马克思所指出的那样："越是多读书，就越是深刻地感到不足，我感到自己知识贫乏。"借书阅读已经远远不能满足自己旺盛的求知欲了，于是开始买书。我把每个月父母给的有限的零用钱全都倾倒在书店的柜台上，有时为了买到一部好书，得积攒好几个月的零用钱，甚至连交伙食费的助学金也垫上了，而到开饭的时候，忽然看到自己的名字被列上停膳牌，才窘迫地退出膳厅，挨一顿饿。有人说书是精神食粮，在我，书简直成了生活中一日三餐的口粮。高尔基说过书是"人类进步的阶梯"。我想，这是他饱览群书而深得裨益之后发自肺腑的至理名言。

然而，回忆有时是痛苦的。那是 1966 年底，我被投进"牛栏"之后，家里人诚惶诚恐，慌忙把我平时的存书都装进米筐，挑到乡间小店，按每斤 8 分钱的价值全部卖掉了。当我扑进家门时，卧室的一角已经空荡荡，死一般空寂。我的声音颤抖了："我的书，我的书架！"呵，我心爱的书，我的思想，我的精神，祖先的文明，人类的财富，这些，难道每斤只有 8 分钱的价值！我喊，我在卧室中慌乱地翻找，希望能遗漏下一两本，可是家里人狠狠地瞪了我一眼："大祸书中来，还嚷嚷什么！"我顿时清醒过来了，记起一伙人在抄家中捡起我的存书《燕山夜话》，打开某页，发现那上面有我读书时的一句赞语："经验之谈！"他们便气势汹汹地责问我："向邓拓学什么经验？哼，再不交代反党经验，死路一条！"……家里人还告诉我：那些书堆在小店，原拟用作杂货小买卖的包装纸，谁知店主任一回来，就惊叫起来："收购这些书找死吗？不看看这全是些封、资、修的货色，包出去，流毒四方，罪名谁担当？"他们像对待传染病亡者的裹尸布一样，远远地把书搬到空场地上，付之一炬。我还能说什么呢？

还能喊什么呢？沉默，只有沉默，把心头的咸酸苦辣强咽下去。书呆！读了这么多年的书，竟没有想到：读书有罪！

后来，我偶然来到仓山文化区，亲眼看见戴红臂章的人在焚烧书籍，一堆堆，像小山丘，一泼上柴油，便呼啦啦地吐出血红的火舌。那些书页纸灰，似乎含着一腔怨恨，迸溅着火星，旋转着直蹿上云天。而书的主人，多半是白发苍苍、面容憔悴的老者，想必是大学的讲师、教授。他们有的徘徊烈焰旁，痛心疾首，如痴如狂；有的仁立书堆边，吞声忍辱，默然哀叹。每逢这情景，我的心头便升腾起一股无名怒火：国家的珍宝，祖先的心血，民族的骄傲，难道就这样化为半空灰烬?!

今年春节，我迁居新楼。由于这两年购买的大量新书无处存放，就决定重新添置几个书橱。这些日子也够苦的，床头、桌案、抽屉，都乱七八糟地堆满书。要查阅了，就这里翻翻，那里找找，煞费精力。现在趁搬家的机会，添置几个书橱吧！不料我刚一开口，就遭到一家人的激烈反对："摆上书橱，好惹人家有朝一日再来抄家！别忘了大祸书中来！"好一阵"连发炮弹"轰得我哑然失笑。说实在的，这些书都是我这两年背着家里人，节省几个钱买下来的，每拿回几本，都以"图书馆的"或"领导分配的"为借口搪塞家里人的责问。而现在不但说明全是自己买的书，还居然要添置书橱什么的，遭到一场猛烈的"攻击"，岂可免乎！

家里人轰了一阵，终于迁就了我的意见。事后，我寻思：他们心有余悸，大可谅解，"四人帮"给我们民族造成的"内伤"实在一时难以治愈。但另一方面，"四人帮"是万万估计不到的，即我们广大知识分子的的确确"书心不死"！就在杯弓蛇影的日子里，不是有人冒着灭顶之灾，秘密地保存作家梁斌的长篇小说的珍贵手稿吗？至于张扬的《归来》一书，更是不胫而走，在人民群众之中广为传抄。也许这就叫作抽刀断水水更流吧！那些受过百般折磨而幸存下来的知识分子，他们在庆祝历史性胜利的欢呼声中，奔向图书馆，奔向书店，又双手捧起了梦寐以求的书。

那爬满蜘蛛、结满蛛网的书店在冷落了十年之后，又门庭若市、热闹非凡了。我曾经经历过天不亮就在书店门外排队买书的急切而愉快的情景。尤其使我惊喜的是：那黎明的长阵之中，大多数是我们的青年，我们的后来者，曙光映照在他们细嫩而红润的脸庞上，闪耀出民族的希望之光！

图书馆的盛况更不必说了，在座无虚席而又静悄悄的阅览室，在人头攒动的借书处，都有一大批年老和年轻的"老主顾"。要是谁得到一张省立图书馆的借书卡，而又先睹了新书，那他真比姑娘得到一套最时髦、最称心的衣裳还要心花怒放呢！

在粉碎"四人帮"而获得新生的文明古国大地上，书不但又成了人们必不可少的精神食粮，而且确乎是勇攀科学高峰的"阶梯"。对于惨遭浩劫的民族来说，尤其需要这种精神财富。

书呵，心爱的书！愿你发挥应有的作用，为提高全民族科学文化水平做出贡献吧！

书呵，心爱的书！愿你永远闪光在我的新书橱上，闪光在我们中华民族的新书橱上！

1979 年 5 月

暑假纪事

夏日傍晚，海滨清风徐来，碧波荡漾，大海发出柔和的歌声；片片归帆与天边落霞齐飞，映衬着大海光洁而广阔的胸脯，秀丽极了。谁置身在这里，都会伫立良久，或流连忘返。女校长沈南君晚饭后独自来到海边散步，几乎陶醉在这迷人的景色之中。她干脆坐在一块被潮水冲洗得光滑可爱的褐色岩礁上，深深地呼吸着清爽的有时带点咸腥味的空气，任海水拍打双脚，任海风吹拂丝丝银发……

沈南君是省城一所重点中学的老校长，前几天刚到这里度假休养。也许，人们常说当教师清闲，还享有一年一度的寒暑假，可是30多年来，尤其是粉碎"四人帮"之后，沈校长总是感到假期比平时更忙。可不是吗？寒假里，接待历届毕业的校友，慰问教师，安排下学期工作；暑假呢，头绪更多：大、中专考试，评卷，招生，夏令营，教材分析，人事安排……一天也别想喘气！但是沈校长似乎已经习惯了这种生活，有条不紊地安排每项假期的工作，从不忙乱。每逢其他行业的熟人关切地问："老校长，放假休息了吧？"沈校长总是报以微笑，点点头。今年暑假，正当她所主持的毕业生家长会结束，握手送别家长离开礼堂门口的时候，迎面走来了教育局局长，他递上一张红色的请柬："辛苦了，沈南君同志！组织上决定让您到教师休养所度假，明天上午7点的专车……什么？工作？不，今年暑假您再也不能劳累了！"

就这样，沈校长来到了 A 市教师休养所。这里远离城市的喧嚣，环境幽静，西北依山，东南临海，红砖青瓦，绿树掩映，真是一个风景如画的休养胜地。不过，沈校长很少留意山光水色，她随身带来了大量的教育书籍，一连几天，边看书边做笔记，准备为省教育研究会年会写一篇关于办好重点中学的论文。今天上午，突然来了一位年轻的教师、A 市三好学生夏令营的辅导员，说是慕名前来聘请老校长到夏令营做一次报告。说也奇怪，这位眉目清秀的女教师好生面熟呀！在哪里见过？不，不可能，省城离这里很远，哪能见过？沈校长桃李满天下，前年去世的丈夫是大学化学系主任，大儿及儿媳、二儿又都是中学教师，眼前这年轻人也许是沈校长一家的学生吧？一届又一届的毕业生，老师往往记不住、认不出。不过，如果是学生，她为什么不认识老校长？沈校长极力捕捉失去的记忆，却又找不到半点踪迹。她把抛出去的思想的缰绳收拢回来，开始考虑到夏令营讲话这件事。可是该向孩子们说些什么才适合呢？老校长陷入了沉思。她想借傍晚散步的机会打一下腹稿，于是在这岩礁上，面对大海，思绪飞扬。

翌日，一辆绿色的小轿车把沈校长送到了夏令营。孩子们列队欢迎。呵，白色的太阳帽，白衬衫，白鞋，一张张充满青春活力的面孔，一双双聪颖的眼睛。每次看到青少年这样英姿蓬勃地集结待命的场面，老校长的心情就格外激动，禁不住眼眶里闪出泪花，感慨地对周围的同事说："看！这就是祖国的未来，人类的希望！"

浓荫下的空地绿草如茵，沈校长面对坐成扇形的 200 名三好学生，倾注了自己的全部热情，滔滔讲述着，关于激光、染色体、宇宙飞船和探索者的勇气，关于团徽、课本、高低杠和台灯下的勤奋，也有关于流逝了的覆盖着大字报的日子，关于新时期、共和国的脚步以及升起在 20 世纪末的金色晨曦……沈校长的话，犹如甘霖，点点滴滴，注入年轻一代的心田。呵，多少绚丽的憧憬，多少灿烂的理想，开始悄然萌生……

回到休养所，沈校长收到两封信。一看信封上那还透着稚气的笔迹，就知道是孙子晖晖的来信。最让人担心的是这孩子，今年高考之后，既是祖母又是校长的她，不知花费了多少心思，给晖晖讲祖辈父辈怎样千辛万苦从事教学的经历；讲教育的重要性，讲最近中央专门讨论教育工作。她多么希望自己家族的第三代能继承家业，报考师范大学，将来当一名培养人才的光荣的人民教师。可是晖晖还在犹豫，还在观望。沈校长很不放心，微微颤抖的手指拆开信封，目光急切地落在字里行间。哦——这就对了！晖晖从重点大学到一般大学，全部填报了师范大学，尤其最后几句话，多么中听："奶奶！您对党的教育事业的忠诚深深感动了我，现在我选定了献身这个伟大事业的道路！这样，如果将来叔叔也娶个当教师的婶婶，那我们一家三代就都是教师了，我们这个家，就是个光荣的教师世家了！"沈校长的眉头松开了，眼角还漾开了纹，心想：这孩子到底乖巧，连将来的婶婶都给安排了职业！可是，二儿子光明今年挨近三十啦，对象呢？

第二封信是光明寄来的。沈校长刚拆开封口，突然一张小照片掉下来。她一看，脑海里立刻浮现出那位眉清目秀的年轻女教师的笑靥，记忆一下子苏醒过来了，她现在记起来了，这张小照片就压在家里桌面上的玻璃下，一个极不显眼的右下方角落里。这是怎么一回事？她展开儿子的信，那熟悉的圆浑而老练的字体映入眼帘——

妈妈：

请原谅我没有及早向您公开我的秘密！

事情很凑巧，A市有我的女朋友，不，说得坦白些，是未婚妻，名叫刘素华，A市一中的物理教师，最近到夏令营担任辅导员去了。

向您写信的同时，我也给素华去信，告诉她，我们亲爱的妈妈，刚好到A市休养。这样，她就一定会抽空去看望您的。

妈妈！您能和她谈谈吗？

您的二儿　光明

8 月 2 日

当儿子长期瞒着母亲，而又在意想不到的时刻，突然公开自己的意中人，做母亲的心情是何等激动呵！蓦地，沈校长心里升起一个想法：该把孙子晖晖的信留着，等素华来了，给她看看，让她知道她将来的侄儿，有着多么纯真而美好的想望呵。

清晨。休养所东头的荷亭外，一行白鹭，几缕轻云，天空显得更净，更蓝。水池里的大荷叶露珠滴滴，晶莹翠绿，三五枝粉红色的荷花亭亭出水，妩媚动人。荷亭内，刘素华抬起水灵灵的凤眼端详着老校长：六十出头的岁数，短发；修长的眉毛下，一双深邃的眼睛似乎永远在向学生发问。这相貌、举止、言谈，表现出严谨深思、亲切慈祥的教育家风度。当和老校长相对而视时，刘素华赶紧避开目光，脸上漾开羞赧。但很快，两代人在倾心交谈。微风吹过，荷塘里窸窸窣窣，那样亲昵，那样欢畅。

1980 年 10 月，福州

（原载《榕花》1980 年第 3、4 期合刊）

芥　菜

　　春节前，我把母亲接进城里过年，临到除夕，看看张罗的年货已齐，便问母亲："您看还缺什么？"母亲在厨房里转了一圈，说："怎么，你不买芥菜了？"未等我回答，9岁的小女儿就嘻嘻地笑开了，摇着祖母的手臂，撒娇地说："奶奶，过年啦，鱼呀，肉呀，谁还吃芥菜！"冷不防母亲把脸一沉，正色道："吃鱼吃肉就不想吃芥菜了？你爸爸还是芥菜填腹活下来的呢。"母亲一句责备小孙女的话，把我的思绪带回到那似乎遥远而又陌生的年代……

　　十一二岁的我，背着一捆干柴从荒坡野岭的羊肠小道上踉踉跄跄地走回家里，饥肠辘辘，双腿发软。忽见灶台上一大碗芥菜热气腾腾，我急忙抄起筷子，狼吞虎咽地吃起来。母亲看见我饿得这样慌，猛吃芥菜，额头上都渗出了虚汗，便转过脸，悄悄地抹着伤心泪，接着又为我擦汗，哽咽着说："孩子，慢点吃，当心噎着，这碗都归你……"听母亲这么一说，我才想起也得给母亲和妹妹留点，一抬头，我愣住了。啊，妹妹！她正踮起脚尖，两只手扒在灶沿，露出一张青黄的小圆脸，一双因为瘦弱而显得特别大的眼睛，露出贪婪的目光，盯住我吃芥菜。我明白了：妹妹也饿呀！我一推大碗，说："给妹妹吃吧！"母亲拉开妹妹说："妹仔，哥哥上山砍柴，让他吃吧！妈再到园子里割两棵芥菜，就煮了给你吃。"妹妹被拉开了，而那双饥饿的大眼睛却一直盯住大碗。

现在，一碗芥菜微不足道，但当时在我家乡却是穷人充饥的美味。在那米缸见底的苦寒日子里，吃饭简直是奢望。偶然间母亲从哪儿借来一升米，也只能匀出一两把，熬成米汤，掺和芥菜，再投进一小撮盐，煮成芥菜粥，虽然不见半点油花飘起，但我和妹妹吃起来就像富裕人家过年过节那么喜滋滋的。

那时村里的穷人，几乎家家户户都要种上一畦两畦芥菜。我记得，母亲常常挑着一担粪在前，我扛着锄头在后，一起到芥菜地里除草、松土、施肥。直到现在，母亲那因挑粪而扭曲的身形，艰难地迈步的样子，扁担粪桶发出的咯吱咯吱的响声，都还历历在目。母亲种菜的本领是全村数一数二的，她种的芥菜又肥壮又鲜嫩。我站在畦边，心想今冬我们一家又可以渡过饥荒了。一种热烈的感情——对母亲的崇敬、对生活的信念，油然升腾起来。对！跟着母亲，辛勤劳动，芥菜果腹，照样活下去，照样成长！这种在劳动和饥饿中培养起来的珍贵感情，成为我后来走向生活的强大力量，不断地在我身上顽强地冒出来。

后来，我家生活逐年好转，我不但进城读书，而且还在省城工作、定居。但我每年春节回乡度假时，母亲照例煮出一大碗芥菜，捧到我面前。看着我大口大口地吃得津津有味，老人家眼角分明闪着一颗混浊的泪珠。于是我便在母亲的泪花中，换下鞋袜，到芥菜地里劳动一番，心里感到有一种说不出的滋味在翻腾。

光阴荏苒，一晃就是二三十年，我膝下已有两个女儿，而且上了中学、小学。她们都是泡在蜜水里长大的，对于父辈、祖辈的挨饿受冻觉得不能理解，不可思议，只是听听而已，或者从小说和电影中看看而已。啊！孩子们，我们的下一代，愿你们永远幸福！幸福总是在与苦难的对比之下才存在的。于是我常常买芥菜回家，但那是当菜肴而不是当粮食了。可是孩子们一见桌上的芥菜，脸上顿失兴味，小女儿甚至噘起小嘴。今年母亲在大年初一中午，又煮了一大碗芥菜。在满桌佳肴美味之中，这碗独特的芥菜真是别有新意，但孩子们把祖母的良苦用心看成是老年人常有的啰唆与执拗。大女儿稍懂事一点，默不作声。小女儿却毫无顾忌地嚷嚷起来，"奶奶，挪开芥菜吧，我要吃鱼丸，我还要吃扁肉……"她那秀气而天真的眼睛滴溜溜地在鱼丸、扁肉上转。霎时，我发现了另一双小女孩的眼睛：贪婪，痴呆，因饥饿而显得特别大。啊，是妹妹的眼睛！她正踮起脚尖，两只手扒在灶沿，露出一张青黄的小圆脸，双眼盯住我吃芥菜。两双多么不同的眼睛呀！这两双不同的眼睛不正是由迥然不同的两个社会造成的？我内心感情的波涛遽然翻滚起来，正要开口，看见母亲脸上一片惆怅；而小女儿此时也忽然像明白了什么似的，一下子长大了，懂事了，只听她乖巧地对祖母说："奶奶，您别生气呀，我吃芥菜，我这就吃芥菜。"小女儿和她的姐姐，叉开筷子，夹起一筷芥菜，送进了嘴巴。祖母终于笑了，虽然在她多皱而松弛的脸颊上，掉下一串泪水……

啊，芥菜！

1981 年 3 月

（原载《人民日报》1981 年 7 月 4 日，收入李作人、李寿基、王立根编《温馨的风》，福建教育出版社 1982 年版）

冒牌生入学记

1979 年 11 月，福州市第五中学破例接纳了一个名叫柯寿春的补习生。这个当时还只有 15 岁的少年，既不是靠"正门"也不是靠"后门"，而是在一种特殊的情况下入学的……

蹲厕所的冒牌生

榕城十月，秋高气爽，金色的阳光洒在美丽的校园中。一串清脆的铃声响过，学生们潮水般涌向教学楼，沸腾的操场霎时寂静下来了。这时，只见一个男孩子匆匆走向厕所，转身便不见了。

五中有位老师，每天第一、二节课间习惯要上厕所。近来他发现，厕所的最后一个坑位上天天蹲着一个小青年。他干吗偏偏要在上课时间到这儿来？也许，是基建工地的工人吧？今天，老师照例又在老时间、老地方看见了他。突然，老师瞅见了他胸前的一枚校徽。他是学生！老师问："你为什么天天在上课时间上厕所？""我……嗯……"他支支吾吾地答不出话来。老师心里猜疑，便立即报告了校政治处张主任。

"总算抓到了！"张主任倏地站起来，自言自语地说。这些日子听到反映：男女厕所之间的板壁，不时被人挖开一个小洞孔。政治处早想处理这件事，只是尚未抓到作案人。最后一个坑位，全校师生都在上课的特殊时间……不是他是谁！

　　小青年被带到政治处来了。张主任细细地察言观色，对自己的判断开始怀疑起来。眼前这个脸相端正、穿着朴素的小青年，那一双纯净的目光里，除了略显惊惶之外，似乎见不到半点邪恶猥琐的阴影。张主任在心里悄悄提醒自己：不可以貌取人，清秀者品行未必端正。于是，他沉下脸，厉声地问："你叫什么名字？"小青年神情沮丧，小声答道："柯寿春。""哪一班的？"柯寿春仰起脸，惶惑地摇摇头，没有回答。问话持续了一刻钟，柯寿春终于眼泪汪汪地说出了大大出人意料的原委。

　　"老师，我真不是来干坏事的。我原来是××中学应届初中毕业生，因为成绩差，没能考上高中。我怕父亲打骂，也担心邻居耻笑，就骗家里说考上了五中。父母果然高兴，一下子就给我十几元钱注册，这些钱，我一分也没有动，还放在家里。我有个要好的同学考进你们五中，我就每天和他一块背着书包假装上学。他进教室，我躲厕所，把书包存到厕所的夹板层里。日子久了，我蹲不住了，有时溜到工地或于山上闲逛，等快放学时再回来取书包回家。碰巧，我拣到一枚校徽，正好用上。我每天都借那位同学的课本、笔记来抄，晚上也做作业。老师，我过去不努力学习，现在失去了学习的机会，我心里慌，真想读书，可是已经来不及了。"

　　张主任的脸色严肃起来了。他意识到眼前这个小青年所面临的处境，如果处理不当，产生的后果将比挖厕所小洞孔还要严重十倍、百倍！他习惯地抓起一支圆珠笔，轻轻地敲击桌面，思考着……

"老师，留下他吧"

　　张主任到××校找到了柯寿春的原班主任，这位老师不无遗憾地说："这个学生表现还好，就是学习基础太差。"张主任又走访了在福州无线电七厂当工人的柯寿春的母亲，告诉她她儿子蹲厕所的情况。母亲一时惊呆了，她怎么能相信呢？寿春天天早上7点钟以前就挎上书包上学去，晚上在台灯下做作业。她不但没有觉察出什么，反而为儿子能考上重点中学而暗暗高兴哩！如今，晴天一个霹雳，她不知该说什么，也不知该怎么办，颓然地坐在椅子上，悲伤地流下了泪水。这时，双眉紧蹙的张主任站起来了，母亲忽然清醒过来似的，对！找老师！她小时候，由于家境贫寒，没能上过学，但对老师始终怀有一种朦胧的神圣的感觉。她半是试探半是恳求地对张主任说："老师，您收留他吧，让他好歹有个读书的机会。"母亲说着，眼睛又潮湿起来。中考落第，现在一场骗局又被揭穿，连厕所也蹲不下去了，叫孩子走向何方？一连串的问题，在张主任心头翻腾着。不能呀，对柯寿春这样的小青年，我们绝不能一推了事！作为教育工作者，教育、培养每一个青少年是我们的神圣天职。想到这里，张主任决然地对这位母亲说："放心吧，你儿子虽然原来不是我校学生，但既然来了，我们就不能把他推给社会。"母亲的眼角挂着泪珠，然而她终于笑了，由衷的感激浮现在她的脸上。

在五中，老师们纷纷议论，要不要给这个冒牌学生提供继续学习的机会？大多数老师认为，这个学生落榜后有了觉悟，继续求学的愿望是强烈、真诚的，都支持学校把他收进中考补习班学习。补习班的班主任表示："为了多教育一个青少年，班里虽已满员，但可以把两张桌子并起来坐五个人。"

柯寿春被破例收进中考补习班了。头一天上学，张主任从图书馆找来一套课本，送到柯寿春手上。柯寿春捧着这套课本，千头万绪犹如奔腾的激浪冲撞着心头。隔了多少时日，如今又大大方方地坐进教室。啊！这样的教室，两个月来时时吸引着他，他多么渴望能坐进去听老师传授知识呵，但是自己偏偏不争气。多少回，他从厕所出来，悄悄地走向教室，静静地站在窗外，凝神听讲。呵，一束阳光透进教室，同学们鸦雀无声地坐着，聚精会神地听着老师讲课，多么幸福……现在，他也堂堂正正地坐进来了。不努力学习，怎么对得起老师？

老师父母心

俗话说：老师父母心。

为了培养、教育这个孩子，老师们倾注了多少心思！就说张主任吧，他的工作那么忙，还亲自给柯寿春送课本、借资料。张主任还经常给他零用钱，催他去理发、洗澡。有时见他学习得迟了，便带了糕饼给他当点心。久而久之，补习班的不少同学误传说：柯寿春是张主任的亲戚吧！

柯寿春被深深地感动了。他想：父母生我养我，而给我思想和知识、给我勇气和力量的则是老师。他望着与自己无亲无故的张主任，心中升起无限崇敬的感情。他一定不能辜负老师的期望。

就这样，柯寿春在日复一日的学习、生活中刻苦自勉，勤奋补习，并且努力为班级集体多做好事。老师抱来一大堆讲义，他接过去分送到每一个同学的手上；下课了，他立即走向讲台，把黑板擦干净；起风了，他赶紧关上教室的玻璃窗；放学了，他一个人默不作声地打扫教室卫生。补习班的班主任高兴地说："我有这个'助手'，工作轻松多了。"同学们也都赞扬他是"小班主任"。

现在，柯寿春入学将近两年了。他已从初中补习班转到高中文科补习班继续学习，准备投考大专文科。他的学习成绩比初入学时显然提高很多。他的表现，则可以用"小雷锋"三个字来概括。啊！多好的老师，正在培育着多好的苗子呀！

（原载《福建青年》1981年第8期）

老师的心

初春的早晨，大街上车水马龙，人们朝气蓬勃地又开始了一天的工作。小学生肩挎书包，胸前闪亮着红领巾，三三两两地上学去。他们的一张张小脸绽开笑容，多像春天里舒瓣吐艳的一朵朵鲜花！

在福州台江区第二中心小学的门前，有一个身穿对襟夹袄的人，像许多陌生人初到新地方一样，左顾右盼，想找人问话。终于，一个小学生把这位叔叔带到了正在教学楼走廊上的校长这儿。他恭恭敬敬地从口袋里掏出一封信，双手捧给校长，说："校长，请收下我这封感谢信吧！"接着，他摊开手，讷讷地说："咳，我这人粗手粗脚的，写不出内心话，但有一点感觉是真真切切的，那就是：老师的心实在高尚！"校长把这位名叫陈依华的建筑社职工让到办公室，听他说下去。

……那天下午，一场不幸的火灾降临江滨路一带。火场上浓烟滚滚，一片焦黑。居民陈依华一家老少垂头丧气，呆呆地望着还在冒烟的自家房地，一筹莫展。突然，11岁的小儿子挺山的眼睛放亮了，他一边惊喜地喊道："潘老师！潘老师！"一边跨过断砖焦木，飞奔上前。陈依华抬头，一眼认出走来的是小儿子所在学校四年（4）班的班主任潘仰华老师。她经常登门家访，现在，在这灾后的困难时刻，她又第一个赶到火场，寻找自己的学生。挺山像见到了自己的母亲一样，扑到老师怀里。短暂的沉默。老师抚摩着孩子的头，为他擦掉脸上的一抹黑烟，柔声说道："挺山，带上书包，跟老师走吧！"潘老师转身对家长说："老陈同志，别难过，赶快处理灾情；这孩子暂住到我家去吧！"陈依华执意不肯："不，不，潘老师，您已经很辛苦了，我哪能叫孩子再给您添麻烦！"但潘老师终于携着自己的学生走了。

　　入夜，老师一家顿时忙碌起来了。潘老师给挺山端来了热腾腾的饭菜，看着他一口一口地吃。她注视着挺山这理成平头的小脑袋、一口白牙、两扇招风耳，心里感到热乎乎的，多么乖巧伶俐的孩子呵。她不由自主地抄起筷子，夹起一块炸黄瓜鱼放到挺山的饭碗上。挺山望着自己的老师，笑了。这模样，这神气，只有当孩子感受到母亲爱抚的时候才闪现……饭后，潘老师8岁的大儿子高高兴兴地邀请新来的小伙伴坐到灯下，一道做作业。小主人仰起脸发问："哥哥，你家烧了，你怕吗？"挺山回答："怕，现在不怕了。"小主人乌溜溜的眼珠子转了一圈，又问："怕，怎么又不怕了？"挺山指指潘老师："有老师哩！"小主人像是听明白了似的，高兴起来了："对！对！有我妈妈哩，妈妈好，你什么都不用怕，哥哥！"潘老师听见孩子们的嘀咕声，走过来了，朝自己的孩子摆摆手，轻声叮咛："哥哥的作业比你多，别吵了，啊？"老师挪过语文课本第七册，给挺山讲解，关于列宁在拉兹里夫湖畔的"绿色办公室"，关于蹬平板三轮车的"高大的背影"，关于词汇的组合和逗号、顿号的区别。这时，在房间的另一角，潘老师的爱人正挪开家具，搬动杂物，张罗板凳、床板，搭起小床铺，为新来的小客人预备下温暖的垫褥、棉被……

　　灾后的22天里，陈依华所在的建筑社书记来了，爱人工作单位的工会主席来了，街道主任来了，区委领导来了，亲友们来了……陈依华一次又一次地接过亲人送来的救济款、补助粮、衣物、用品……同志们还运来了砖头、木料，帮助他在烧焦的一片废墟上搭盖起两间房屋，重建了家园。

一家人住进新房的第一天，陈依华就带着钱款和粮票，来到了潘老师的家。他进门一眼就看见了儿子，儿子穿着一身洁净的衣服，原先脱落的上衣纽扣也已经缝补齐全了，那稚嫩的小圆脸泛着红光。他喊了一声："爸爸！"返身取出期末考成绩单递给父亲。陈依华翻看着，在语文成绩栏下，清清楚楚地记着"72"。他记得，小儿子的语文基础素来很差，自己文化低，又忙于工作，无暇过问，上学年期末考成绩仅仅"19.5"。眼前这成绩不会是自己看错了吧？不会的，上面分明标记着"72"。儿子指着成绩单说："潘老师天天晚上都给我辅导语文。"陈依华仿佛看见，在柔和的乳白色台灯光下，一张端庄的脸，一双循循善诱的眼睛，一支永远流淌着知识细流的自来水红笔……陈依华深深地感动了，看着站在他面前的微笑着的潘老师，他不知该说什么好，不，不，此时此刻无论说什么都表达不出他内心的感激。陈依华连忙摸出钱和粮票，而潘老师却慌了，拦住说："挺山是我的学生，如果在我家里吃饭也要算钱算粮票，那你就太不理解我们老师的心啦！"

　　陈依华虽然把情况说了一遍，但他仍不能把激动的心情平静下来。他紧紧地握住校长的手不放。送出门口时，校长说："老陈同志，你能理解我们教师的心，这就是我们的最大快慰了。"呵，老师的心，一颗爱抚祖国下一代的无私的心，多么纯洁，多么高尚啊！

1982 年 3 月

车厢里的报告

夏日的清晨，清冷了一夜的街道又热闹起来了，新的一天的生活又沸沸腾腾地开始了。接近上班的时刻，市中心的街心花园，简直成了一股巨大旋涡的中心，东西南北，四面八方涌来的车水马龙，在这里急速地交汇，飞快地旋转，而后又按照各自的线路，奔腾而去。亲爱的读者，在这时刻，无论你是置身在这人流车队之中，还是站在人行道上，相信你都会从心底发出由衷的赞叹：生活，是一首多么朝气蓬勃的诗！生活，是一曲节奏感多么明快欢乐的美好旋律！

就在这令人陶醉的时刻，从南门开往郊区的又一班公共汽车徐徐启动了。车厢里挤满了乘客，男女老少，工人、农民、战士、学生、干部……彼此互不相识，却为了一个共同的生活目的，搭上了一辆共同的车。座位少，乘客多，一部分人只好站着。落座的一位青年看见一个携着五六岁女孩的妇女，挤在人缝里透不过气来，脸色青黄，便赶紧离座相让，那妇女感激地道谢，坐下，拉过小女孩，小女孩就势偎依在母亲的怀中。乘客们向青年投来赞许的目光。

车厢里很热闹，相识的人在聊天。乘客们还互相传递着掏钱买车票，而最忙的要数售票员了。看上去，这是一位不满 20 岁的姑娘，齐耳的短发，丹凤眼，配上那抿住的小嘴，挺秀气的。不知是挤在车上太热，还是一时忙于剪票，她的脸红扑扑的，透着青春的活力。她的双手利索地数着钞票，又那么准确地"咔嚓"，然后把找钱和车票递送到乘客手上。这时，她发现有位上了年纪的人总在帮助她递钱送票，那么主动，那么认真。她很感动，但不动声色。接着，她又挤到车厢的另一角，说："请买票！请买票！"声音是平静而温和的，甚至还有点柔弱。大家纷纷递上钱，不一会儿，这一角落的乘客差不多都买了票。她向四周扫了一眼，觉得靠车窗的乘客似乎不见买票，于是她掰开人群，挤前了两步，问："同志，你买票了没有？"那是一位妇女，见问，随口回答："月票。"姑娘进一步说："请借看一下。"妇女脸上掠过一丝不快，一边慢腾腾地掏提包，一边斜了一眼，冷冷地反问："怎么，不相信？"姑娘没有答话，只是耐心地等待她出示月票。月票递过来了，姑娘马上就送还给她。妇女接过月票，又白了一眼，鼻子里哼了一声。姑娘想说句什么，小嘴唇翕动一下，终于闭口不语，回头挤走了。帮助姑娘卖票的老人不知什么时候已站在妇女的座位旁，把这一切看得清清楚楚。他微笑着对妇女说："同志，刚才售票员工作认真负责，态度也温和，倒是我们乘客，有时不够尊重人家。"妇女扬起脸看着说话的人。这人五六十岁光景，理着平头，头发都已花白，但气色很好，双目炯炯，微笑起来，眼角拖出鱼尾纹，样子挺和气的。他那魁梧的身材被推挤在人家的座位旁，好像透不过气来，额上星星点点地渗出了汗珠。妇女见售票员刚才并不回嘴，而且已经走了，而眼前这和善老人说得也在理，她似乎消了气，只淡淡一笑，算是回答了老人。

也许是老人感到挤得憋不过气来吧？他向售票员的座位那边挤去。到了中途站，下车的才几个，要上车的却是一大群人，于是车门口顿时出现了紧张的场面：呼隆一声，围上来许多人，争着上车，而车上还有两个乘客下不去，叫喊声乱成一团。售票员探身窗外喊："先让一让，下车了再上车！"可是这喊声与车门口的杂乱声比起来，毕竟太弱小了，就像一滴雨水下到咆哮的江河之中，连个小水花都溅不起来。她正无可奈何时，感到自己的手臂被谁拉了一下，一看，是帮助她卖票的老人示意她退出工作位。他要干什么呢？她困惑地退出，老人随即进了工作位，探身窗外，大声喊道："先下后上，请不要挤！"老人的声音这样洪亮，这样威严，把车上车下的乘客一时都镇住了，随着有人赞同地说："就是嘛，先下车后上车，就是要有秩序！"老人又扬声说道："要上车的全部都可以上，现在先退下，车上还有人下来。"趁一时安定，车上的两个乘客挤开人缝下车了，而车下的乘客也挤上来了。靠门口的地方被挤得水泄不通，天气又热，一个个都想往空隙的地方钻，但挤挤挨挨的，往哪儿钻？一个刚上车、还站在门阶上的乘客直着嗓子朝车门外大喊："上不了啦，别上车，等下一辆车吧！"车下的乘客马上回敬他："你刚才还大喊往里挤，怎么自己一上车就不顾别人了？没有道德！"姑娘在车厢里劝大家往里挤一挤，老人对门口里外的乘客说："大家乘车都想快点到达目的地，赶着上班，赶着办事，心情一个样，已上车的往里走，让车下的同志都上来吧。"于是，人群在车厢里蠕动，向中心移去，车下的人终于都挤上来了。

汽车又平稳地前进了。老人退出售票员座位，站在旁边，依然帮助姑娘售票。很快地，站在门口附近的乘客都买了票。经过刚才这个中途站的忙乱，姑娘这才定下神来，疲倦地坐下来想休息一下。她抬头看见了站在她旁侧的这位慈祥老人，心里不由得升起一股尊敬和感激的感情。是这位老人，在汽车从南门出站到现在，一直在自己的身边帮助递钱传票，忙得热乎。也是这位老人，刚才在中途站，出面平定一下乱成一团的场面。姑娘在心里悄悄对自己说："这老人看来平平常常，可是一出面就有魄力，要是天天都有这么好的乘客，那我每天甘愿多跑两趟车！"忽然，她感到不安起来，心里产生了内疚的情绪。是啊，自己是售票员，却没有做好工作，怎么反而让一个上了年纪的人帮助自己工作？真不好意思！而且他到现在还没有一个座位坐下来休息一下，这样老站着，自己都累了，何况一个老人。她有点急起来，看看周围的座位，差不多都已坐着妇女、小孩、老人了，再去动员人家让座，已经难以启口了。犹豫了一下，她站了起来，含着歉意地说："依伯，您年纪大了，坐我这儿吧。"老人听清了她的话意后，立即谢绝："不，不，这是你的工作位，怎能乱坐，要有秩序嘛!"接着，老人问起行车高峰时的乘客情况，问得很详细，还问她和司机家住哪里，中午在哪里吃饭、休息等。老人还征求姑娘的意见，问她行车的调度、班次怎样才更合理。姑娘一一回答之后，老人微笑着点头，忽而又默默地在思考着什么。

这一路车要走 50 分钟，现在已过半小时了，大约要到终点站了。老人对姑娘说："你的工作环境很差，工作情况又很复杂，有时还得平白无故地受气，实在很辛苦!"姑娘行车三年了，平时很少有人对她讲过这么亲切而又体贴的话，顿时感到心头一热。难得这老人有一副这么好的心肠!她不觉得注意起老人来。她端详着老人，感到气度有点特别，而且，怎么有点面熟?她记忆的神经一下子苏醒过来了，对了，今年春节，自己参加所属局系统的"五好"职工代表大会，在大会主席台上不是见过眼前这位长辈吗?那他不就是上级局的老局长吗?他干吗突然乘这路车到郊外去呢……

姑娘局促起来，涨红着脸问："您是……"她坚持要老人坐自己的工作位。老人制止，平静地说："不忙，要到站了吧?"姑娘眺望窗外，郊外田野、村舍在初升的太阳下，蓬蓬勃勃，充满无限的生机。而自己的汽车，载着乘客，载着生活，载着满车的激情，正向着灿烂的太阳，前进!

1982 年 9 月 10 日

(原载《榕花》1982 年第 4 期)

茉　莉

　　大概是不显眼的缘故吧，住进病房的第三天，我才发现窗台上原来养着一盆茉莉。

　　这天清晨，一位青年女工像往日一样走进病房打扫卫生。她，细挑的个儿，很瘦弱的样子，那穿在身上的白色的隔离衣显得过分宽大。因为戴着工作帽，又扣上一个大口罩，看不清面孔，只露出两只眼睛，却是水灵灵的少女的大眼睛。她一声不响地来到病房，先是倒痰盂，接着擦桌面，最后扫地板，并用布槌拖洗两遍。今天，她却例外地提来一桶水，走向窗台，我才注意到，她正用一只旧茶缸给盆栽浇水。这盆栽上与其说是花，毋宁说是一株小小的幼树。那小叶片并不发亮，微微发皱，而且有点萎靡不振，似乎养分不足，提不起精神；树虽小，那枝丫却交错盘虬，不过一条条都很纤弱，呈灰色，真担心它在不知不觉之中枯朽下去，竟至撑不起小小的树冠。想必医院的花匠颇有心眼，只配给茉莉一个普通的土褐色花钵。也许时节未到吧，茉莉不见结蕾开花。

　　一盆茉莉没有给病房增添多少生气，倒是医生、护士的出现，给我们带来了莫大的希望。

　　鬓发斑白的主任医师走进来了，他身后跟着几位年富力强的大夫，来到每一个病人的床边，细心地询问，亲切地安慰，每一句话语，每一道目光，都像药瓶中的药液，点点滴滴，给病人的心田注入了多少生命的甘泉。看到这穿着一色白大褂的大夫的阵容，我们身上的病痛仿佛一下子消失了，至少，也减轻了许多，同时心中油然升起一种复杂的感情，那是落水者对奋臂救助的恩人的感激？那是陷于生活迷途的悲观者，突然得遇带路人的崇敬？那是对于长者的童稚般纯真的信赖？

医生走了，护士来了。她们步履轻盈，言语温和，送药、打针、测体温、量血压……呵，对于病人来说，护士就像一缕和煦的阳光照射进来，使这带有不幸的阴影的病房骤然生辉，使我们受伤而苦闷的心灵承受到亲人似的抚慰，那么温暖，那么舒心。

住院治病的时间多么难挨！不知又过了多少度日如年的日子，天气终于一天天炎热起来，是夏天来了。

一天午后，病房里忽然浮动着一丝丝一缕缕淡淡的清香，多么沁人心脾的花的芬芳！我立刻意识到，该是茉莉开花了。我走向窗台，果然，在翠绿的枝叶之上，几朵苞蕾，一瓣白花。正是这小巧玲珑的洁白的茉莉花，散发出清冽的馨香。这时，恰好进来了那位青年女工，她几乎用听不见的声音叫了声："好香!"她在窗台前停留良久，那双眼分明流溢出异样的惊喜。她沉醉于绽开的茉莉花香之中，好像在思索什么……

这以后，她照例每天清早就来到病房清理卫生，并且总忘不了在茉莉花前停留片刻，浇浇水。还是工作帽、大口罩，还是两只美丽的大眼睛。所不同的是，天气热了，她那并不丰满的后背，一片汗湿，汗渍透过了白衣。现在，她正俯身拖洗地板。来到床边，看见我的床底下放着一个小提包，她便停了手中的劳作，蹲下身子，伸手拎起小提包，放在方凳上，然后继续细致地擦洗地板。她转过身，我猛地又看见她湿透的背，好像有一股什么滋味涌上我的心头，便脱口而说："依妹，辛苦了!"她惊异地扬起头，想回答什么，但终究没有开口，而那双灵秀的大眼睛里却漾起微微的波光，算是回报，随即又低头擦洗地板。

上午下班的时间到了，护士们纷纷换下隔离衣帽，穿上夏令时髦的衣裳，拎着漂亮的小提包回家了。这时，在病区长长的走廊尽头，却走来一位高挑姑娘，没有烫发，更没有时兴的蟠桃髻，只扎着两条平平常常的羊角辫；一件苹果绿上衣，一条灰裤，挺合身，显得自然、朴素、大方。粗眉下一双清澈的大眼睛闪动着凝重的目光，似乎永远在思考着什么。我认出来了，她就是那位清洁工。大家下班了，她怎么反而来了？也许是来值班的吧。

午饭后，病区安静下来了。出于习惯，我每日这时候都到护理室翻阅当天的报纸。她正坐在这里休息。我随意招呼："依妹，你贵姓？"她淡淡一笑，略一欠身，答："我姓邓，叫我小邓吧。"我又问："你年纪还小，怎么不上学了？"她又淡淡一笑，答："不小哩，都18岁了，高中毕业，没能考上大学，就参加了这工作。"我心头顿时一震：出落得这般标致的姑娘，又是高中毕业，却每天在病区里默无声息地倒痰盂、擦地板、洗厕所……

片刻，我试探道："小邓，你安心这工种吗？"她有点发窘，我立即后悔自己的冒失，我怎能这样提问呢？正想转个话题，她却平静地说："招工时，父母有门路的，都进了培训班，分配为化验员、药剂员、护士等，我呢，父亲一辈子在这医院里当清洁工，老了，还是那副犟脾气，不愿'烧香求神'。"

我默然。

末了，她依然是淡淡一笑，说："父亲生我养我，一辈子劳碌，我能不体贴他吗？我如果不安心这工种，那不伤他的心吗？"啊！小邓这一句句话语，不矫不饰，就像是一道山泉，叮叮咚咚流淌出来，纯洁，甘美；又像那窗台上的一朵朵茉莉花，香气淡淡，味无穷。

回到病房后，我心里很不平静。小邓的话，犹如在我心的湖面上投下一块石头，激起层层涟漪。我想到医护的崇高职业，更想到小邓的扫帚、抹布和拖把……

突然，我又闻到了淡淡的花香。于是，我走向窗台，久久地凝视着这盆茉莉，它依然是嫩绿的叶，瘦弱的枝，小小的白花，淡淡的清香。然而，我敢断言，这是世界上最美丽的花！的确，它在窗台上并不花枝娉婷地招引注目，只是默默无闻地承受着阳光、水分、空气，与世无争地生长着，拘谨地开放着小白花。这花，外表并不妖艳，香味也不浓烈，却溢出与众不同的淡淡的清香，给我留下对于芬芳的长久的美好思念。

此刻，我忽然产生一个虔诚的意愿，也不顾念这个时候宜不宜浇花，便贸然端来一盆清水，轻轻地，轻轻地给茉莉浇洒。

1982 年 8 月 30 日

茉
莉

绿　叶

　　我对于绿叶的深深喜爱，始于去年夏季溽暑之中，那是我突患重病而住进医院后的事。

　　那天，榕城的气温高达 37℃。我正发着高烧，唇焦口燥，头昏脑涨。病房里一片炽热的白光：墙壁、被单、枕巾，连医生、护士的衣帽也都燃烧着白色的火焰！我躺在床上，动弹不得，眼睁睁地巴望着挂瓶上的滴注早点输完。唉！半天才渗下一滴，连这药液也似乎发了烫。昏昏沉沉之中，我感到自己徐徐升到了太空，飘飘忽忽，浑浑噩噩，四周除了灼人的气流，就是刺目的白光。我像一棵经历了火灾而残留下来的梧桐，焦黑，枯竭，失去了生的希望。瞬间，我从茫茫太空，突然往下跌落，跌落。呵，何处是我灵魂安息的故乡？正自问中，一片清爽的绿意闪过眼前，一丝凉快像一股叮咚细流，掠过心胸，沁入脊梁，透遍全身……呵，绿叶！我艰难而顽强地转头，睁大惊喜的目光：朝南的窗口外，生长着一株高高的白玉兰树。病房虽在三楼，白玉兰树却把鲜嫩的枝叶，友好地伸进窗口，给我们这些躺在病榻上呻吟的人，送来清新、芬芳的空气，送来蓬勃的绿色生命……于是，我从昏迷之中苏醒过来了；于是，注视着绿叶，我笑了，虽然一丝笑纹在我苍白的痛苦的脸上瞬息即逝，但却是我从心里发出的舒心惬意的笑呀！

　　几天后，我的烧居然退了。我下床后的第一件事，便是走向窗口，托起一片绿叶，细细地观察，探讨这象征着生命的绿叶使一个病患者复苏的奥秘。

透过一束灿烂的阳光，我似乎发现绿叶上原来生活着一个美丽的家族：月牙一样秀气的细胞成对地警卫着气孔的大门，俨然是这个家族的忠实卫士。密集的细胞正在挤挤挨挨地劳作，把太阳的五彩光能，把淡蓝透明的二氧化碳和水，神奇地制成淀粉、脂肪、蛋白质、氧气。成束的叶脉里，一串串养分和水珠闪闪烁烁，鱼贯而行，一直渗透到叶体的每一粒细胞……

呵，绿叶！在你翡翠般可爱的生命里，原来蕴含着人类赖以生存的微观物质。我终于明白了，我为什么在奄奄一息的垂危之中，突然复苏的缘故。

我痊愈出院了。我不否认现代医学的神效，但又怎能否认曾有一片绿叶鼓起我生的勇气，召唤我顽强生存下去的力量呢？

转眼到了秋天。为了让我病后散散心，妻子特意陪我到西湖走走。西湖秋色分外艳。走进花展馆内，如同置身于花团锦簇之中，游泳在花海之上。放眼望去，云一般厚、雾一般迷的花丛中，红花如丹艳丽无比，黄花似金生辉闪亮，白花雪色冰清玉洁……使人眼花缭乱，目不暇接。细看朵朵花儿，有坦然怒放，有含羞半开，有昂首向阳，有低头凝思，真是千姿百态，神韵迥异。难得精心培育这各色花种的花匠，想出了多么美妙的一串命名：丹凤朝阳、闭月羞花、绒冠博带、金碗玉碟……

我随着人流，在花间游逛，饱览这南国之秋里的春天景色。不一会儿，我来到一株奇特的"大立菊"前。这是童话世界里由甘露浇灌培植出来的花卉吗？不。它不开在天界，不开在仙境，而开放在人间。在啧啧惊叹的游客面前，它竟托起几百朵露水般晶莹的洁白菊花！我伫立良久，在这株花王前流连忘返。呵——花的云，花的雾，花的雨，花的路……

突然，一片树叶轻轻地飘落下来，悄无声息地躺在路边的野草之上。我内心一震，顿时感觉到了什么，便俯身拾起。这是从路边桂花树上飘零下来的惊秋之叶，叶片虽然犹呈绿色，但大半已被枯黄浸染。呵，它在劳累了一生、耗尽了精力、做出了贡献之后，悄然离开枝头，竟连一声叹息都不曾发出。

于是，我立刻想起了在病房窗口之外，生命力旺盛的白玉兰树叶，以及叶片上源源不绝地输送出来的人类须臾不可离开的养分、氧气；想到了眼前这满园娇艳夺目的鲜花，以及隐退在每一朵鲜花之下的绿叶。

呵，绿叶！我掏出袖珍笔记本，把这片凋落在百花争艳的园子里的秋叶，小心翼翼地夹进扉页，带回家里，并郑重地镶嵌在我案桌的玻璃板底下，我将为它唱一首绿色的歌：

36

　　你像每一片波浪一样，辛劳，勤奋，永远流动着青春的活力；

　　你像每一抔泥土一样，朴素，坚实，总是默默无闻地培植着生命；

　　正像没有波浪便没有大海一样，

　　正像没有泥土便没有大地一样，

　　没有绿叶，便没有鲜艳的花朵，没有丰硕的果实，

　　没有绿叶，便没有生命，没有人类。

　　呵，绿叶！

1982 年 10 月

生　命

　　生命，对于自由地游弋在生活大海洋中的幸福的人们，也许并不感到它的宝贵。但在医院里，生命的存在与消亡却是触手可及的，人们对它的感受也是奇特的。

　　一天傍晚，在九病区的阳台上，我看见一位中年病号，脸庞清瘦，戴着的眼镜显得又黑又大。他久久地凭栏眺望。是在欣赏秋日落霞的瑰丽，还是在沉思宇宙万物的神秘？

37

　　不。他每天尿血。从医生近乎造作的安慰中，从家属隐含哀愁的强颜欢笑中，他预感到自己病患的不祥之兆。不久，惶惑的预感便被证实。无意之中，他发现医生室的小黑板上写着自己的床号，那是病例讨论，论题犹如一道雷电在他眼前炸开——肾癌。像被人当头猛击一拳，他一下子跌入了痛苦的深渊。为了保持身体的平衡，他赶紧扶住门框，努力克制着，使自己从一片迷惘的云雾中清醒过来，辨认一下眼前严酷的现实。回到病床上，他一言不发，闭着双眼。死神正向他张牙舞爪。他没有哀号，没有呼救，但成串成串的泪珠却顺着眼角滚向两鬓，白枕头上湿了一大片。一向开朗快乐的他，一夜之间缄默不语了。

　　也许是同病相怜的缘故吧，我趋近他身旁，用通常的"既来之则安之"这类话劝慰他。他专注地听着，但不答话。我仍然很谨慎地强调着战胜疾病的精神因素。大概为我的诚心所动吧，他终于开口了，语调却出奇的平缓："说实在话，既患不治之症，我并不恐惧，但应该承认，我忧伤、惋惜，深深地惋惜……"他转身面南，伸手遥指东大路，示意我望向那里。平平常常的东大路，有什么好看的呢？看见我迷惑不解的目光，他突然激动起来："看生活呀，那就是生活！"我似乎明白了什么，赶紧把目光重新投向东大路。那里，人流，车流，围绕着街心花园旋转，形成了永不停息的巨大的旋涡。人声，歌声，喇叭声，谱成一曲永恒的交响乐。高楼，大路，花圃，绿树，构成一幅色调明朗而又丰富的图画。呵，生活的旋律在波动，生活的色彩在流溢，生活的热潮在奔涌，在前进……

我恍然大悟。此时，我才理解这位病患者那一颗对生活苦苦依恋的心。是啊！离开生活，离开人间，他将永远看不见旭日升起在灿烂的云天，看不见高山的巍峨、大海的壮阔。谁去呼唤他的孩子们从黄昏中归来？谁去抚慰他的妻子那颗破碎的心？不知怎的，我竟突然记起雨果的小说《死囚末日记》，那个将被处以极刑的囚犯又站到我的面前。他正经受着难以言状的精神折磨和感情煎熬——对于过去生活的回忆与苦恋，对于将被处决的恐惧与追悔。呵，我眼前的这位病人，从某种意义上说，岂不也是一个囚人？一个身陷病房指日待毙的囚人！

想到这里，我的心隐隐作痛，也不敢对他妄说什么了。奇怪的是，他反而多话起来了。他告诉我：他曾是某大学机械专业的毕业生。但在过去的十多年日子里，命运把他抛到一个偏僻的小山村里。那里有一个小小的农机站，他当了出纳员。那双绘制过精密机械图样的手，每天却在清点钞票！直到前年，他才终于回到了自己的专业的怀抱。他把对党的感激，对事业的竭诚，以及自己的聪明才智，化作一股叮咚清泉，源源不断地注入一张张设计图、一篇篇技术论文、一项项机械革新中去。

这时，他苍白的脸颊泛红了，两手微微颤抖，双眼直愣愣地冲着我呼喊："这美好的一切都还是刚刚开始，可是现在呢？太意外了，生命竟被禁锢在病房里，甚至将被小小的癌细胞所断送！"像是责问我似的，他大声嚷嚷起来。

我受了感染，忘记了此时此刻该给他说些安慰话，而是火上浇油地感叹道："生活多么不公平！你懒，你消沉，它给你的时光虽然苍白，却是漫长的；你勤，你奋发，它给你的时光虽然充满活力，却是短暂的。多么不公平！"忽而，我又把满腔的不平之愤，迁怒到医师身上：太无能了，死神手下的败将，怎么能眼巴巴地让一个个病人被死神勾走！

然而，随着自己住院时间的长久，耳闻目睹的许多事实，却逐渐消除了我对医生的无端责难，而且，还慢慢体会到"白衣战士"这个光荣称誉所昭示的真正含义。

在病区，大家最敏感的莫过于哭声了。听那对于溘然逝去的亲人的声声呼号，病人及其家属一个个都会离开病床，聚集在长长的走廊上，探询，唏嘘，随即又悄悄走回自己的病房，谁的心头都蒙上了一缕淡淡的凄凉。

这天中午，病区安静下来了。我正要午睡，一声哀号突然爆发，接着是呼天抢地的哭喊。我知道，那是 4 号病房的一位乡下人救治无效，悲惨地死去了。我照例出去张望，只见张医生两耳奋拉着听诊器，一边木然地摇头，一边向医生室走去。我尾随上前，正想寻问，抬头却见他眼眶红红的，分明噙着泪水。我的心一动，我原以为当医生的，尤其是外科大夫，必定心狠手快。没想到这位从医 20 年的主治医生，对于一位普通病人的死去，却难过得像是失去了亲人。

我轻声安慰他："张医生，在这医院里，死人是常有的，也是难免的，不必介意。"不料，话音刚落，张医生吃惊地睁大汪汪双眼看着我，好像不认识我。听死者家属的哭声远去，消失在太平间方向，他才喃喃地说："不必介意吗？不。病人收住进来时虽然已经十分危险，没有被救活的先例，但是……但是这条生命，活生生的生命，毕竟是在我的手上断送的，而我又是个医生，医生!"他长长地叹一口气，又缓缓地说，"一个人看见落水者在挣扎，而且渐渐下沉，没顶，他能安于岸上见死不救吗？他的良心呢？人道呢？"我理解他的心情，便悄悄地走开了。

下午，病区又陆续收住两三个急诊病号，需要立即施行手术。向值班护士交代过医嘱之后，张医生就急急地赶到手术室里去了。半天过去了，开过刀的病人吊着输液的瓶子送回病房了，却不见张医生出来。又一个病人送进了手术室……

黎明，第三个病人送出来了，张医生这才出现。持续十多个小时的饥饿，一天一夜俯身手术的疲惫，使他脸色苍白得像张纸，额前全是星星点点的虚汗。这是多么沉重的负荷啊！一个人全力以赴进行自己献身的神圣的事业时，往往进入奇迹般的忘我境界。而当他的工作完成或告一段落时，伴随着极度兴奋骤然而至的却是体力的可怕的衰竭。现在，回到医生室，他再也支撑不住了。他来不及脱下白色的隔离衣，便一头伏在桌面上，昏然睡去。呵，送来面点的护士同志，请别摇醒他——在睡梦里是不想吃东西的，让他休息，哪怕是片刻的休息！

呵，生命，多少人担忧生命之星的陨灭，多少人渴望生命之路的延伸，多少人为了亲人生命的丧失而撕心悲泣，多少人为了别人生命的复苏而奋力抢救。生命呵，难道充满了神秘的可怕的色彩？

然而，就在这家医院里，在这偌大世界的小小的角落里，生命有时却闪射出令人惊喜的光芒，萌发出嫩绿的希望，展示出永不泯灭的无限蓬勃的生机。

那是一个偶然的机会，我路过妇产科的婴儿室。静谧的夜，柔和的乳白色的灯光。梦的摇篮，冬日的襁褓。奶瓶里注满助产士甜甜的笑。又一个婴儿送进来了，一路哇哇啼哭，起劲地宣告他的降生。霎时，这里一片哇哇呱呱，安睡的婴儿一齐醒来，睁开小眼睛探看这陌生的人间，而且用多么美妙的合唱欢迎新的伙伴。平生欣赏这奶声奶味的合唱还是第一次，我不禁驻足聆听。这大合唱是这样的逼近，又是那样的邈远，仿佛这稚嫩的声音不是听出来，而是闻出来的，空气里飘逸着婴儿那特有的温馨的奶膻味……

我被深深地吸引住了。隔着纱窗，我张望，我倾听。呵，襁褓中的小生命呀，多少年之后，你手握焊枪，焊接生活的裂缝；你耕耘家乡的土地，让每一块田园捧出丰收；你拨开障目的一枝一叶，巡逻在祖国的边陲；你驾驶航天飞船，呼啸星空；你在摄影棚里演出，升华生活的真善美；你登上讲台，向又一代新人讲述人生的课题；你被晋升为主任医师，就在这诞生过自己的医院里，像当年的张医生，把病人从死亡线上夺回来……

离开了婴儿室，但那一曲对于生命的热烈的合唱，却永远留在我的心上。

1982 年 11 月

（原载《福建文学》）

山明水秀人杰

一早起床，推窗而望：细雨霏霏，霏霏细雨。江南的绵绵无尽的春雨呵，无声无息地滋润着翡翠大地，催化着每一颗种子，苏醒、萌发、成长。

带上雨伞，怀着一颗虔诚的敬仰之心，从杭州出发，坐了一个多小时的汽车，我们便来到了郁达夫的故乡富阳县城。早就听说，郁达夫与结发夫人孙荃的儿子郁天民还住在家乡。果然，当我们穿过县城热闹的富阳路，折入达夫弄，停留在1号门楼下的时候，立在门口笑容可掬地接待我们的便是郁天民夫妇。我端详主人，不禁深深惊叹人类染色体遗传基因的神奇，站在面前的郁天民与他的父亲竟然如此相像！典型的江浙人脸型，平头粗发，天庭饱满，眉眼清秀，一脸书卷气。啊！是父亲，还是儿子？我简直惶惑了，在和郁天民握手的一瞬间，恍如紧紧地握着作家奋笔疾书的手，挥动如椽大笔的手，青筋勃起的神经质的手……

郁天民身着中山装，脚穿布鞋，朴朴实实。他今年58岁，比他父亲不到50岁的在世年龄大不了多少，但背已微驼，身体瘦弱。也许，曾有过十分沉重的生活负荷压在他的身上？而今他除了忙于接待远方络绎不绝而来的访问者之外，又不停地着手发掘整理父亲的文学资料，并为国内外报刊撰写一篇篇约稿。看来，他像父亲一样走在坎坷的人生旅途上，又像他父亲一样勤奋地工作着。

话题从郁达夫的幼年谈起。郁天民指着左边楼上的房间说："那是父亲少小时的卧室兼书房。听祖母念叨过，父亲自幼聪颖过人，在这楼上读了许许多多的古典诗书，而且过目成诵，9岁就能赋诗，中学时代开始做文章，并向当时的杭州报纸《之江日报》投稿，足见父亲少年时期就已经岐嶷不凡、才华出众了。"我们仰首瞻望这座四面围墙的古式楼房，仿佛听见略带喑哑的童稚书声，自敞亮的窗口飘出……

向我们侃侃而谈父亲生平事迹的郁天民看见他的夫人捧出茶盘，连忙一边敬茶，一边改口说："今天是4月21日，谷雨刚过一天，这是谷雨前的新茶。父亲1932年在杭州养病时写了一首《登杭州南高峰》七律，其中一句'眼明不吃雨前茶'，现在我却请大家品尝雨前茶了。"郁天民的话充满风趣，引得满座宾客笑声朗朗。

我们不时地向郁天民发问请教。当他知道我们来自福建之后，神情格外亲切，两眼发亮，急切地说："啊！八闽山水，好地方！父亲在那里生活过，听说福州于山上的戚公祠前面有一块叫醉卧岩的巨石，刻有父亲的一首《满江红》词。"是啊，作为福州人，谁都诵读过这首词意深沉的华章："三百年来，我华夏，威风久歇。有几个，如公成就，丰功传烈！拔剑光寒倭寇胆，拨云手指天心月。到于今，遗饼纪东征，民怀切。　　会稽耻，终须雪；楚三户，教秦灭。愿英灵永保，金瓯无缺。台畔班师酣醉石，亭边思子悲啼血。向长空，洒泪酹千杯，蓬莱阙。"

我们告诉郁天民：福建人民怀念郁达夫。福建人民出版社近年出版了《郁达夫抗战诗文抄》，《福建文学》《福州晚报》等报刊经常发表纪念性、评论性文章，介绍郁达夫在福建的文学活动，探讨他的作品的价值。他在福建的行踪，留给我们深刻的印象，大家只要一谈起他，面前就立刻出现一位头戴白帆布制的硬壳圆顶的巴拿马帽，身穿藕色湖绸长衫，手提黑皮包的中年人，他便是声名显赫而又平易可亲的大作家郁达夫。

攀谈之间，我们细心地翻看厅堂上陈列的郁达夫的照片、手稿、书信，以及国内外广泛印行的各种作品集子版本。郁达夫在短短的20多年文学生涯中，始终不懈地努力写下了大量的作品，为我国现代文学史册增添了永不磨灭的光辉一页。但他的作品的社会意义，并不一定为人们所完全理解。他的小说创作往往喜欢以自己真实的生活经历为背景，又惯用第一人称抒写，并加以淋漓尽致的艺术夸张，这难免给许多读者造成一个错觉，似乎郁达夫是一个沉迷于酒色的堕落文人。冤哉！其实，郁达夫始终是一位严肃的爱国作家和激愤的民主战士。李初梨说："达夫是摩拟的颓唐派，本质的清教徒。"郭沫若则进一步深刻地指出，"他的清新的笔调，在中国的枯槁的社会里面好像吹来了一股春风，立刻吹醒了当时的无数青年的心。他那大胆的自我暴露，对于深藏在千年万年的背甲里面的士大夫的虚伪，完全是一种暴风雨式的闪击，把一些假道学、假才子们震惊得至于狂怒了。为什么？就因为有这样露骨的真率，使他们感受着作假的困难。"我想，重温这样的评价之后，那些专爱拐弯抹角地哼唧"但是，但是"的学究们，岂不显得迂腐可笑？

随着时间的考验，历史的变迁，人们逐渐加深了对郁达夫的崇敬。郁天民高兴地告诉我们，花城出版社正在出版他父亲的14卷全集。许多新老学者潜心研究，纷纷写出很有创见的评传。即便在国外，郁达夫的研究课题也为文学界所注目。日本曾有三位教授长驻南洋，多方搜集郁达夫在抗战期间写下的100多万言的著作。仅新加坡一地就有五六十人专门研究郁达夫及其作品。美国的郁达夫研究专家也不断涌现。尤其近一两年以来，郁天民几乎不间断地接待国内外的一批又一批来访者。右边墙上挂着一帧条幅，上书一首七绝："浮香端的有新知，疏影无心月上时。非为招春春自莅，年年腊节惹相思。"这是郁天民去年冬天所作，为迎送前来访问的日本留学生而题咏院中梅的。读罢七绝，我步出大厅，探寻蜡梅。就在大厅前面的东墙之下，一株蜡梅亭亭玉立。时已暮春，虽无蜡梅之"浮香"，但青枝妩媚，绿叶娇羞，煞是可爱，宛若姿容焕发的春姑娘在欢迎我们哩。

午后，我们登上了郁达夫故居近侧鹳山公园，俯瞰美丽的富春江。手中雨伞，撑起一片小小的圆圆的晴天；晴天之外，透过绵密的雨帘，欣赏着富春江胜景。陪同的杭州同志介绍，正常的晴好天气之下，富春江的水是绿的，绿得透亮；两岸的山是青的，青得滴翠。这山，这水，浑然一体，气象万千，诚如唐朝诗人所赞的"一川如画"。眼下，虽然赶不上风和日丽，但细雨空蒙，烟波浩渺，春江别有一番启人心扉的景致。铺天盖地的春雨之中，远山恢恢，近水涟涟。江轮破浪往来，汽笛彼此致答。脚下码头附近的江面上，舳舻相连，樯桅林立，犹如一幅淡淡的水彩画无限展开，任人尽收眼底。我想起南朝著名作家吴均，这位工于游记而文辞清拔的浙江安吉人，把富春江的美景写尽写绝了。想不到 1400 多年后的富春江畔，又出了一代才子郁达夫，几番浓墨重彩，点染得富春江更具魅力。而且郁达夫擅长小说，妙著散文，又会做一手绝妙的旧诗，还通晓日、英、法、德四国语言。我想，古者吴均如若地下有灵，必当自叹弗如矣。

郁达夫热爱富阳大地，更热爱门前的富春江。他不但在作品里多角度地描绘家乡山水的奇特风光，而且走到哪里，就把眷恋之情引发到哪里，日夜萦绕心头。1936 年初旅次闽省榕城期间，住在闽江之畔万寿桥西侧的基督教青年会的时候，他特意找一间开窗面对滔滔江流的卧室下榻。这里，闽江与富春江固然姿色有别，却毕竟同是神州大地上的锦绣江川呵。日日夜夜，他伫立窗前，遥望一江如练，流经鼓山脚下，奔腾入海，一颗游子之心又在默默呼唤：家乡，同胞，祖国……

我凭栏眺望良久，低吟郁达夫 22 岁时候写下的一首七绝："家在严陵滩上住，秦时风物晋山川。碧桃三月花如锦，来往春江有钓船。"

不觉为富春江奇观所深深陶醉。蓦然，一个奇妙的意念涌上心头：灵秀山水出人才。这富阳县城，山青青，水碧碧，山明水秀出了个郁达夫。这位奇才与鲁迅、郭沫若、茅盾一起，为中国现代文学奠定了基石，可惜他还来不及思索抗战胜利后的生活道路，来不及发挥奔涌在内心深处的浩荡才气，便猝然悲惨地死在日本帝国主义的屠刀之下。当年，郁达夫的遇害被证实之时，郭沫若顿足呼喊："英国的加莱尔说过'英国宁肯失掉印度，也不愿失掉莎士比亚'；我们今天失掉了郁达夫，我们应该要日本的全部法西斯头子偿命！"

此刻，立于江岸，我的心不觉蒙上了一阵雨雾，笼罩一片惆怅，久久难以排遣。于是我折向小径，寻觅郁达夫的衣冠坟。在路旁野草丛中，忽见一碑，上刻"郁曼陀血衣冢"，想是郁达夫的胞兄郁华在上海被汉奸暗杀后的血衣葬处。那么郁达夫的衣冠呢？满山芳草萋萋，何处是郁达夫灵魂安息的地方？我想，富阳县因为出了个郁达夫而驰名中外，如果在这鹳山公园里整修一座郁家兄弟的坟墓，或竖起一块纪念碑，该为万千来访者心头抹掉多少遗憾啊！而今在这公园里，我们唯一可以找到慰藉的是临江六角亭里茅盾、赵朴初、俞平伯的题词。茅公题郁华、郁达夫二烈士的横匾高悬亭檐之下，"双松挺秀"四个大字飘逸隽永，令人荡气回肠。而"莫忘祖逖中流楫，同领山亭一钵茶"和"劫后湖山谁作主，俊豪子弟满江东"则是赵朴初、俞平伯于1981年四五月间访问郁达夫故居时分别留下的楹联，给人以无穷的遐思，拳拳的缅怀。

雨茫茫，江漫漫。我不忍离去，流连江边，心里默默自语：富春江啊，大地母亲身边的摇篮，养育了两岸的人民，养育了郁达夫……

1983 年 6 月

（原载《海峡》）

夜　场

　　晚饭后，大队干部老郑十分客气地邀我看戏。他说，剧团难得下乡，现在下来，是看中了我们大队去年落成的一座大礼堂。再者，我们大队钱粮富足，每场戏补贴三四百元。这样，剧团劲头高，一演就是五天，演出了《孟丽君》《赵氏孤儿》等连台好戏。这两年社员们日子过得宽舒，谁都想多看电视多看戏，而电视不稀罕，三家五户就有一台，唯独戏少。偶然来了剧团，轰动四乡。

　　乡村礼堂虽然远不及城市剧场富丽堂皇，但那不凡的气势却令人惊叹。远远望去，灯火辉煌，映衬出一座巨大的建筑物，庞然耸立在四周鳞次栉比的农家楼房之上，更显得雄伟壮观。分缀在正门两边飞檐下的十几盏电灯，推开周围浓重的夜色，撑起一道灿烂的光晕，很是迷人。演戏这几天，整个大队像是过节，喜气洋洋的，家家户户都请来了娘舅大姑、姨表亲家。弯弯的村道上，亲戚们穿上新衣新鞋，络绎不绝而来，难怪小街早市上的物价一下蹿高了几成。

　　入座。也许是不会抽烟的缘故吧，我感到气闷。偌大的礼堂，烟雾弥漫，加上人声嘈杂，似乎头顶屋梁、楼上两厢、台前布幕都慢慢向我挤压过来，整个礼堂渐渐狭窄起来。两条过道只剩下一条缝了，手捧圆箩的小孩，时不时地挤来挤去，拉长了声调喊："五香橄榄，越嚼越香，买一串吧！"转到我面前的是一个马马虎虎地扎着两根羊角辫的小女孩。咦，她不是白天村道上遇见的那个小英吗？那时正近

47

正午，我来到了山脚下的青龙大队。这里别有一番景象，竟有一个小小的集市。市集的拐弯处伸开两条小路。我懵了，不知走哪一条道。正巧走来了一个戴红领巾的小学生，左臂上还挂着两道红杠杠的标志呢，显然是个中队长。我问："小朋友，到大队部，怎么走?"中队长仰起脸，发现我是外乡人，便不假思索地说："远哩。我带你走，依伯。"我心里有点过意不去，对她不禁产生了好感：这女孩又机灵又热情，瘦弱的身材，穿着明显过短过小的衣衫；小脸长得俊，一说话，漾起两朵酒窝，眼睛里的瞳仁特别大，闪着亮光，怪灵秀的；头上两根羊角辫分明是匆忙中抓扎的，向两边翘，更增添了几分机灵。

我问："几岁啦?"

"7岁。"

"读几年级?"

"二年级。"

48

"名叫什么?"

"小英，大小的小，英雄的英。依伯，你到大队部找谁呀?"

我说："找你们大队书记。"

她高兴起来："找阿金哥呀? 嘿! 他昨天还说要拨钱给我们修理校舍哩。"

......

我正回忆着白天的事，冷不丁眼前出现一箩橄榄，接着是细声细气的声音："买一串吧，好吃哩。"这圆箩上叠着一串串橄榄，每串都有三四粒，当中用细竹签把一粒粒橄榄当腰穿透，连成一串。我抬眼一看，竟是小英，左臂上还挂着中队长的标志呢。我问："小英，你怎么卖这个?"她想不到在戏场上又碰见我，睁大吃惊的眼睛观察我，随即扭怩起来，脸上现出浅浅的酒窝："我读书，爸爸也叫我卖橄榄，我们这里的小孩都这样呀。"小英挺乖，末了不忘这一句："依伯，吃一串吧，越嚼越香哩。"顿时，我心头翻起一股说不清的滋味。我感到应该为孩子做点什么。做什么呢？我赶紧掏钱，但坐在我旁边的老郑大概看出我的意思，便开口赶小英："去，去，去，快走开。"小英怏怏地退走了。蓦然间，我的脸燥热起来，自问：给一两元钱，就能叫小英不卖橄榄吗？在戏场里还有许多像小英这样的小孩呢？对！我决计明天找书记谈谈。

不知什么时候，那卖橄榄的小英又远远地绕到我面前，眨巴着眼望我。呵，她那样细声细气的乖巧的叫卖声，那样灵秀但又怏怏的眼神……

戏终于散场了。回到大队部，老郑把我安顿在楼上住宿。初次下乡，睡的是陌生的床，我难以入眠，脑子里一幕幕过电影：青青的山丘，绿绿的田野，崭新的农舍，热闹的小集市，还有巍然耸立在夜色中的辉煌的大礼堂，戏台上仕女的频频秋波……渐渐地，一片锣鼓声中，传来一种乖巧的声音，那么清亮，那么充满稚气："我读书，爸爸也叫我卖橄榄，我们这里的小孩都这样呀。"一阵不安悄然潜入我的心房。我侧转身，还是睡不着。远远近近散场的群众必定都已各自进入美妙的梦乡了吧？四周万籁俱寂。夜，更深了。

蒙眬中，传来楼下偏厢里好几个人的说话声。夜这么深了，谁还不睡？我侧耳细听，一个瓮声瓮气的声音在说："……这笔钱盖个半机械化养猪场，一两年就有收益！"又一个声音接下去说："说得在理。要开创新局面，盖猪场、建橘园、办粮食加工厂、安装全村自来水，每一项都要投资，钱不够开销，何必拨款建校舍？学校自有政府管……"

噢，楼下还在开支部会议？我睡意顿失，专心听他们议论。

一个平静而又很有分量的声音在说话，没有人插话，他们像是在静静地听，静静地思考。我揣想，这也许是书记阿金哥的声音，一句一板的，经过深思熟虑后说出的，听："怎样打开新局面？大家讨论得很实在。但关于扩建校舍一项投资，有不同意见。依我看，建校舍，投进去的是钱，收获的是人才，这关系我们子孙后代的根本利益。现在有人只图眼前富裕，拉子女种地，或者做小买卖赚钱……"

听到这里，我惊愕不已。我佩服党支部领导社员走富裕道路的魄力，更惊叹他们发现问题的敏锐眼力。我不是打算明天找书记谈小英她们卖橄榄的问题吗？现在看来，我的打算完全是多余的了。

没有半点睡意了，我兴奋地翻身起床，推开窗户。呵，东方泛开了鱼肚白。对面青黛色的山梁像巨大的兽脊，隐伏在蓝色而透明的晨曦山岚之中。突然，一只金鸡扑棱棱地飞上窗下的一堵墙垛，引颈高啼：

喔喔喔！喔喔喔！

1983 年 8 月

　　（原载《散文》）

东 山 一 日

恍惚之中，一股什么气味灌进车厢。我打起精神，张开鼻翼呼吸，头脑里立刻反应：咸腥味。哪来的咸腥味？我四处张望，左窗外一片蓝蓝的水，那不像宽窄有度的江河，却似广阔的海面。莫非到了东山岛？我不禁脱口而出，"这是到了什么地方呀？"一句问话把大家都吵醒了，后座的老朱惊叫起来："啊！八尺门海堤！过了堤就是东山岛的地界了。"话音未落，汽车已驰过了海堤。在我的想象当中，海堤总是雄伟壮观的。不是吗？连接集美、厦门岛的十里长堤吸引了多少双惊叹的目光。可是脚下的八尺门海堤，汽车在几秒钟之间就跨过去了。八尺门，八尺门，顾名思义，世界上还有比这更狭小的海峡吗？而这短短的海堤，却如一条流动着的血脉，东山岛与大陆母亲身心相连哪！

我们这些内地人对咸腥味不习惯，又很敏感。汽车进入西埔，空气里的咸腥味便益发浓厚了。自然地理的一些现象真叫人好奇：八尺门之外，空气里流动的是田野山川的泥土花草气息，清新而又芬芳；八尺门之内，骤然扑鼻的是咸咸腥腥的海的气味。我平生第一次发现，空气里的界线也分明得这样惊人。这使我不禁记起20年前读过著名散文家郭风的一组闽江口游记，描绘闽江入海之处，水色异样，一边是浑黄的淡水，一边是蔚蓝的海水，两者互不掺和，天地阴晴圆缺，这里的淡水咸水之间却始终留下一条天然的严格的界线。我钦佩郭风每到一处必是"五官开放"地观察生活的功力，更惊异自然现象的奇幻奥妙。今天在东山岛，连空气也似乎遵循着一条什么自然规律，你说奇不？

我们下榻的招待所就坐落在海边。大家放好行李，一下子全都跑到长长的阳台上，尽情地欣赏着大海的风光。海风一阵阵吹来，把旅途的疲劳、慵懒、饥渴、闷热，吹得干干净净，使我们浑身上下又清爽又惬意。如果到卫生间冲一阵水，再站到这里吹吹海风，那感觉就不仅仅凉爽，而是叫你一时禁受不了的透骨的凉意哩。呵，阳台上一把藤椅，一杯龙井茶；阳台下粼粼波光，丝丝清风。你说这种盛夏酷暑中比什么都舒心宽怀的享受，在内地的什么地方能得到呢？怪不得大家赞不绝口："好地方！好地方！"

正当我陶醉在一片美妙的清凉之中时，海边传来一阵喧哗。原来，一群渔家孩童在滩头一丛礁石上，寻觅、嬉戏、追逐。忽然，我心中萌生一瓣意念：到海滩礁丛中去，到孩子群中去。于是，我们几个年近半百的人，竟怀着童稚时代的乐趣，步履轻捷地奔向海滩。哗啦，潮水托起白色的浪花翻卷上来，鞋子湿了，裤脚湿了。我干脆脱下鞋袜，卷起裤脚，踩着松软的沙滩，奔向天真烂漫的童话世界。

礁石似乎错落有致，不过每一块都像龇嘴的犬牙，一脚踩下，哎哟，好生疼痛！礁石竟如此锋利，是我始料未及的。孩子们看见来了几个陌生人，起先都用怯生生的目光打量我们，后来发现我们白嫩的脚踩在礁石上，东倒西颠、缩手缩脚的狼狈相，不觉嘻嘻地笑出声来。我挨近一个十一二岁的小孩，见他的篓子里装着稀奇的蝾螺、鲍鱼、帽贝，还有一些我从没见过的海中罕物。我拾起浑身是刺的黑黑的海胆，又捡出别的几样叫不上名的海鲜，问："小朋友，这些卖给我好吗？"小孩偏起头，笑开了缺着两颗门牙的小嘴，说："不卖，都送给你吧！"我为渔家孩子的豪爽所感动，又自愧白拿孩子们辛苦讨来的小海鲜，实在尴尬。但一念即逝，我又重新忘乎所以，与孩子们一起寻觅、嬉戏、追逐，竟至无拘无束。呵，童年，人生最灿烂的年华，又返回我的心上。此时此刻，置身于海边童稚的无限乐趣之中，我忘却了自己斑白的鬓发，忘却了隐患痼疾的病体，忘却了宠辱毁誉，忘却了人世间的一切困扰……

我真想扑向大海，呼喊：我是个孩子！

入夜。大家都盼望在明月千里银辉下观赏大海的魅人景色，但时值农历七月初一，连一钩新月也不见，只能谛听大海在黑沉沉的天边夜色中歌唱，不无遗憾。然而，我们却看见了另一番景象，一幅迷离的海岛风俗画。

这晚，就在招待所前面的广阔海滩上，城关的男女老幼，陆陆续续，三三两两，不约而同地聚集而来。夜色之中，灯光烟火闪闪烁烁，衣裙体态影影绰绰，有的并肩漫步，有的促膝对坐，有的仰躺在沙地上。轻轻吹拂的海风呵，请告诉我：工作、学习、劳动了一天的人们，此刻正谈些什么？关于鱼汛和机帆船？关于婚约和新建楼房的奠基？关于职工夜校和海洋气象测报学习班？呵，渔岛的生活旋律在这里回响，听，小伙子们开怀畅谈，老年人的话语有板有眼，姑娘们朗朗的欢笑，那一对倩影，话儿悄悄……谁爬到巨大的鲨头礁上：一管洞箫吹出《军港之夜》，呜呜笛声，飘向悠悠海空，融入夜色。

我从未经历过这样奇特的海滩之夜。在城市里的那些名胜地，清静幽美，但与眼前的夜海滩相比，我总感觉得欠缺点什么。少了清凉而又咸湿的海的气味？少了生活一样澎湃的潮音？少了渔家安居乐业的欢乐和海宇的升平景象？少了强烈搏动的时代的脉弦？

这一夜，枕着涛声，我睡得很香很甜。

1984 年 5 月

（收入《海韵东山》编委会编《海韵东山》，海峡文艺出版社2009 年版）

故　土　行

每每看到登载福州郊区建新公社的消息，我往往情不自禁地拉住同事说："看，这条新闻报道的，就是我故乡的事！"

其实，我的故乡并不在建新公社。只是幼时，母亲早逝，我曾寄居在姑妈家里，在那遐迩闻名的花果之乡度过了终生难忘的童年。所以，我总把它当作我的故乡。当时，我整天跟着比我年长七八岁的表兄，上树采摘枇杷、荔枝、龙眼，还有白玉兰花。季节到了，我们就下地捡稻穗，尾随在耕犁后抠泥鳅，还挥动小锄头挖荸荠呢。最难忘的是在呼啸的台风中，挎个篮子，在一片橄榄林下拾青果。我们往往边捡边吃，扔一粒口中，先是苦苦涩涩，后是香香甜甜，越嚼越津津有味，剩下一粒核了还舍不得吐掉，含在口里溜来溜去，好香呵！说来可笑不？今年一次梦里嚼橄榄，嘴巴竟咂巴有声，妻摇醒我，笑问："吃什么？也分我尝尝吧。"

我魂牵梦萦的故土呵，你怎样频频牵动着一颗游子的心！今年夏天，我终于有了回到故土的机会。我骑着单车，一路寻寻觅觅。儿时的果树林中的弯弯小路呢？那颤颤悠悠的跨河独木桥呢？呵，从花草绿丛中静静地流过来的小河，依然那样清澈见底，浮生的水草之中，几尾鲤鱼活泼泼地连贯而过。当年，表兄携我学游泳，惊走鱼虾，搅浑满河水。如今，表兄可好？

入乡之后，但见遍野果林，满眼绿荫，使我顿感尘土涤尽，脊背上透过一股清凉，惬意极了。浓绿夹道的乡村公路上，不时地迎面驶来一台台手扶拖拉机，车斗上装满一筐筐红艳艳的荔枝。公路两旁远远近近的田园里，房前屋后，一株株高大的荔枝树上结满了累累果实。这株那株，人们正靠着竹梯采撷。转过一垄田畴，空气里暗香浮动。抬头寻去，前面密匝匝一排白玉兰树。正值吐蕾开花时节，那长长的白玉般可爱的花瓣，散发出浓郁的香味，竟使整个乡村陶醉在美妙的芬芳之中。

旧时的纵横阡陌，今日的花果园。好不容易才问到表兄的家。远远望去，一座红砖青瓦的两层新楼，在绿树掩映中分外耀眼，使我一下子怔住了。记得，姑妈家是一座平房。她当年常倚在门框上，召唤着我们从黄昏中拾柴归来。姑妈，姑妈，你还在低矮的门楣下盼望我回到你的身旁吗？

表兄送白玉兰花到收购站去了，表嫂帮邻居收割早稻。侄儿侄女刚采收荔枝回来，一边擦汗，一边大大方方地捧出一大把荔枝，硬要我尝鲜，还带我楼上楼下地参观。这是四扇三间的农家建筑，阳台的四周有水泥栏杆。阳台上可晒稻谷、腌菜、桂圆等。房内水泥地面，雪白粉墙。两边墙上贴有"五谷丰登""福娃鲤鱼"的大红年画。我早猜到，表兄家一定添置了落地扇、缝纫机、电视机什么的，上楼一看，果然不出所料。一套新式家具锃亮，一尘不染。叫我惊奇不已的是楼上东间竟立着一架书橱。也许是出于职业习惯的缘故吧，我像被磁铁吸引了似的，上前仔细过目。透过玻璃，我看见最上层的多是小说，如《三国演义》等。中间一层却是科技类的，摆着《白木耳栽培》《养蜂》等，多是小册子。最底层的是《大众电影》《福建广播电视报》《福州晚报》等。侄女知道我在出版社工作，便央我买几本跟农事有关的书，说："我爸送花进城时，几次拐进新华书店，但都空手出来。"看她那挺认真的神态，我马上允诺。看来，表兄一家已经不满足于物质生活的日益富裕了。

回到楼下，我偶尔瞥见里间西墙下一张横桌上，摆着一只旧式铜香炉，炉上还残留几炷香。两旁两个小镜框，分别镶着姑父、姑母遗像，照片发黄，但两位老人眉宇间却分明透着笑意。可不是？老人九泉之下有灵，对膝下儿孙的幸福生活，该是何等的宽慰啊！

1984 年 5 月

（原载《福州晚报》）

童　心

一位 84 岁高龄的老人，胸腔内仍然搏动着一颗童心，这实在令人惊奇、倾慕不已。

那是北京新绿初绽的一天下午，我们怀着深深的敬意拜会了女作家冰心。小小客厅中，我们坐在老人的膝前聆听她对于福州故乡的深情倾谈，心中倍感亲切。但话题偶然一转，却腾起一朵小浪花，飞出一段小插曲。

那时，她问及福州南后街杨桥巷万兴桶石店后的故居，坐在一旁的文学研究所的卓如大姐回答说，为了搜集资料，前年回榕时曾专程拜谒过。我说："卓大姐简直成了您的秘书。"冰心眼角漾开了鱼尾纹，笑了，不住地点头说："她办事负责任，我放心。对了，在我的卧室里还有一大堆来信，你带回去帮我处理吧。"卓如立即起身抱来了一大捆信件。冰心指着说："我浏览了一下，太多，无法回信。不过，有一封南京小朋友的来信，我不但看了，还回了信。"卓如一封封翻检，果然找出来了。

信写得很简单，说最近看了中央电视台录制的《生命之树常青》，他们祝愿谢奶奶健康长寿。为了表示这美好的祝愿，他们利用星期天捡回一把雨花石，随信寄来，希望谢奶奶好好保管，因为这是革命烈士的鲜血染成的……

冰心眯起眼睛，静静地听，那入神的情态就像在听一首美好动人的诗歌。信念完，冰心说，收到这封信，她又惊奇又高兴，因为信封上只写"北京，冰心奶奶收"，居然寄到她手中；而且，信封里还装着一把沉甸甸的雨花石呢。

说着，冰心撑着手，要站起来，又说："那一把雨花石，我已经养在一个小瓷盆里了，在那书柜中。"卓如赶紧扶老人坐定，取出玲珑的小瓷盆，端给我们看。呵，洁白的小瓷盆，清冽的水，映着排列在盆底的红褐色雨花石，显得越发珍贵了。我们依次接过小瓷盆，端详着，又恭敬地递给冰心。她凝视一会儿，伸出右手食指，浸入水中，轻轻地拨动着雨花石，许久才放在桌面上，对我们说："收到这封信的第二天，我给小朋友写了回信，告诉他们，雨花石收到了，养起来了，珍藏在我的书柜之中。"

冰心深受万千小读者热爱，不是没有原因的。她的笔下始终倾泻着对少年儿童温婉亲切的爱。这种特殊的万般温情，一直流动在她的许多作品中。凡读过她的作品的读者，莫不深深感受到一种女性的天性，一种母亲的情怀。

尤其使我们感动的是，在两年多之前的一天，她出门路遇一个小孩子。那是个健康、天真、活泼的孩子！冰心的全副身心沉迷了，为了给这个小朋友让路，一个趔趄，竟跌倒了，不幸摔折了大腿骨。就在拜会时，我看见她拄着一支暗黄色的手杖，迈开右脚，又迈开左脚，单薄的身子随着微微颤动，向左右倾斜。霎时间，我的心猛地颤动一下，急忙上前扶住老人。冰心真是一位童心圣洁的老作家啊！

（原载《福州晚报》1984 年 6 月 19 日）

黄岗山情思

武夷山脉的主峰黄岗山，像是一座充满磁场的山，一下子就把我这远方的来访者深深地吸引住了。一路登山，满目葱茏，处处蓬勃着绿色的生命，处处流动着绿色的思绪。在我面前，似乎闪过一道灵感，我突然发现：这海拔 2000 多米的华东屋脊，是一座沉思的山。

四面青山逼仄的垭口，蜿蜒穿行山峁的羊肠路，偶尔出现的单门独户，全都掩映在万绿丛中，眼前仿佛展现一框浓艳的山林磨漆画。旅游车在大山脚下艰难行驶，多么像一只金甲虫在青枝绿叶上寻寻觅觅，徐徐爬行。车子转弯，前方路面的左边悬崖百丈，巨大的绝壁上倒悬一株古柏，远远望去，像是在你面前画一笔寒心的感叹号；右边依山傍坡，那山坡也一样直上直下，似乎顷刻间就会向你倾泻下来。可不是，车过处，时不时传来土石砸着林木飞滚而下的呼啸声，真叫人出一身虚汗。探首车窗，悬崖之下的山涧幽幽暗暗，阴阴森森，深不可测，多望几眼，便立刻头晕目眩，树旋山转起来。在这昼晴夜雨、塌方累累的山地里驾驶的司机多么有胆量，他几乎把车子贴着坡壁匍匐缓行。从自然保护区管理处的三港到黄岗山顶，23 里路程，曲曲折折，转弯抹角，车子磨磨蹭蹭地蛇行了一个半小时。

我平生第一次进入如此蔚为壮观的大山。眺望四野，莽莽苍苍，蓊蓊郁郁，到处是古木参天，青藤攀缘，灌木丛丛，野草离离，驳杂的不知名的花，严严实实地覆盖着山地。要不是驾驭着现代化交通工

59

具，自己便真有一种超脱尘世、返回原始生物圈的感觉。不是吗？就在海拔 1000 多米的山坡上，一棵银杏挺立路边，向当今世界报告着远古洪荒时代冰川肆虐的信息。我抚摩着粗壮躯干上的树皮，开裂而斑驳，有的已经剥落，露出受伤的瘢痕。不料那一片片竟像铁甲一样坚硬，很是棘手。我看准一片裂皮，极力地剥，却扯不下来。一时，我好像明白了什么，心里默默念叨：银杏，你与大山同生死共患难，度过了多么难耐的空寂的悠悠纪年，又与狂风暴雨、雪山冰川抗争了几十万年，几百万年，终于光荣地生存下来，赢得了"活化石"的尊称。因为有了你，大山才皱着前额沉思，永远沉思。呵，银杏，你是树中伟丈夫。不，你是旷世的哲学家，似乎向人世间昭示着一条颠扑不灭的真理。

从山脚到山顶，依高度变化，生长着多层次的植物群落：常绿阔叶林、阔叶针叶混交林、毛竹林、矮林、草甸。我原知水域有界线，水色迥然不同；后来感觉空气也有界线，气味相异；而今又发现同一座山上，植物生长的界线更是层次分明。在山腰以下的植物群落里，一年四季，浓厚的绿被覆盖得山地密不透风。那些铁杉、香榧、木荷、栲、栎……参差错落地竞相生长，枝丫旁逸斜出，盘虬交错，极力寻找缝隙，把树梢、枝叶托出空间，伸向蓝天，承受阳光的爱抚、雨露的滋润。而大树脚下，一丛丛灌木，虽挤挤挨挨，密密匝匝，却泰然地舒展着纤巧的枝叶。它们不因大树蔽日而垂头沮丧，不因绿盖遮天而畏葸不前。它们招呼奔散在自己周围的蓬蒿、齿蕨、苔藓，以及撑着五彩花伞的蘑菇们，携起手来，跳起舞来，欢乐地生活在天国一般神奇的大森林中。白天，它们一样地欢呼从林间洒下的一束七彩阳光；夜晚，它们一样地从斑驳的树影中向灿烂的繁星眨眼。

在这欣欣向荣的大森林里，林木花草知多少？它们争自由，争生存，争发展，各自找到了立足之地，占据了生存的空间，但从不知足，永远向上。当然也有怯懦者。就在山腰上，我看见繁荣茂密的林子里，一株十多米高的树木枯竭而死。那树身佝偻，叶子无存，光秃秃的枝，干巴巴的干。已经认不出树种了，就像腐败的尸体认不出人形一样。而在它的周围，也许是它的同宗兄弟们？一棵棵虎气生生地挺胸而立，健康，壮实，焕发着豪气。在它的脚下，两根青藤毫不客气地蹿上来了，沿着它干裂的躯体，寻找合成叶绿素的光线。在这可悲的树下，我伫立良久。我这个看见蚂蚁丧生都会难过一阵的软弱人，此刻却一反常态，没有一丝恻隐之心。透过林间氤氲雾岚，我看见了一双深邃的目光。呵，达尔文！老人正严峻地注视着芸芸众生，注视着每一棵树、每一株草、每一朵花，注视着眼前这可怜巴巴地死去的不幸者。先哲启口告诫，洪钟一样的声音震荡山林幽谷：物竞天择，不在竞争中生存，便在竞争中消亡……

山腰之上是成片的毛竹林。青青的竹林深处，传出鸣蝉的长吟，百灵的歌唱，还有不知名昆虫的奇异叫声，汇合成美妙的竹林音乐。那旋律时而起劲，一阵紧似一阵；时而柔缓，一声慢似一声。远远听着，犹如琴瑟笙箫一齐弹奏着人间仙曲，一种大自然的灵秀之声如缕不绝，袅袅飘出，飘出。

海拔 1600 米之上，便是矮林层。一律的矮林，最高的只能长到 12 米。高山寒气的侵袭，风雪的压迫，使它们无法挺直身腰。长期的压抑，往往造成躯体的畸形和心灵的变态。尽管它们逆来顺受，求得生存，但终究只能在摧残中偷生，一棵棵便长成了森林王国中的侏儒。所幸的是侏儒之中毕竟也有令人倾倒的佼佼者——向阳山坡上天生一片黄杨木矮林，秀丽得叫人驻足不前，流连忘返。一阵山风，林中一片飒飒，犹如千层海浪喧哗。呵，矮林，矮林，你向所有攀上高峰的人们诉说什么？诉说什么？

到了 1800 米以上的高处，林木绝迹，一片草甸，偶尔发现早开的忘忧草之花，金灿灿的，亭亭玉立，引得人们忍不住争相拍照纪念。我疑心自己，是来到了遍地绿草如茵、繁花如星的北国草原？

　　站在黄岗山顶国家测绘的 2000 多米高度的三角点前，我庆幸自己居然登临这华东最高峰。回首看山岚薄雾如丝如练飘来，我竟天真地伸手捞。环顾四周，一览众山小，风光无限，思绪不尽……

　　啊，黄岗山——沉思的山！

1984 年 7 月

　　（原载《散文》，收入福建武夷山国家级自然保护区管理局编《武夷荟萃》）

山问（外一篇）

你有多少树的老者？它们干皱的皮、飘拂的髯，记录了冰川的狂暴、风雪的肆虐。在世纪的难耐的空寂与悠长之中，它们繁衍了庞大的家族，护卫着你的尊严。一阵风吹过，声浪飒飒，那是它们在悄悄发誓：与大山生死共存。

你有多少啁啾的鸟、长吟的蝉，多少蛇蛙鱼虫？你轻轻地裹起褐色的襁褓，让它们舒适地冬眠。在你偌大的绿色摇篮中，它们时而奏起美妙的小夜曲，时而翩翩起舞。你丰腴的怀抱，便是它们的自由天国。而它们的爬行腾跃、追逐飞翔，它们的鸣奏弹唱、空谷传呼，又赋予你无限蓬勃而旺盛的生命。

你有多少沟道、泉眼，多少山涧、小溪？它们或汩汩低唱，或哗哗欢歌。从岩石下，从土层中，从须根上，从叶脉里，一滴一滴，淙淙汇流。这清清亮亮的大自然乳汁，哺育了你雄壮的躯体和灵秀的气质。

大山，大山，你有一双多么神秘的眼，还有这永远沉思的额。

溪 涧

临窗，溪流涧水潺潺。白天，它唱着关于白云、太阳和叶绿素的歌。夜晚，它唱着关于星星、月亮和昆虫世界的歌。

溪涧上，密密层层的大小岩石，如蹲，如伏，似开颜欢笑，似向隅悲泣。沿着弯道曲径，迎着一路奔腾轰鸣的流水，激起千朵浪花，梳出万缕青丝。

四围的山，茂密的林，碧青的草，斑斓的花，便是溪涧不渴的源泉吗？它从窗下载歌载舞而过，日行千百里，汇入闽江，流归大海。

蓝色的海洋呵，看到青山的身影了吗？浩荡的海洋呵，听到溪涧的歌声了吗？

临窗溪流涧水鸣溅溅，日里夜里，唱着一支激越的歌，永恒的歌。

1984 年 7 月

（原载《福州晚报》1984 年 7 月 16 日）

绍 兴 访 圣

来到杭州，最大的乐事倒不是流连忘返于风光旖旎的西子湖畔，而是急于瞻仰久已神往的文学圣人鲁迅的绍兴故居。呵，绍兴养育的鲁迅，鲁迅笔下的绍兴。

4月26日，一个江南暮春难得的晴天。车过钱塘江大桥，驶入萧山县境，忽忽闪闪，不到两个小时，鲁迅的故乡就出现在眼前。融融春日之下，田野五彩缤纷：金黄鲜亮的油菜花，碧青抽穗的麦禾，姹紫嫣红的紫云英……一条小河静静地流淌在田野的广阔胸脯上，偶尔开来一只机动船，噗噗地拖开八字形波浪，急驰而过。河边铺有青石桥，但并不跨河，奇特的是与河道平行，长长的，窄窄的，专供拉纤。这是我在别地所没有见过的。不远的河面上，平缓地航行着一只装满货物的大船，两人背纤行走在石板桥上，那纤绳并不粗大，不细心就看不出来，而那两人也不太费劲，步履稳健。乍一看，他们似乎与身后的那只船毫不相干，这与我头脑中关于纤夫生活的印象大不相同。呵，那是19世纪70年代俄国画家列宾笔下的图景：伏尔加河岸上，一群纤夫，衣着破烂，躯体前倾，步伐沉重，目光漠然，而那粗大的纤绳，深深地勒进了他们发黑的臂膀……

"乌篷船！"不知谁叫了一声，引得大家纷纷站起来，探身车窗，向外张望。果然，一只似曾熟悉的船，真真切切地映入我的眼帘：船身不大，罩着乌黑的竹篷，船尾一人奋力摇橹，一颠一仰，显示了一种舞蹈动作般的艺术美。这里河流纵横交错，环庄绕户，当地人出门，多半搭船走水路。因而这著名的浙东水乡，又素有"东方威尼斯"美称。看到眼前这只船，我的脑际立刻闪出鲁迅笔下的一只只白篷或乌篷的船，那是双喜、阿发他们在朦胧月色下摇去赵庄看戏的船？那是闰土摇来搬运周家送他的长桌、椅子、香炉、烛台、抬秤和草灰的船？那是猛兽一样隐伏在河汊上把祥林嫂劫持到深山野墺里去的船？

车进绍兴城，大家都愿意下车漫步，观瞻这座吴越古城的风貌。沿着绍兴城最繁华的解放大街南行 20 分钟，便折入了鲁迅路。街道似乎突然间平静下来，两旁掩映的法国梧桐漏下斑驳的日影，留给远方的来访者以无尽的思考。蓦地，一家小店铺把我从沉思冥想之中唤醒。原来这是孔乙己喝过酒的酒家！一间绍兴古式瓦屋，屋檐下一块横匾，上书"咸亨酒店"四个黑漆大字，字体遒劲苍朴，与门廊上挂着的"太白遗风"的直书木椽，相映成趣，吸引着万千鲁迅的景仰者。店面的格局，依然是酒坛高垒，依然是当街一个曲尺形大柜台，上面摆满了一碟碟下酒的小菜：花生、皮蛋、豆腐干、牛肉干……而最引人注目的莫过茴香豆了。其实就是极普通的蚕豆，用茴香煨熟罢了。同行的一位广东老教授挤到柜前："半斤绍兴黄酒，二角茴香豆！"女营业员立即斟满一大碗酒，并捧出一大盘茴香豆。老教授懵了：这酒喝下了，这茴香豆嗑到何时？当年的孔乙己，可是一颗一颗地舍不得吃呀。当孩子们眼望着碟子时，孔乙己着了慌，伸开五指将碟子罩住，弯腰下去说道："不多不多！多乎哉？不多也。"现在这茴香豆，临柜下酒之外，还有装在塑料袋里的。好！老教授一下子买了 20 包。所有迢迢远道赶来瞻仰鲁迅纪念馆的人都要在咸亨酒家歇脚，也都要买几包茴香豆，让心头留下对于孔乙己的可笑又可悲的永久回味。

走进东昌坊口周家新台门内鲁迅的故居，有一种肃穆的气氛，又有一种亲切的感觉，仿佛先生从古色古香的座椅上起身迎出来，微笑着接待我们。跨进先生的卧室，我立刻意识到，文学巨人就是诞生在这古老而又破败的书香门第里。此间的一床、一桌、一椅，永远保留着伟大身躯的温热，保留着民族魂灵的气息。

出通道往北的故居是根据原貌新建的厨房，给人无限的启迪。就是在这里，少年的鲁迅日盼夜盼，终于盼来了章运水，圆脸，小毡帽，银项圈。两个小伙伴亲密无间地谈海边拾贝，谈月夜西瓜地，谈雪天捕鸟。但正月过去了，运水须回家了，鲁迅急得大哭，运水也躲在厨房哭着不肯出门……1919 年冬天，也许还在这厨房里，鲁迅和运水的最后一次见面竟是意外地可悲：运水灰黄的脸，很深的皱纹，眼睛红肿，破毡帽，松树皮的手，浑身瑟缩着……深挚的童年友谊和人世间的巨大变异，鲁迅酝酿了震撼人心的杰作《故乡》，农民朋友章运水，便成了闰土的模特儿，在读者心头上塑起一尊夺目的文学形象。

鲁迅具有一副思想家的头脑，而且胸中跳动着一颗纯真的童心。记不起谁说过，没有童心就没有天才。这句话我在步入屋后的百草园时才深信不疑。一座"确凿只有一些野草"的荒芜菜园，一经鲁迅彩笔点染，就充满了无限的趣味，成了乐园。在这春天里，几十年的老桑树越发茂盛，只是那青枝绿叶上没有桑葚。一堵历经雷电风雨侵蚀的泥墙横卧如故，墙根下青藤蔓蔓，那是何首乌藤和木莲藤缠绕着？我真想伸手拔它起来，找到像人形的吃了可以成仙的何首乌根。忽然吹来一阵轻风，园子里的草木一齐发出柔和的窸窣声。我疑心它们在悄悄地讨论着种子怎样在泥土、阳光、雨露中萌发，以及人间产生天才的机缘。呵，百草园！我久久地流连，不忍离去，仿佛自己已经返童，一会儿围着光滑的石井栏跳上跳下，一会儿贴耳聆听油蛉低唱，蟋蟀弹琴，还希望得到一盒飞蜈蚣……

离开故居，沿着鲁迅当年上学的足迹，出门向东，不上半里，走

67

过一道石桥，便是"三味书屋"了。清朝末年，这是绍兴城里以严厉著称的私塾。鲁迅从 12 岁起一直在这里读到 17 岁。塾师寿镜吾是本城中极方正、质朴、博学的人。关于这位宿儒，我在杭州时就听过他的曾孙女婿蔡体檠介绍，心下十分尊敬。我想，一个人的成才，启蒙老师的教育是至关重要的。鲁迅也不例外，他那精深广博的学问的一部分，最早也许就是在严师的眼光下积累的？塾间完全保留原貌：第三间书房，中悬横匾"三味书屋"，匾下一幅画，一只梅花鹿伏在古树下。中间方桌和木椅是寿老先生的授业座位，四周八九张课桌椅是学生自备的。鲁迅的座位在东北角，桌面右边一个"早"字，是他在一次迟到而受到老师责备之后亲手刻下的，用以严格督促自己奋发读书，足见鲁迅少年时期的自尊自勉精神就已经是何等的令人钦佩。

我默默地走着，仔细寻觅先生的足迹。足迹，闪光的足迹，先生从养育他的绍兴起步，一直走向南京，走向日本，走向北京、上海、厦门、广州，终于走完了短暂的艰难而豪迈的人生旅程，为我们民族留下了巨大的精神财富。今日有幸，我瞻仰了先生的故居。我何止三遍五遍地读过先生的不朽著作。我发现：一个伟人，一个天才，总是从养育他的故乡土地上，从养育他的人民群众中，迈开他坚实的第一步。

1984 年 9 月

（原载《海峡》）

拜 会 冰 心

1984 年 4 月 19 日下午，我们由文学研究所的卓如大姐引路，驱车前往北京西郊，拜会 84 岁高龄的福建籍著名女作家冰心。

我国现代文学星汉灿烂，而冰心是一颗夺目的星辰。她的文学光辉不仅普照神州大地，而且早已超越国境，洒向外域异邦的千千万万读者的心田。正是怀着这种深深的敬仰之情，我们来到首都之后，头一件事就是拜见冰心。

下车之后，我们来到了一座普通的宿舍大楼前。这是冰心老伴吴文藻博士所在单位的宿舍。前两三年，国务院曾提议专为冰心盖一座四合院，但她婉言谢绝了，就住到吴老单位的宿舍里来了。组织上派的秘书也不要，只叫在外语学院当教师的小女儿吴青回家来住，便于日夜照顾。她声望很高，却从来无所求于人。中国知识分子的这种品格实在令人敬仰。

我们登上了二楼左门，举手轻叩两下，"咔嚓"一声，门开了。在这里帮助料理家务的一位大嫂（吴家的亲戚）把我们让进了客厅。小小客厅，布置得素雅、清静、大方。左边粉墙上一副对联引人注目，这是梁启超亲笔书赠冰心女士的真迹："世事沧桑心事定，胸中海岳梦中飞。"对联下一条沙发，一张茶几。临窗一张小方桌，古色明净，桌旁的软垫木椅是冰心在此接见客人的座位。

我正注目环视，凝神静思，客厅外传来了轻轻的两三下木杖点地声，我转身一看，呵！是冰心老人出现在门口。一张多么熟悉的脸，眉宇间透着睿智，目光里饱含着对于儿童、对于人间的万般慈爱。这时，她拄着一支暗黄色的手杖，迈开右腿，又迈开左腿，单薄的身子随着微微颤动，向一侧倾斜。霎时间，我的心猛地颤动一下，但立刻就平静下来，因为我真切地看见，她又稳健地迈开了新的步伐。我听说过，两年多以前，一次行走，她为了给一个儿童让路，一个趔趄，摔了一跤，不幸骨折，腿上从此留下了这个后遗症。过去，她为儿童献出心血；而今，她又为了儿童，甚至于赔上了一把老骨头。她真是一位童心圣洁的儿童文学家呵。此刻，我的心头激起一阵热浪，急忙伸出双手，握住她的一只手，连声说："谢老！您好，您好！"她站定，皱纹间绽开了笑，说："你们是福建来的吗？请坐！请坐！"

当我告诉她，我们福建教育出版社去年出版了卓如编著的《闽中现代作家作品选评》时，她那绝无一般老人那样浑浊眼神的目光，更亮了。我们感谢她为这本书写了序言。显然，她高兴起来了，用她那十分标准的北京口音说："我本来不知道我们福建有这么多卓有成就的作家，过去虽与他们常见面，但没问哪里人，比如白刃，我始终不晓得他原来也是福建人。多亏卓如，多亏你们出版社，做了大好事，把闽籍现代作家集合起来，检阅一番，阵容不小呢。实在，我们福建的现当代，政治、文艺、科技等方面，都出了不少人才。"她扳着指头，从严复、林则徐、林觉民一直数到前不久逝世的林巧稚，一长串闪光的姓名。

她好像记起什么似的，说："兴致来了，光顾说话，喝茶吧。卓如，您代主人，倒茶。"在卓大姐为我们倒茶的时候，冰心前倾身体，端起桌上的一盘点心，硬要我们尝尝："这是北京特产，叫茯苓夹饼，过去是进贡给皇帝皇后吃的，现在大家都吃上了。"盛情难却，我们每人都尝了一片夹饼。卓大姐悄悄告诉我们，冰心听说客自家乡来，就特意预备了这些糖果糕饼。她听见了，说："没什么好请你们。说真的，北京吃的都赶不上我们家乡，单是水果，我们那儿一年四季吃不完，3月枇杷，6月荔枝，8月龙眼，10月福橘，还有一种叫黄皮果的吧，核大，皮薄，酸酸甜甜，好吃呢。"被她这么一说，我们口水都上来了。

我吃着夹饼，更回味冰心的话，心里很不安，就接着刚才的话题，说："我们福建前辈人才济济，而我们这一辈却没有什么建树，尤其文学创作，小说、散文，冒尖的作品，在全国有影响的作品，几乎没有。写不好作品，我们很苦恼，也在思考、探讨原因，力求突破。有人分析是福建山水闭塞，四季变化不大……"我的话还没说完，冰心插进来说："不，不，不能这么分析！武夷山挺秀，闽江水明丽，这秀山碧水，哪个省也比不上，正是出人才的最好的地理环境！"

大概是过于激动的缘故吧，她的脸微微泛起了红光，这是老年人少见的。关于家乡的话，不绝于口。她说，虽然年岁大了，但还想再回福建看看。1949年前回过一次，那是小孩子时候；1956年随视察团回过一次，留下很深的印象；1964年本来还有一个机会回去，不想临时来了出国任务，回不成了。后来，"文革"折腾了十年之久，把什么都耽误了。可是回福建这念头，却始终没有停止过，心里老惦着。话到这里，她笑了，笑得像年轻人一样纯真。沉吟片刻，她像在发问，又像在自言自语："奇怪不？我这思乡病真厉害，会传染，传给了从未到过福建的小女儿吴青，她也一直念叨着，能有讲学的机会，回到八闽胜地看看。"

话题始终不离故乡。冰心问她少年时住过的福州城内南后街杨桥巷口万兴桶石店后的老屋还在不在，那是她祖父谢子修老先生从朋友林觉民（黄花岗烈士）手上买下的，后来举家北迁，又转卖给别姓了。关于这房屋，我们没去过，一时答不上来。卓大姐却不愧为冰心研究专家，她为了写好冰心文学传记，前年回榕时曾专程拜谒过少年冰心心目中的乐园。老屋已经几易其主了，其中一半却为了扩建公路而拆除了。听到这里，冰心说："扩建公路？好！记得小时候，我家门前的路都是石板路，一块石板，大约一米宽，两米长吧？一块块铺开去，夏天傍晚，满街木屐噼啪噼啪响。现在，福州的建设已经有相当规模了吧？老百姓的生活水平高吧？农民除了种水田之外，还做什么？"

冰心年高老迈，却眼不花，耳不背，口齿清晰，这真是奇迹。我们促膝而谈。我回答了她提出的问题。她全神贯注地听，不时地点头，不时地插问。听到家乡巨变时，她双目发亮，使我马上想起她那隽永的小诗《繁星》。呵，一双闪烁在深蓝的太空中的繁星，在"深深的互相颂赞"着家乡的繁荣昌盛和百姓的安居乐业！

1984 年 9 月

72

（原载《福建工人》）

平明纪事

如果说一天的时间是从零点开始，那么，平明便是一天中最美妙的时分。

无论春夏秋冬，无论阴晴雨雪，我都养成习惯，每天不早不迟，总在这个时分醒来。女儿要考试了，晚上入睡前必定说："爸爸，明早5点钟叫我。"翌晨，我把她从又沉又香的睡梦里摇醒，她揉揉惺忪的眼，一看，正是5点，于是她调皮地说："爸爸，您真是一台闹钟，一台标准的闹钟！"我苦笑。我的孩子，你哪里知道，当初，你刚刚诞生的时候，我就从拮据的手头中掰出十几元钱，买过一台真正的闹钟哩。那时，我留恋过温热的被褥，尽管房屋外面金鸡喔喔，步履踏踏，一夜沉睡的世界已经苏醒，尽管晨光熹微，窗棂透亮，飞转的地球已经把白昼的面纱撩开，但我，还是蒙头懒睡。即使全无睡意，也还紧紧地裹住被子，一动不动地蜷缩着，迷迷糊糊，懵懵懂懂，一任惰性在温床上滋生、蔓延。

然而，女儿降生之后，随着她的啼哭，生活的节奏似乎突然间加快了，一切都显得匆忙，甚至手忙脚乱起来。往往一觉醒来，天已放亮，翻身起床，急急穿衣。被褥已来不及折叠了，对不起，只得留待妻子去整理。而此刻，她已在炉灶前团团转了，又是揭煤炉，洗米下锅，又是洗尿布，清理卫生。倘若女儿哭闹起来，又得赶紧进去哄她，小丫头好不容易破涕为笑了，回转厨房，我的天，饭全焦了！碰

73

到这种时候，我们只好摸出"干粮"，胡乱吃两块，喝一杯开水。有时不巧，糕饼尽，开水干，那么只好让肚子受委屈，先上班去。这能怨妻子吗？不能。要知道，我出的纰漏也不少呀。

当然，我分工采购，但任务并不比她轻，全家人一整天的伙食就看我这个"采购员"有多少能耐了。不过，一提起菜篮子，我就作难起来了，心想：今天买什么？还是昨天那几样菜？吃腻了！但不买这些，又买什么？而且还得排上长队。二两豆腐一刻钟，一斤带鱼半小时，算了吧，狠狠心，买一次高价淡水鱼，或是猪肝什么的，换换口味，改善一天吧！我喜滋滋地回家，照例一放篮子，吃饭上班。等到中午下班回来，"升炉打铁"，洗菜切鱼，忙得不亦乐乎。但菜刀一落，一股腥臭冲鼻，糟了，一条臭鱼！这时，妻子难免数落："有眼不看，有鼻不闻，二盘商最走运的是碰上你这书呆！"吃不上一口鱼，却惹得一身臭，何等狼狈，我只有苦笑。

74

后来，为了迎接这"战斗的早晨"，我终于买了一台闹钟，先是提早半小时起床，接着干脆少睡点，提早一小时，但始终无法摆脱"战斗"的气氛。三年五年，十年八年，习惯成自然，不用闹钟，不早不迟，我总在平明时分醒来，妻子仍然围着灶台转，我依然上街排队买菜。长期劳累，生活艰苦，刚过40岁，我就经常生病，妻子肩上本来就不轻的担子又加码，好在女儿渐渐长大，分担了一点家务。从此，在家里，我这个病号享受了过分的优渥待遇，完全成了休养员。说来可笑，劳碌了一二十年的人，一下子赋闲，反觉不自在。尤其在这平明时分，我照例醒来，照例起床，就像闹钟里的弹簧，时刻到了，就会自动弹跳起来。也好，曙色之中，到校园散散步，做做深呼吸，活动活动筋骨。但没多久，我发现，一天之中，这宁静的晨光和空荡荡的校园一样，十分虚幻、缥缈，难以捉摸，多么不充实，多么不自在！于是，我缩短了夜间的读书写作时间，而在翌晨，按亮台灯，奋笔疾书，精力充沛地开始了一天的生活。

今天，我仍然准点起床。走到阳台，眺望东方，暗红的天际下，鼓山横卧，犹如一匹巨兽酣眠未醒。远远近近，街灯闪烁，映衬着一弯残月，几颗疏星，把城市建筑物的轮廓勾勒得分外迷人。谁家又一扇窗户亮了，是主妇揭炉做饭，还是中学生灯下晨读？雄鸡喔喔，啄开了一线晨光，漾开，漾开……

坐到台灯下，一种幸福感充溢我的心间。于是，我又开卷展读，全副身心沉浸到另一个世界中去。

1984 年 9 月

走 向 讲 台

南国的春天，空气里除了给人暖洋洋的感觉之外，似乎还有一种特殊的魅力弥漫在周围，叫人心头酥酥的，痒痒的，好不安定哟，就像这种季节里萌动的种子，不安于冬眠，急着破土探身明媚的世界。

正是怀着这种异样的感觉，她从春光里穿过校园，向教室里走来了。路旁，菱形的花圃流溢着斑斓的色彩，红的月季，黄的迎春，白的雏菊，飘逸出淡淡的芬芳，花间蜂蝶嘤嗡。修整得格外整洁的草坪新绿如茵，而沿着台阶，依依生长的垂柳，不知为什么，飘啊，飘不完的柳絮，轻轻地，悄悄地，不声不响地洒落在师生的头发上，肩膀上，衣服上。巧不？这一朵柳絮，竟调皮地落在她的眉毛上，松松的，绵绵的。她笑了，顺手抹下，柳絮又袅袅地飘走了。

课前三分钟的预备铃响起来了。她跨上教室前的走廊。走廊上，一群学生嬉闹着，雀跃着，潮水一般地涌向教室门口。呵，就是他们，花儿一样可爱、猴儿一样活泼的少年男女，就要静静地坐在各自的座位上，睁大惊奇的目光，聆听自己的讲演？自己就这样开始了实习的第一课，人生的第一课？手中的教科书呵，能告诉我：生活是怎样从美丽的梦幻，变成了真真切切的现实？又怎样像一个迷人的巨大磁场，把她深深地吸引住了？

那是四年前的夏天，高考之后的一个假日。父亲带她到乡下散心，消除连日应试的过分疲劳。父女来到了一棵古榕掩映下的乡村小学的大门前。枝叶婆娑，日影斑驳。校舍早已扩建一新，唯独留下的一堵院墙虽然已剥蚀，却依稀可见昔日祖庙祠堂的肃穆。当年，也是风华正茂的年岁，祖父一身长袍布鞋，风尘仆仆地落脚到这穷乡僻壤，在这庙堂里开设了私塾书斋，播种文化的种子。不想道路坎坷，祖父尝尽人间苦水，壮志未酬，终于病逝在这块没有收获的贫瘠土地上。

古榕分叉的树干空了心，幽幽的，就像老人晚年伤残的独眼凝眸大地。树干皱褶纵横，悬空突出，那是老人沉思的前额？一阵风吹过，枝叶喊喳，莫非是学生趁先生入神诵读的机会，悄悄传递什么玩意儿？又一阵风吹过，那也许是祖父沉重的叹息？

父亲的良苦用心，终于端端正正地写到了她报考师范大学的志愿表上。光阴荏苒，她如今夹着课本和教案，走向教室。隔着半个世纪的风雨雷电，祖父与孙女，遥相执教，为人师表。但在那遥远的年代，祖父多么孤独，一座古祠，几张椅桌，留给他一个又一个渺茫的晨昏。而孙女，正沐浴着新时期的春晖，穿过花丛，穿过歌声，行走在一片热切期待的目光中。她惊叹社会的巨大差异。在实习日记的第一页上，她写道："与祖辈对比，我是时代的骄子……"

此刻，"骄子"的心怦怦有声。当最后的一群学生消失在教室门口之后，她突然发现走廊变得多么狭长，多么空寂。周围的一切也静得出奇，似乎在等待着庄严时刻的到来。

飘飘忽忽的柳絮羞羞怯怯，飘向窗台，透过玻璃，悄悄地张望着教室里端坐静候的学生，以及后排的听课人。无巧不成书，而生活本身就是一本多么有趣的故事书呵。就在后排听课人中，正坐着她的父亲、这所中学的教务主任。他架着一副厚镜片的深度眼镜，人们很难透过那晕晕的镜片看清他的眼神。走路时，他总是双眉微蹙，目不斜视，低头向前，似乎永远在思考着什么。现在，当他坐在教室后排，即将听取女儿教课，并且在课后发表权威性意见，亲自审定课堂的成败时，他猛然感觉到了什么，于是，眉心又习惯地微微蹙起。呵，是的，再过几个月，女儿就要毕业分配，正式当上人民教师，这个单薄的家族中，便是祖孙三代执教，接续半个世纪。他为教师世家而自豪，更为女儿的幸运而宽慰。年轻人赶上了最美好的时光，没有可怕的梦魇惊扰，没有沉闷的阴霾压顶。一路春风，送她迈进了"教师光荣"的时代门槛，从事塑造心灵的神圣职业，汽笛向她鸣响，麦浪向她点头，国歌向她高奏，红旗向她飘扬……女儿生逢盛世呵。而自己呢？却在偏见泛滥的年代，一脚踩进了并不茂盛的园地。辛勤耕耘，寒暑劳作，他流下了多少汗水，浇灌了多少心血，却像祖辈一样，收获的希望消失在一片汹涌的洪荒之中。值得庆幸的是，祖辈毕生蹉跎，终无实现夙愿之日，含怨而逝；而自己在不惑之年，却能与女儿一道迎来了冰雪消融的春天。

走过长廊，她站到了教室门口，等待着上课铃的骤然响起。她下意识地举手撩一撩滑落在鬓角的一缕卷发，又顺手拉一拉衣角。眼前要有一面镜子多好，可以瞥一眼自己的一身春装是不是平整。杨教授讲过，为人师表，上台授课，外表的整洁、朴素、大方，也将对学生起着潜移默化的作用。

转过身，她面对着全班的学生。呵，眼睛，眼睛，她见过这么黑亮、这么美丽的50双眼睛吗？像艳阳的蓝天，高远，明净；像高山的深潭，清澈、纯洁；像夏夜的星星，闪着迷人的晶莹；像透亮的窗口，让人看到了纯洁的心灵……一双双睁大的眼睛，好奇的目光，渴求的目光，聪颖的目光，沉静的目光，热烈的目光，一齐投向了门口，投向了她。她开始用自己的目光默默地巡视着一个座位，又一个座位，一排，又一排。目光相遇了，迸出了灿烂的一闪。呵，她理解，这一闪，是敞开心灵，分明告诉她：老师，您别紧张，我们都是您的好学生。

祖父有过好学生，虽然活在人世的已经寥寥无几，年逾古稀，但他们每每回忆起祖父开办的私塾，还充满无限感慨：在那愚昧的久远年代，设塾启蒙，也算是一桩小小的功业呵。父亲有过好学生，在天南海北，在各行各业，那是栋梁之材，那是闪烁的新星。呵，如今，我也有了学生，我将教给他们什么呢？将带领他们走向何方？第四次技术革命的晨曦已经从地平线上升起。向着世界，向着未来，列队出发吧，一代新人！让我们崛起的中华，永远行进在世界民族之林的前列……

急促的铃声传过来了。

本来就荡漾着涟漪的心的湖面，掀起一阵波浪，掠过教室。

她手捧教案，迈开脚步，踏着铃声，庄严地走向讲台。

1984 年 9 月

（原载《散文》，收入李永斌选编《蜡烛颂》，广西教育出版社 79
1989 年版）

太 平 蛤

踏上平潭岛，时已过午。

午餐意外地丰盛，满桌的海鲜：白鲳、黑鳗、红虾、黄螺、金鳝，还有一大碗贝蛤。喝一口蛤汤，哎哟，味儿美得差一点把蛤壳连同舌头往下吞哩。我们这些内地人，偶尔也尝过花蛤的美味，但绝对不如桌面上的这碗蛤汤可口。也许，我们初次品尝，味觉新鲜？也许，我们太饿了，吃起来特香？主人老陈看着我们咂巴有声地吃喝，笑眯眯地问我的小女儿："你知道这叫什么蛤吗？"这一问，倒把她问住了。其实，我们也都答不上。

我夹起一只蛤，左看，右看，说是花蛤吧，不像，花蛤一般只有拇指指甲大小，玲珑纤巧，外壳薄薄细细，花纹艳丽。而眼前这蛤，比花蛤大上两三圈，外壳光滑坚硬，纹路明晰，淡淡的暖色漾开，漾开，就像夕阳下的浪涛，一圈，又一圈，卷上来了，又退下去了，在光洁的沙滩上，留下了一道道五彩的水痕。

"平时吃的花蛤，古来已有，而这种大蛤呢，不早不迟，就在解放军解放我们海岛的 1949 年 9 月，忽然出现了。"老陈回忆着 35 年前富有传奇色彩的情景。立时，我的眼前，出现了动人的场面——

黑亮的海滩上，讨海的渔民惊喜地捧起大蛤，奔走相告："天降罕物！天降罕物！""吉祥的大蛤，好征兆！解放军来了，天下从此太平，这大蛤，就叫太平蛤吧！"……

渔民们欢天喜地，抬着刚从海边运回的一筐筐太平蛤，敲着腰鼓，扭着秧歌，送到解放军营地……

岛上的渔人、商贾、居民，人人涌到集市上，涌到码头边，争购太平蛤。家家户户的饭桌上，一日三餐，少不了一大碗太平蛤。太平蛤，日子越过越太平……

品味着这海岛第一餐的太平蛤，我们的思绪犹如岛外大起大落的海浪，不停地涌流，涌流。

翌日。老陈导游，我们来到了潭东海滨。这儿的风景简直是一幅画：沙滩，海湾，礁石，还有一座风蚀雨锈的小山，如立如蹲，深情地俯视着苍茫的大海。我们踩着乱石小径，穿过夹道丛生的龙舌兰，很快地登上了山顶。山顶不大，一二十米见方，一座小石屋。老陈告诉我们，这是海军的瞭望哨。我这才注意到背海的阴坡上，坐落着几幢部队的营房。而这小石屋内，架着望远镜，一位年轻的战士正值班。我们的步伐不约而同地踌躇了。我想：这是军事要地，岂可随便进入？老陈大概看出了大家的紧张心情，笑着说："没关系，我们常来这儿参观呢。"于是，他先进小石屋，向战士说了几句话，便招呼我们也进去了。

我们一个个上前，在战士的指导下，对着望远镜，瞭望着无边的大海。在镜头下，本来辽阔遥远的大海，一下子推近在眼前，壮阔，灰蒙蒙，汹涌着千万匹波浪。那孤零零地突兀海面上的牛山岛，雄峙的山崖，匍匐的巨礁，敞开怀抱的港汊，在水色光天中，一一勾画出分明的轮廓。突然，同来的小女儿惊叫起来："船！船！向我们开来的船！"战士说，那是台湾渔船，常在这一带海面上捕鱼，有时就上岛歇息几天。小女儿扬起兴奋得红扑扑的小脸蛋，问："真的，台湾的渔船也到我们岛上来吗？"

战士平静地回答："同胞嘛，常来常往。"

"那么，叔叔，有台湾的军舰开来吗？"

"有。你看，在牛山岛的东南面，黑乎乎的一条大船，就是台湾的军舰。"

"哎呀！那，那，那他们不打渔民吗？我们也不开炮吗？"

战士扑哧一声，笑了。

我的小女儿！历史的可怕的梦魇，还压在你幼稚的心灵上吗？不错，她读过许多描写海峡两岸的滴血的故事，更听过严肃的历史课。而今，她来到这处于大陆和台湾之间的海峡中的岛屿上，看到了大陆的渔船和军舰、台湾的渔船和军舰，在和平的海面擦肩交臂地游弋；军人和渔民，招手致意，注目送别。这，难道不是又一堂崭新的历史课吗？不知怎的，我想起了太平蛤。海岛上流行一句俗话："虾饥蟹乱蛤太平。"这话未必真，但在太平盛世的当今，太平蛤的产量骤增，却是事实。这又是一种吉祥的征兆。退潮之时，在宽阔的海滩上，盛产着捡不完的太平蛤；海产集市上，一筐筐太平蛤几乎堵住了通道；在娘宫轮渡码头，搬运上船，运往内地的，还是多得每斤只卖一两角钱的大平蛤……

暮霭四起，海岛迷人的夜降临了。

我们信步走向台湾同胞接待站。这是一幢别致的大楼。乳白色的柔和的华灯之下，影影绰绰可见花园里的花草树木。发亮的过道上飘逸着的是玉兰的暗香，还是茉莉的清香？进入大厅，灯火辉煌。水磨石的地板光洁如冰；四壁的瓷砖流光溢彩。立在龙的长城的巨幅油画前，必定让你遐思龙的腾飞，华夏儿女的崛起。阅览室里，报刊分类陈列，几种画报都皱起了角。显然，台湾同胞最喜爱翻看这五彩缤纷的画页，它是祖国日新月异的记录呵。

两位台湾同胞把我们迎进了他们的房间。一老一少，是父子俩。父亲50多岁了，体魄依然健壮，黑红黑红的脸，一件套衫绷得紧紧的，透出隆起的肌肉和流动的活力。儿子并不粗壮，却结实得像一头牛犊。主人说，他们祖籍南安，蔡氏人家。早年随父漂泊过海谋生，不料一隔几十年。父亲苦难终生，到头来魂落异乡。前年船泊东山岛，曾专程带回父亲的骨灰，才了却一桩心事。这次到平潭岛已经五天了，每日出去逛市场，看风俗，采购大陆的土特产。老蔡搬出大包小包，说是接待站帮助买到的当归、红枣、茅台酒。说话间，他记起了什么，拉我们看墙角的一筐太平蛤。我们诧异了，这海鲜不可久放呀！他说："明早3点退潮时，我们就回去了。这一筐，够得上一户一碗，让那边的乡亲们也都尝尝太平蛤，祝愿海峡两岸太平无事……"灯影下，老蔡的眼角闪着一星泪光。呵，这分明是海的彼岸亮起的一盏盼归的灯。

老蔡父子明早要赶潮，我们不敢多打扰，便告辞了。陌生主客，却一见如故。老蔡一直相送到路口。难得这依依海峡情呵。

我们也要离岛了。大家忘不了到海边沙滩上拾贝壳。海浪把许多稀奇罕见的贝壳冲卷而来，它实在是世上的宝物，形态各异，情趣盎然，叫人爱不释手。呵，贝壳上斑斓的五彩，闪耀着太阳、月亮和星星的光辉吗？闪耀着武夷山上银杏的绿枝、杜鹃的红花、野草的翠叶吗？

每人都拾了一塑料袋的贝壳，高高兴兴地准备回去。可是，小女儿却在寻觅，久久不愿离去。孩子毕竟是孩子，贪恋这童话的海边彩贝，我想。一位"海老人"揢着渔网走过来了，催促我们说："快回啰，再不走，潮上来了，这儿成了孤岛，你们还回得去吗？"小女儿急了，涨着红脸，说："还没拾到呢！"

"不是满满一袋了吗？"

"一个也没有呀！"

"什么？！"

"太平蛤的贝壳呀！"

"傻孩子！太平蛤是不长在沙滩上的。"

回到招待所，小女儿飞跑到食堂，捡到几片太平蛤的空壳，洗得洁净发亮，珍藏到彩贝袋中。

　　我突然发现：小女儿再也不是我想象的那般天真幼稚了。真是不虚此行。在平潭岛，她读到了我们时代的历史新一页。

1984 年 10 月

（原载《福建日报》1985 年 2 月 25 日）

橘　颂

大哥出现在门口。

他从乡下进城，一手提着一大兜红艳艳的家乡橘子，一手握着一张微微发黄的报纸。报纸套在塑料薄膜袋里保护着，是一张什么要紧的报纸呢？进屋后，我说："又是好年成，这橘子每亩少说也增收一二十担吧？"大哥"嗯"了一声，脸上隐隐地掠过一丝不易觉察的苦笑。他搁下橘子，说："你们先尝尝鲜吧，我到市农办找人，回来吃午饭。"说着，仍然拎着那一张旧报纸，匆匆出去了。

孩子们一见伯伯送来的橘子，就高兴得你一个我一个地抓在手上。老大说："看！橘蒂青青的，准是伯伯刚从树上剪下的！"老二馋了嘴，拇指一抠，掰了皮，顿时满屋子喷着清香的橘子味。扔一瓣口中，一咬，酸酸甜甜的橘汁满嘴流，又爽口又舒心。哎，谁不爱吃我们福州宝地上的特产——福橘！

年年入冬，榕城的市容，最引人注目的便是福橘了。今年又盛产，你瞧，水果店里一大格一大格的斜柜上垒成图案的，三五家小店用大扁箩摊到人行道上的，农贸市场里果农们一筐挨一筐的，全是福橘，多么鲜艳，多么红亮！

我不禁记起 4 月间的一次回乡情景。

我的家乡是遐迩闻名的福地橘乡。但陌生人头回来访，围着橘林转半天，懵了：但见橘树万千，问讯何处乡关？领你进村，也是密密

85

匝匝一片橘林，望不到边，看不见天。阳光只能透过虬曲盘结的枝叶，斜斜地漏下，斑驳一地。深入腹地，才发现橘林掩映之下，一簇簇旧的木屋农舍，一幢幢新的红砖绿瓦，若明若暗，时隐时现。

眼下正是 4 月开花时节，橘乡更迷人了：铁的枝干，青的叶片，白的小花。千簇万朵的花，把一树枝叶轻柔地裹住了。万枝千树的白花，把偌大的橘园严严实实地盖住了。我想象，从直升机上俯瞰橘乡，会以为是隆冬时节白雪皑皑的北国村落呢。待趄进橘林下的家乡小路时，我竟心荡神摇起来，仿佛走进了童话世界里的白花仙境了。可不是？道路，土墩，夹沟，处处撒满了白花，厚厚的松松的一层，真不忍心举步踩下去，那要作践了多么洁白芬芳的花朵呵！微风吹过，纷纷扬扬，静悄悄地飘下满天花瓣，飘逸着一股股幽香，给人一种圣洁的感觉。落花密了，簌簌，簌簌……那是向花蕊，向青枝，向绿叶告别的悄悄话吗？蜜蜂赶来了，嘤嘤嗡嗡，一边采蜜，一边唱歌……

春华秋实。眼前纷繁灿烂的橘花，必定结出累累硕果。到了老家，大哥喜上眉梢。我知道，去年初他承包了 10 亩橘园，头年就增产了四成半，多收了百来担福橘，家里添置了一台大彩电。今年他更勤快了，除草，培土，下肥，治虫，整枝……凭着他使不尽的一股劲，也凭着他几十年的栽培技术，丰收又是十拿九稳……

要吃午饭了，大哥正好回来，手上还拿着那张套在塑料薄膜袋里的报纸。坐定后，他低头抽闷烟，像有满腹心事。我心里犯了疑，大哥是老实巴交的农民，虽然沉默寡言，但每逢进城，三言两语，总要说说乡间新闻，比如邻居孟祥一家落成了一座四扇三间二层楼，全是钢筋水泥结构；克旺等三个回乡知青自筹资金办起了机砖厂……可是今天，莫非家里出了什么不顺心的事？

大哥终于开口了，突然问我："你说，党的政策变不变？"我莫名其妙，回答说："这还用问，当然不变！"他拿过塑料薄膜袋，小心翼翼地取出报纸，报纸中还夹着一份油印的生产承包合同，摊开让我看，然后说："我也想，政策该是不变的吧，你看这报纸，白纸黑字，十条政策，写得明明白白；还有这合同，盖了大印，还盖了我的私章，一点也不含糊。可是我们大队，10亩橘园承包给我不到两年，就起哄着要增加产量指标！"他额上的青筋暴出来，一跳一跳的；眼皮却仍然低垂着，长长地吸一口烟，又说："有些人，只看见我大把大把的钞票收入，红了眼，不看看我没日没夜，一个心思管橘园！"我心下想，政策是生命，政策兑现是各级领导三令五申的，怎能看见农民收入高就加码呢？我宽慰大哥，并叫他向公社反映。他说，公社来了个新书记，在农办开会，刚才去了，没找到。他说出书记的姓名，呀！原来是我过去在农村工作时的同事。大哥喜出望外，央我快找他。

午饭后大哥的心情舒畅多了，眼睛也亮了，额角青筋也退了，但还是小心地护着那张报纸、那份合同，轻轻松松地回乡下去了。自然，第二天我就挂电话，找到了新上任的公社书记……

转眼又过了几个月。我记挂着大哥的事，因为这不仅是他一户农家的利益呵。星期天，我动身回到了家乡。

眼前是令人陶醉的橘乡丰收图。融融冬日之下，绿树红果，绿的像碧玉，红的像玛瑙。整个橘园，闪闪烁烁，流光溢彩。正赶上采收旺日，乡亲们架着活动木梯，吊着竹篮，"咔嚓咔嚓"地剪下一颗又一颗福橘。青年男女兴致高，带来了三用机，放在橘树下的土墩上，播放着《我的中国心》《月亮代表我的心》等流行歌曲，许多人树上树下和着唱，此起彼落，听不清是歌星的旋律，还是采橘人的歌喉。呵，欢乐的橘园！

大哥的10亩橘园就在前边。忽然，"叔叔！"一声喊，大侄子小敏跑出橘园，向我奔来。接着，大哥、大嫂都从园子里出来，满脸漾着笑。大哥拉我进园，喜滋滋地说："老远，我就从树缝中看见你来了。嘿！政策不变，真不变！按合同，管用五年呢！"他按捺不住心头的喜悦，挑了个大红橘子，一掰十瓣，直往我嘴里塞。他告诉我，公社书记下到生产队来，调查、开会、念文件、讲政策。这一来，不但稳住了合同，而且说得乡亲的心更热了，一口气又成立了五个专业组，承包了茉莉园、龙眼林……大嫂走拢来，咬我的耳朵："去年每亩超产12担，今年采收过半了，估摸超产不下20担呢。"看大嫂悄悄说话，大哥特意提高大嗓门说："党的政策好，劳动致富光荣，还怕人家抢了你的金银财宝！"大嫂急了："俗话说，钱财不露眼，你嚷嚷什么呀，死鬼！"……

难得参加劳动，我走向木梯，三步两步登上去，迎着枝头累累福橘，一颗，又一颗，细细地剪下，轻轻地放入吊篮。在这家乡的橘园里，我尽情地分享着果农的丰收喜悦。

1985 年 3 月

笔　茧

　　连年染疾住院挂瓶，手臂上的静脉管都沉隐了。去年夏末，当我又一次躺倒病床，伸出手臂注射静脉时，小护士皱着眉头找血管，脸上露出不耐烦的神情。也实在难为护士，手臂上的血管全沉了，只好在手背和手指上找。忽然，她捏住我右手的中指头，轻声惊叫："茧花？茧花怎么结在指头上？"我笑了，解释说："这叫笔茧，大概是长期握笔结下的硬皮吧。"小护士定定地望着我的中指头，就在第一截小关节和指甲的左边，一茧如豆，表面的一层硬皮几乎透明，而下层的皮肉浸润着丝丝血液，仿佛闪着亮光，多像人们戴着的金戒指上的宝石花啊。看着看着，小护士松开了眉心。从发光的眼睛看得出来，大口罩里绽开了笑意。片刻，她问："那您的工作？"我静静地回答："每天都和笔头打交道。"这一次，小护士似乎特别细心，居然一次扎针就成功，免除了往日一连三四次穿破血管的皮肉痛苦。

89

　　小护士步履轻盈地走了，而我仰望着倒悬的药瓶上时时冒起的气泡，心里产生出许多幻觉，好像那串串气泡激起了层层水圈，水圈漾开，涟漪无边……

　　那是大字报铺天盖地的年代。戴红臂章的人，脸上稚气未脱，眼里喷着愤怒的火，一个个指着我这暴露在睽睽众目之下的手，一句句歇斯底里的叱责劈头而来："典型的资产阶级黑手！""反动文人！""毒瘤！"……

"牛棚"之夜，昏暗的灯下，我久久地摩挲着中指头上的茧皮，心想：长年累月，日里夜里，不停手中的笔，摩擦出这么一粒如豆的硬皮，何罪之有？

人在产生迷惘情绪的时候，往往抱怨命运的捉弄。假如，我这手握着的不是一支倒霉的笔，而是战士的一杆枪，工人的一只舵，农民的一把锄，那么，茧花将开放在我的手掌上，多么光荣的无产阶级的标志！而今，选择职业的一时失误，难道将酿成千古恨？中指头上的笔茧，难道成了人人口诛笔伐的罪过，成了人生的耻辱？

回到家中，我拢出铅笔、毛笔、钢笔、圆珠笔，一一折了，丢入畚斗。我发誓这一辈子再也不跟笔墨打交道了。投笔从农吧！

下放农村后，每天随着生产队的社员浇地、锄草、挑土、积肥，样样农活都卖力地干，巴望着有一天手掌上结出硬茧，代替笔茧，说不定这样就可以脱掉资产阶级帽子，加入劳动人民的行列？于是我几次悄悄地摊开双掌察看，发现劳作而磨起的血泡泯灭之后，皮肤上就留下了一层红红的软皮，再经过农具的摩擦，久而久之，结成硬皮，一个，两个，三个……呵，我的手掌也结出了茧花，和农民一样的茧花。那阵子，我心里喜滋滋的，真像小孩得到了渴望的东西呢。

没过多久，我又陷入了苦闷，因为我的手掌上虽然增生了可喜的硬茧，但中指上的笔茧并未见退化。咳！就在这中指边上，硬疤痕极为碍眼，仿佛顷刻间就要溃疡化脓，流出血水，把整个干净的指头给毁掉。岂止毁了指头？也毁了手，毁了人呵！

我不敢在人前伸手，总怕挨批，而戴红臂章的年轻人的吼声，常常叫我心悸。可是事情总是这样：你担心的事，偏偏要发生。一次收完大白菜，装车之前，社员们坐在田头休息。谁忽然冒了一句："老师，你下放劳动已经几个月了，手上该结茧了吧？"我局促地笑笑，讷讷地说："还早呢。"话音未落，社员阿泉早坐拢来，拉过我的右手，掰开掌心一看，高兴地说："有了，有了，只不过还很嫩，再一年半载，准保跟我们一样，钢锉一样的手！"我正缩手时，他却一眼瞥见了我中指上的笔茧，惊叫道："哎？指头上的茧？哦，明白啦，这是握笔写字磨出来的。"社员们围拢过来了，拉着我的手争看笔茧，就像看他们平时没见过的稀奇一样。我心里忐忑不安，惶惑地望着他们。老队长脸上严肃起来了，一字一板地说："这是长期练出来的茧，有学问的茧！"我几乎不相信自己的耳朵，许久才说："这跟你们手掌上的比，不算茧！"老队长笑了，"怎么不算？都是劳动磨出来的茧！只不过你掌大笔，我们握锄头。"队长的话，犹如一石击水，我的思绪翻腾不已。在那冷落如冰的境遇里，意外地受到称赞，我内心的酸甜苦辣一齐奔涌上来。我赶紧偏过头去，使劲地眨着眼皮，好不容易才把眼眶里转的泪水控制住了。

这天夜里，我兴奋得一夜没合眼。三天后，我接过老队长从什么地方张罗来的文房四宝，为生产队出第一次的墙报。我又是裁纸、抄写，又是划版、张贴，忙碌了整整一天。不知是过分激动，还是太久没写字，手上的笔怎么也不听使唤，抖得厉害，那一个个毛笔字简直像小学生写的那样平直生硬，真难为情贴出来。原想这一辈子和笔墨断交了，可现在又使上了。手中的笔呀，缘分不断，又磨我的指头皮……

什么时候，小护士轻轻地走到床边？她问："手上疼吗？有什么难受吗？"我感激地摇摇头。她站在床边不走，欲言又止，犹豫片刻，终于开口了："老师，能打扰您吗？"我连忙说："不必客气，快说吧。"她那一泓潭水一样清澈的眸子闪出异样的光，辨不出是羞涩，还是倾慕。她说："我喜欢诗歌，也试着写写，等您病情轻了，帮我改改。"她的声音透着由衷的诚挚和恳切，要不是在挂瓶，我会马上翻身就读，那一定是一卷探索知识、追求理想的美丽诗篇。

小护士调节一下滴注的速度，轻盈地走了。望着她那窈窕的背影，我想：小护士的态度变得恭谦敬慕，是在发现了我的笔茧之后开始的。我知道，今天，一个勤于笔耕的知识分子，受到人们的尊重，已经是自然的事。谁也不用担心再发生笔茧所造成的历史性的误会。但我总忘不了我手上笔茧的一段经历，写出来，于己于人，也许不无启迪意义吧！

1984 年 3 月

（原载《随笔》1985 年第 3 期）

读 书 三 癖

一介书生，别无所好，唯对读书嗜之成癖。承蒙《读书》专刊编者之约，姑妄写点体会，以就教于读者诸君。

开卷先读序跋记

我在少年时的阅读注意力一般集中在故事情节上，青年时便倾注在思想内容及其所表达的感情波澜中，中年之后则爱搜寻与所读书本有关的资料，诸如序、跋、前言、后记、出版说明、编辑凡例、内容提要、题词、附录等，而且是在阅读书本正文之前，总以先睹这些"题外之言"为快，久之成为一"癖"。

一篇序言，一篇后记，往往把一本书的主要内容、特色及其社会功能，或是作者的写作背景、意图、经过等有关情况向读者介绍一番，这有助于读者对所读书本的正确理解和接受。因此，我总是把"题外之言"视为"向导"。比如，阅读被列为世界名著之一的《黑奴吁天录》（漓江出版社版本），倘若不先读读胡文治的代序和老翻译家张培钧的序言式评论《一部影响巨大的世界名著》，怎能知道这本书创作的缘起和经过，以及作品问世后引起的巨大的社会反响？也只有在阅读了序言之后，才能理解为什么林肯总统称颂作者是"写了一部书引起了一场伟大战争的小妇人"，才能理解作品不朽的社会意义。

93

现代出版事业日益繁荣发达，印行的各类书籍真可谓卷帙浩繁，而在节奏紧张的生活旋律中，以一个人的有限精力根本不可能读完自己想读的每一本书。而读一读篇幅简短的序、跋、记，却是可能做到的。待到从中了解了这本书的大体内容之后，再决定读与不读，是通读全书还是选读部分章节。即便不读，对这本书的基本内容也略知一二了。这岂不叫作事半而功倍吗？

不动笔墨不看书

这是革命前辈徐特立先生的至理名言。当年毛泽东同志在湖南第一师范学校求学时，遵从徐老师的教导，一边读书，一边做笔记，成为习惯。五年之中，他的读书笔记有一大网篮，读过的书上，还有许多圈圈点点和批语。德国哲学家鲍尔生的《伦理学原理》全书十多万字，他就写下了12000多字的批语。这样今日记一事，明日悟一理，积久而饱学。

读书动笔，犹如吃东西，要细嚼慢咽，吞下后还需经过胃、肠的蠕动才能消化吸收。天天如此，方可渐渐补养身体。"学而不思则罔"，边读边记，会促进思考，有助领悟，悟出记下者，便都是经过"咀嚼""蠕动"而消化出来的"营养"，天长日久，学问必有长进。

当然，由于人类知识的迅速增加，当代的生活节奏也较之以往不知要快多少倍，笔记的方法早已简便得多了：摘录、索引、记卡片、夹书签，乃至在自家的书本上圈圈画画，折页别码……

提起这简便方法，不免记起一段往事："文革"初，查"三家村"，批《燕山夜话》，"小将"在我读过的一本《燕山夜话》中发现我竟有一句"经验之谈"的眉批赞语，便上纲到我向邓拓学了"反党经验"，连批几场不罢休，实在冤乎枉哉。

但时至今日，我仍然不改读书做笔记之癖。最近拜访贾祖璋先生，使我更加笃信：唯其如此读书，才能有所长进。在贾老的书房里，我看见一排高大的书橱，其中一格排列着许多似书非书的本本，书脊是手书的。我好奇地抽下翻阅，原来全是密密麻麻的笔记。从 20 世纪 30 年代以来，贾老长期读书做笔记，积累下丰富的科学资料，尔后写出一篇又一篇出色的科普作品，成为我国科普文学大家。他的成功秘诀，与其说在于天才，毋宁说在于扎扎实实地读书做笔记呢。

解惑不离工具书

记得还是在读小学时，我就听老师说过，字典是先生的先生，甚至是最渊博的先生。

但那时，买不起字典。真正使用辞书，也是参加工作之后。到了出版社当编辑，案头则更离不开这些工具书了。

自家购书，每每买回《辞海》《辞源》《现代汉语词典》《简明社会科学小词典》等，惹得妻女笑骂："一条书蠹！这一大堆，够你蛀到老！"她们是心疼花大钱。这种时候，我照例不吭声，心想总有一天，你们需要的时候，就不嚷嚷了。一晚，小女读《诗经·魏风·伐檀》，开篇第二句"河水清且涟猗"，我问"猗"作何解，她不假思索地说："猗吗？'漪'的通假字或异体字，形容微波荡漾吧。"我取下《辞源》，找到"猗"字，其第三种注解是：语助词，通"兮"。举的例句正好是《伐檀》中的诗句。小女折服了，她似乎第一次发现辞书是了不起的知识大宝库。

每逢读书写作，我手边总习惯地摆着辞书，一遇疑惑之处，非得查个明白不可，久而成"癖"。有时为了查清一个字词的准确意义，要翻找好几本辞书，花费几十分钟时间。查不到，就耿耿于怀，惶惶不可终日；查清了，则如释重负，不亦乐乎。

（原载《福建日报》1985 年 3 月 8 日）

海　记

少小时候，诵读普希金的童话诗《渔夫和金鱼的故事》，对于大海蔚蓝色的波浪和波浪深处的海底世界，产生了神秘而奇幻的感觉。我痴痴地想，什么时候，也能像渔夫那样幸运，走向海边，在簇拥的浪花间，忽然看到金鱼游过来了，游过来了，并且真的和我对话起来？

不安于对幻想的一味沉溺，终于，在高中一年级的暑假，约了两三个同学，乘着客轮，一起看海去。

这是游弋于闽江下游的小轮船，后舱顶上有一个小小的凉棚，大概是船工夜里纳凉聊天的小天地罢。嗖嗖！我们攀缘而上，凭栏而立，目光投向迷茫的闽江两岸，金刚腿、金牌门、长门炮台……蓦地，我们发现小轮船前方，横江一道水线，犹如七彩飞虹，把渺渺水域截分两半。一边青绿碧澄，是闽江之波在此迂回旋转；一边湛蓝深沉，是东海之浪在此抑扬飞遏。于是，大家雀跃欢呼起来："海！海！这就是海……"

据说，源于甘肃的泾河水清，注入陕西渭水滔滔浊流时，清浊不混，留下了"泾渭分明"的传世之说。眼前这闽江口不又是一个"泾渭分明"的景象！我惊叹大自然的神力，甚至怀疑万匹洪波之下有一尊划地分疆的水神，否则哪有水面上的如此奇观？

小轮船直抵闽江口外的琅岐岛。流连海滨，我捧起海水，送到口里，品尝到一种咸咸涩涩的味道。立刻，我惊喜地用手指在光洁的沙滩上，写下大大的"NaCl"，引得同伴异口同声地问："真的？真的?"我们像终于解开了一道化学难题一样，各人都兴奋地匍匐水边，连喝几口这饱含"NaCl"的水，咂巴着嘴，初次品尝着海的味道。最后，我们还用一个小瓶装满了海水，带回学校去。在实验室里，一瓶海水，也许可以窥探生命起源的奥秘？也许可以萌生一个伟大理想的最初的意念？

金鱼与大海。NaCl与海味。充满幻想的十六七岁与允许幻想的20世纪50年代，就在人生大海的潮起汐落之中过去了。

10年之后，960万平方公里的国土，突然动荡起来，像风暴呼啸中不沉的船，颠簸在茫茫大海上。我随着滚滚浪涛，从福州漂泊至厦门。我心里虔诚地敦促自己：到大风大浪里锻炼，到风口浪尖上经受考验吧！于是，我第一次踏浪扑向大海的怀抱，那心情复杂得难以言表。在海水中似乎不用什么力气，就能浮游，有时甚至停止手脚的划动，一样能随波逐流地浮在水面上呢。这大抵是因为海水比淡水的比重大，浮力也就大了些的缘故罢。我多么欢迎一个又一个劈头盖脸而来的巨浪呵。看，一个浪头简直是一座小山，到了眼前，轰然一声巨响，把我深深地埋住了。但是，靠我的奋力挣扎，也靠这一起一伏的波浪规律，我又钻出水面，而且被高高地推上浪尖，而后又被抛下，跌入浪层。如此上下往复地击水搏浪，出没浮沉，我似乎感受到了生命的真谛和生活的乐趣。我心中虔诚的信念一直鼓励我勇敢地迎接风浪。我下定了决心，一个猛扎，潜入海底。猎奇探胜的好强之心，驱使我往下钻，再往下钻。忽然，一个可怕的念头闪过脑际：在这远离家乡的天涯海角，在这陌生的水域，会遇上凶猛的鲨鱼吗？会撞上尖利的礁石吗？况且，我的两耳已因水压增大而钻痛加剧。于是我只好命令自己停止下潜，返回水面。一刹那，我浮出海面，凫向一只下锚的轮船，紧紧地抓住铁缆，大口大口地喘气、歇息，让空虚的心渐渐平静下来，让疲惫的身躯恢复体力。回望海面，阴暗的波涛汹涌之间似有万丈深渊，潜伏着不测的险情。上岸之后，在骄阳强光之下，我看见自己浑身上下亮晶晶的盐花，想想刚才在海底的一场虚惊，不觉独自沉思起来。

逝者如斯夫！人生不觉过了不惑之年，我对世事淡漠如水，但不知为什么唯独深深地思念大海，有时竟至如痴如狂的地步。1980 年仲夏，我旅次东山岛。下榻招待所后，我一搁行李，便迫不及待地奔向面海的阳台，极目寥廓的海疆天宇，看那西斜的落日，抖下万缕金丝银线，牵动着粼粼波光。万顷碧波上，实在辨不清哪是阳光闪烁，哪是浪花欢跃，哪是阳光与浪花的热烈飞吻。海，波光万斛的海，广衰无垠，平静地映照着蓝天、白云、银鸥。那涌向天边的波浪，最终和天空连接在一起了吗？地平线犹如一束神奇的激光，把天、地、海悄悄地熔化在一起。高高的苍穹下，渺渺的海面上，一艘海轮航向何方？不困乏，也不厌倦，我长久地沉迷于海，舍不得收回视线。太迷人了，我心中的海呵，原来是一位圣洁的温柔的女神！她从劫后的土地上，走向太平的海宇，心境何等宁静，何等欢畅。此刻，她像达·芬奇笔下的蒙娜丽莎，脉脉含情，一丝安详的微笑，颔首沉思，祈求着风平浪静，更祈求着涌起连天大潮。短暂的平静，是大海在养精蓄锐？在呼唤时代的涛声？在酝酿前进的巨浪？

轻风，细浪，波光，帆影，一派升平气象。

然而，款款的平静显不出壮美，依依的柔顺裹住了雄健。毕竟是大海呀，渴望着猛烈的风，汹涌的浪，壮阔的潮汛。

去年，我终于在平潭岛看到了另一种景象的海。这里的风，出奇的强劲，迎面刮来，撩乱头发，揉皱衣裳，推搡得人们踉跄。我一步一踩，稳住第一步，才敢跨出第二步，担心稍不留神，就会被卷下海去。暗绿色的海，深蓝色的海。巨浪翻腾的海，活力汹涌的海。一个浪头排空而起，又一个更大的浪头腾跃起来，盖顶而下。我平生第一次看到如此恢宏、如此壮观的场景：波浪踊跃，似有万千巨兽竞相拥挤，竞相奔腾，马不停蹄地冲向天边，浪涛轰鸣，一声声，一阵阵，犹如猛兽怒吼，空谷传呼，回声震慑天地。连这脚下的海岸，也仿佛动荡起来，使人晕晕的，像站在甲板上。我记起一次夜宿武夷山天源峰，清晨早起，饱览了云海奇景。云绵绵，雾漫漫，千山时隐时现，万壑若明若暗，那一个个青黛色的峰峦，多么像是世界上所有的青蛙，在这个早晨，一齐赶到武夷山上聚会，排列成锐意前进的严整阵容，腾跃而向东海。所不同的是，眼前这大海更壮、更奇，声威迸发，势不可当，让人感受到海的气魄，海的神魂，心神不觉为之一震。

后来，我登上了小海轮。我双手抓住铁的舷栏，看小海轮怎样被推上高高的浪尖，又怎样被抛下深深的波谷。有时一排横浪打来，小海轮倾斜，倾斜，眼看就要翻倒，我的心都要跳出胸口，但渐渐地，又平衡过来，向另一边倾斜，一任海的拨弄。第二天，我登临潭东制高点的海军观察哨，从望远镜的圆圈视线内，瞭望着几十海里之外孤零零的牛山岛和牛山岛外浩瀚无涯的长天大海，一个幽思奇想自心中升起：如果说东山的海是沉静的温馨的柔顺女子，平潭的海则是浑身凝聚着力的肌肉的粗犷男子汉。

从十几岁起，我便结识了海，小小年纪就希冀着意外遇到金鱼。二三十年的时光荏苒而逝，我曾在海中游泳，我曾在海边徜徉。金鱼，你在哪里？

但我并不失意，因为大海已经给了我许多许多的恩赐，不是一只小小的木盆，也不是一幢崭新的木房，更不是世袭的富贵和威严的皇位，而是心中巍峨辉煌的宫殿。在这座老太婆永远得不到的宫殿里，动乱的岁月，我悟道明理，净化心灵；太平的日子，我医治创伤，恢复心力；崛起的年代，我矢志自强，投身共和国出征的军旅。

1985 年 4 月

（原载《福建文学》）

希　望

　　1984 年 11 月 16 日，鹭岛女作家陈慧瑛来信约稿，并附寄当日的《海燕》副刊。我随手翻阅，见左上方一文是《这一步，哪一步》，作者苏晨。我一口气读完这位著名作家兼出版家的佳作，更喜出望外的是，文章记叙了我们熟悉的许怀中同志。当下，我一边细细地读，一边回忆着与许怀中几次接触的情景。

100　　许怀中首先是一位学者，憨厚朴实，劳绩卓然，不张不扬，孜孜于自己的事业，他开拓了鲁迅研究的新领域，写出几本新见卓识的专著。当了省委宣传部副部长兼文化厅厅长之后，他绝无鲁迅所说的那样"一阔脸就变"的势头。两三次见面，一个堂堂部长，一个小小编辑，言谈之间竟十分诚恳和融，给人留下美好的回忆。我不禁记起我的一个学生，混了个处级职位，对前来反映困难的工人说话，左一个"这个嘛"，右一个"那个嘛"，拉官腔摆架子，这不是往自己鼻子上摔"白豆腐"吗？唉！他准是忘了党是叫他当人民的公仆呢。

　　不知怎的，读完苏晨的文章，我的思绪好几天平静不下来。我默默地想，我们的党，我们的百姓，多么需要许怀中这样的干部：由学者而"官"，兢兢业业，"俯首甘为孺子牛"，为人民办实事；将来任期满了，再由"官"而学者，勤奋刻苦，"只研朱墨作春山"，继续做学问。

　　我忽然想起，应该把苏晨的文章寄给林景华同志。老林大学毕业，当过中学语文教师，而后从教师而科长、副局长，前不久进而担任了福州市委常委、宣传部部长。我们同住一座宿舍大楼，但他忙于政务，日夜主持市委一个部的工作；我埋头于编务，日夜处理书稿，读书，写作。彼此各忙各的，无心寒暄，偶尔路遇，也只点点头。当然，我们过去是很熟悉的。那时，我在市里工作，初次见他，中等身材，白净的脸，待人亲切，又很腼腆，在众人面前说话，往往脸红，一位诚实书生的模样。我们应省报之约，一起去采访当时的一位省劳模，默契地合作着，把通讯赶写出来见报了。现在，他当了领导，我常从三楼窗口，看见他夹着公文包，步履匆忙地离家上班。他不会骑车，就一步一步走着，几乎没见过他坐小车上下班。有一次，我晚饭之后在走道上散步，夜幕影绰之中，迎面走来一人，并向我打招呼。我眼睛不好，留神细看，才知道是他下班晚归。立时，我心头一热：我们的干部十分辛苦，早出晚归，操劳呢。

　　我终于寄出了《海燕》，还附上一封短信，说明报纸的来由、赠阅的用意，并说："您是新进干部……希望不负众望，革除积弊，给人们心头增添一点温暖。"我思忖，苏晨的文章对他或可参考？希望每一位干部都像许怀中那样德才兼备，众口皆碑。这也许是苛求，但人们的意愿却并不过分呀，我想。

　　两天之后的清晨，我在门口碰见了他。他上早市提一篮青菜回来——他每天天不亮就出门买菜。他老远就绽开笑，并立即把两手上的菜，一手提了，于是腾出了右手——我们握手，又像多年前那样亲切，那样腼腆。他说："读了苏晨的文章，很有启发。谢谢！昨天我就回了信，你今天可收到。"我一路出门，想：一篇文章引起了他的重视，这至少表现了一位干部忧于民心、企求进取的心愿。

　　当天上午，我果然收到了他的信。第一句便是"敬悉大札，获益匪浅"，我认定这绝非客套之言。接读下去，我感受到他的一颗坦然恳挚之心跳动在字里行间："我自知才识浅陋，担任目前工作……深感吃力，唯恐因自己的无能或不慎，给党的事业带来损失。基于此，我想唯有坚持党性，不谋私利，埋头工作，才能弥补自己不足之一二。"

今天夜里，忙里偷闲，我记下这桩轶闻琐事。我想，省里市里的两位宣传部部长的这些生活小插曲，对读者诸君也许不无鼓舞意义吧！

1985 年 4 月

（原载《厦门日报》1985 年 4 月 5 日）

寄予无名的星

　　《风采》编者的一封约稿信，唤起了我对三明的美好回忆。山城灯火，沙溪晨雾，列西厂区，郊外农舍……景观叠映，思绪纷繁。而在大脑五彩斑斓的记忆皱襞上，一个小小的光点闪闪烁烁，永不消失，像三明美丽天幕上的一颗无名的星。

　　那是1981年暮春，我出差三明的第一个傍晚。远近市廛，暮色四合。街树、商店、行人、车辆，笼罩在朦胧的湿润的淡蓝色雾霭之中。也许是下班时刻，人们匆匆来往于街道。我从列东跳上环行公共汽车。车厢里很拥挤。灯光下，女售票员正利落地扯票找钱，这是一位十八九岁的少女，一件西式蓝上衣，敞开的大领口里，衬着白色的尼龙衫，格外鲜艳耀眼。她的齐耳短发黑黑亮亮，飘逸出淡淡的发香。细眉大眼下的一道鼻梁，线条分明，平添了几分清秀。小嘴下的下巴略略翘起，更显出一脸稚气。我心下不觉惋惜起来：美丽的少女呵，你不该过早参加工作，如果上大学，你必将成为一个人才呀！

　　到站，下车；上车，售票。她细声细气地唤着："请买票……到哪站……"声音婉转甜润，像春天林子里的画眉声声歌唱，又像深山琴泉一路叮咚，吸引着一车乘客屏息谛听？一段路程的安宁。车厢里熄了灯，只有售票员专座顶上的小灯亮着，撑着四周弥漫而至的夜色，漾开柔和的光圈，显得异常光明。少女挎着票包，平静地坐着，端庄，秀丽。她的眸子闪着一星光点。呵，是灿灿星空中一颗小小的星？

又到站。下车，上车。门口出现了一位老人。深深的皱纹，蓬乱的白发，不整的服饰，一望而知，是一位境遇不佳的老妪。她颤颤地迈步上车，慌慌地寻找座位，寻找可以侧身的空处。但她立即被一只手搀扶住，转身一看，是女售票员，脸上正绽开微微的笑，轻轻地说："老太太，来，坐这。"老人犹豫着，此刻，她必定想起远方的外孙女吧？也这般亲昵，这般柔顺，这般甜甜地微笑……老人终于坐进了售票员专座的舒适的软垫上，迷惘而呆滞的眼神突然发亮了……

文明的城市，文明的公民，果真名不虚传。眼前这位普通的少女，在平凡的岗位上，一言一语，一举一动，一笑一颦，给人们留下了美的色彩，美的线条，美的音韵……我决计就此作文，记下三明之旅的印象。但离开三明之后，公务繁杂，且时过境迁，终未遂愿，很感遗憾。但那一星光点，却时时闪烁不灭。今接惠示，欣然命笔写下这篇小文，寄予编者，也寄予无名的星。

（原载《三明日报》1985 年 4 月 11 日）

小荷才露尖尖角

初夏。西湖秀水盈盈，荷亭青叶田田。

湖畔亭外，一所中学的文学社在爆响的鞭炮声中成立了。紫烟弥漫，雨丝如织。透过烟雨，我仿佛看见：崭露尖角的小荷正吐蕊舒瓣，绽开花朵，嫩嫩，姣姣。

成立大会上，一名少年，一颗童真的心，一张稚气的脸。他对着话筒，对着几十名社员热烈憧憬的目光，对着就座前排的老师校长、顾问作家，多么庄严地宣布文学社的宗旨、章程，宣布智慧的辐射、理想的起飞……

思绪纷至沓来。我不觉回到了 20 世纪 50 年代，回到了桃花山上的母校。一座米黄色的小洋楼，掩映在古老的樟树、肥阔的蕉叶和毛茸茸的枇杷树之中，整洁的幽径穿过如茵的草地和剪修成篱笆的洋刺丛，把我引向楼房的台阶。就从这石阶起步，拾级而上，登堂入室，我眺望着神奇的世界。

我往往长久地苦恋着这座幽静的小洋楼，直至管理图书的老师手中托着大锁头，微笑着站在面前，我才猛然起立，慌忙离座，歉疚地出门，看着老师拉上大门，沉重落锁。似乎这时，我才意识到，自己已从遥远的世界里，回到现实中来。现实是夜色四合的傍晚，远近钟声如涛。我跟着下班晚归的老师，默默地走在朦胧的暮霭中，心里痒痒的，是不满足于对知识的渴求？

花开花落，草木荣枯，小洋楼却依然闪着米黄色的柔光，吸引着

105

莘莘学子。几乎每天下午课后，我都扑进小洋楼温暖的怀抱。在这里，我看见了桃花山外广袤的土地和土地上发生的千奇百怪的故事，我结识了远古的贤明和近世的天才。一个乡村野孩子，聪明起来，成熟起来，跃跃欲试，投身未来。初生牛犊不怕虎，初中生的我，不知天高地厚，居然提笔作文，也居然在学校国庆征文竞赛中获奖，在中学生刊物上发表习作，甚至投稿省市报刊，欣喜若狂地看到了自己手写的钢笔字，怎样奇迹般变成铅字，赫然入目……

于是，我更加如饥似渴地阅读。感谢图书馆老师，允许我进入阴暗的地下书库。在灯光下，我寻找祖国古代文学的瑰宝，寻找俄罗斯文学的珍品、欧美文学的明珠，以至印度的泰戈尔，日本的小林多喜二……星期天，在仓山梅坞顶小小的书亭前，我整整站上半天，翻阅那散发着浓郁油墨香的最新报刊；临走，用父母给我的仅有的 5 角钱，买下了两本杂志。

啊！不论人生旅程弯弯曲曲延伸到哪里，我总深深地怀念桃花山上的母校、母校的桃花山，深深地怀念那里的土壤与阳光，空气和雨露。后来，我像一株幼苗，被移植到贫瘠的土地上，在荒凉的年代里，经受了淫雨的敲打、狂风的摇曳，艰难地生长。我尤其思念栽培过我的桃花山土壤和桃花山上的阳光雨露。

我歆慕 20 世纪 80 年代的中学生，歆慕今天在座的文学社社员。老师的心血浇灌他们，父母的情愫温暖他们。没有可怕的梦魇纠缠他们的身心，没有世俗的偏见束缚他们的爱好，更无须担忧时代风雨的肆虐。今天，带着浓厚的兴趣，带着远大的理想，他们自愿报名，参加了自己组织起来的文学社活动。明天，他们当中，将崛起一代英才，走出鲁迅、郭沫若、茅盾、巴金……

同学、老师、作家，一位位上台发言，我却兀自吟哦杨万里的《小池》名句："小荷才露尖尖角，早有蜻蜓立上头。"

1985 年 5 月

榕树 (外一篇)

难得返乡，我的第一件事，便是拜谒我儿时读书的学堂。

三四十年的岁月云烟飘逝，学堂依然坐落在村口高坡上。粉墙洁白，窗户敞亮。水泥操场的四周，左右花圃，南北盆栽，一股暗香浮动，醇了空气，醉了心扉。

但我立时惊呼：我心中的榕树，你在哪里？你从学堂正中大门口消失了，无影无踪，无声无息，留下一片空荡，一片惆怅。呵，踟蹰在你生长过的场地，我回到了童年——

三个同学张开双臂，合抱榕树的躯干，抱不拢。四个人，五个人，终于抱拢了。一阵欢呼雀跃，就像平时我们嬉闹在老师膝下……

炎炎夏日之下，榕树撑开了绿色的浓荫。我敢断定，这是天地间最神奇的伞。伞下，满地铺开阳光与枝叶编织的斑驳的花。伞下，流动着丝丝气息，冰清水凉，浸润得肌肤舒爽。我们团团围坐在光滑的石板上，聆听老师讲述后羿射日、女娲补天的故事。古老的传说，融进幼小的心灵，组合着闪光的思绪……

也有伤心的时候。一天，我们噙满泪花，依依送别老师。突然，我们发现榕树满身是深深的皱纹，累累的疤痕，还飘拂着长长的须髯。虽然，春天里撒下豆粒一般大小的褐色的花籽，而那翡翠般的细碎的密叶中，也闪烁着嫩黄的新芽，但它毕竟苍老了……

如今，站在学堂正中大门口的场地上，再也仰望不到榕树高大的身躯和婆娑的枝叶，再也俯拾不到褐色的花籽和斑斓的故事。不，不，榕树，你仍然守护在学堂正中大门口，正向我招手微笑呢。在你的绿荫下，永远跳动着活泼的童心，永远流动着爱。

木叶，不停地转

在峰峦重叠的大山腹地，有一座小小的村落。

水磨坊在坡下。木叶不停地转，几年，几十年，几百年，唱着一支古老的歌：呼隆隆，呼隆隆……

小学校在坡上。百合花一般素洁娉婷的女教师，日复一日地教孩子们读书、写字、算术……

木叶不停地转。转走了太阳，转来了满天星星，依然唱着一支劳动的歌：呼隆隆，呼隆隆……

一所小学，一间教室，一位老师。复式课上，她领读完一年级的拼音 ɑ、o、e，又在黑板上演示着二年级的加减算术题，最后转到三年级座位上，手把手地描画一幅幅《山村水电站》。放学了，她目送着撒欢的孩子们沿着羊肠小路回家。呵，满山花儿朵朵……

一天，老师带领孩子们，一个跟着一个，踩着潮湿的石阶，走下深深的坡谷。谷底荫翳蔽天，地上一层绵软的树叶。斜靠的岩石上，横倒的树干上，长满绒苔绿蕨。

老师说：在这人们看不到的地方，水磨坊的木叶不停地转，砻谷，舂米，磨麦，世世代代，养活我们。

乖巧的孩子们不说话了，默默地围着水磨坊参观，一双双眸子升起一道道灿烂的光华——

老师，您是一片木叶。像您一样，我们也将是一片片木叶，为他人，一辈子转动，转动。

1985 年 5 月 26 日

（原载《中学生语文报》1985 年 9 月 5 日）

不平凡的手

——杜鹏程印象

西安作协大院，夜气弥漫。依稀灯影之中，穿过低矮的楼、并排的树、簇拥的花，穿过圆圆的月门和深深的窄道，我来到了著名作家杜鹏程的居所门楼下。

我不觉犹豫起来，叩门的手停在半空。杜老在家吗？作为不速之客的我，在患病的他应该早寝的时候打扰他，未免冒昧。但我行程匆促，明天就要离开大西北，飞返南方去了。于是，怀着歉意，我轻轻地叩了三下门。随着应声，门开了，竹帘掀起，一位50岁上下的大姐把我让进了房间。知道杜老此刻正在室外散步，我悬着的心放了下来。她出去招呼杜老，我一个人独坐，回想着白天见到杜老的情景。

一个现代文学研讨会的开幕式。从门口走进几位特邀而至的作家、学者、教授。首先介绍给大会的便是杜鹏程。爆起掌声，又响又快的热烈掌声。但见他向大家频频地点头，谦和地微笑。呵，他就是中国当代文学名著《保卫延安》的作者杜鹏程？他穿着军装式灰上衣，半新半旧。脚上是一双褪色黑布鞋，松松垮垮的。掌声中，他走向讲台，才几步，却迈得迟缓，似乎跨越坎坷，很是艰难。坐下后，讲台遮住了下半身，只看到像半身照那样的头部了。清癯的脸上，两道粗眉下的眼睛，并不发亮，却深邃莫测，透出不尽的思考之光、理智之光。松弛的眼睑，多皱的颊，褐色的斑，不免令人心头袭上一丝淡淡的哀愁。

讲台上，他一个话题又一个话题地讲开了，关于《保卫延安》和苏联文学，关于文代会和文学事业的接班，关于新著的修改和作家的职责。他的话语，一句接一句，像渭河那样深沉，缓缓而流；像秦腔那样粗犷，拖着悠扬的尾声。条子不时地传递到台上，他一一作答……

杜老回屋了，我连忙迎上，紧紧地握手。他的手心的温热，让我立刻意识到：这是一双怎样不平凡的手呵，握过锄，握过钳，握过枪，握过如椽大笔，写出了共和国第一部的英雄史诗。许久，他才松开了手，请我到他的书房去。一排高大的书橱，软沙发，木茶几。靠窗一桌，桌上满是翻开的书本，摊开的稿纸。无疑，他正是在这安静的写作间，潜心修改着他的《太平年月》。这部五六十万字的长篇小说，早在 1966 年以前就已经有了初稿。十年动乱之中，与它的主人一样，初稿遭到了空前厄运，被长期审查扣压，直至彭德怀平反昭雪之后的 1980 年，才得以重见天日。现在，这一堆璞石终于回到了主人的身边，主人正用他那巨匠的笔，逐日琢磨着，让它渐见光华熠熠。

我羡慕杜老有这么一间让他安静写作的书房，感叹中国知识分子生活空间之窘迫。他笑了，笑纹里却掠过了不易觉察的苦衷。原来，他现在的住所是新居。两年多以前，他们一家还挤住在一间半的旧房里。有人访问来了，挤得转不开，他只好退到床上，盘腿而谈，而让客人坐在椅子上，面前垫上一块木板，这样将就着记录谈话的内容，实在委屈客人呀！眼下分给了双单元住房，感谢组织上落实了党的知识分子政策。可是还有多少作家，多少知识分子，企望着能住上一个单元房，企望着能得到一个小小的写作间呵！

大姐送进一壶茶，杜老递烟，客气得叫我反倒拘束起来。临退出，大姐悄悄地吩咐："老杜，你别抽烟，啊?"见我疑惑，杜老随即介绍："噢，这是我爱人，张文彬同志……"霎时，我的眼前仿佛飘过战争烽烟。那是 1949 年，进军兰州的征途上，随军记者杜鹏程结识了一位美丽端庄的少女，她就是随军西征的西北农学院附中女学生张文彬。从此，这一对革命的伴侣，人生的知己，相依为命地经受了 36 个春秋风风雨雨的考验。如今，老张除了写作，还帮助杜老工作。她是一位得力的助手和贤淑的妻子。

话题从《保卫延安》开始。整个解放战争时期，作为一名随军记者，杜鹏程一直扎根在王震将军领导的二纵队。翻山越岭，行军打仗，他和指战员们同甘苦，共患难，直接参加了保卫延安的大大小小战斗。他和王震将军在地堡似的工事里战斗了整整十天十夜，而西北战场著名战斗英雄王老虎就壮烈地牺牲在他的面前。在这戎马倥偬的日子里，在这战火纷飞的间隙里，他搜集整理战士们惊天地泣鬼神的英雄事迹，仅仅日记一项就有 200 万字之多。1949 年，他跟随部队挺进新疆，直抵帕米尔高原，最后驻扎在喀什噶尔城继续剿匪。这时，大规模激战的枪声渐渐稀疏，生活相对安定，但他的心却怎么也平静不下来，一想到延安保卫战的日日夜夜，想起自己一生中最不平凡的岁月，热血就冲击胸膛，激情就难以抑制。是啊，不写出英雄和烈士所创造的惊天伟业，不写出老一辈无产阶级革命家的历史功勋，他就感到极大的不安，问心有愧。时代的责任，驱使他，鞭策他。于是，他拿起了旅政委在困苦的战争环境里送给他的珍贵的金星钢笔，一边克制着激动的泪水，一边奋笔疾书。写到战斗场景时，笔跟不上手，手跟不上心。每一句话，每一个字，都倾注着他的热爱与憎恨，悲痛与欢乐，思考与追求，憧憬与理想……

我猛然记起，今天上午的会议开幕式上，杜老针对递上台的条子上的问题，谈了对创作自由的理解之后，语重心长地说："一个作家，最重要的是责任感。对于时代，对于社会，对于人民，对于共产主义事业，应有一种责无旁贷的责任感。"说实在，当时我并不在意，现在听他关于创作《保卫延安》的一席谈，我才明白了这句话的真谛，感知了这句话的分量。就从这意义上，《保卫延安》已为我们树起了一座丰碑。

说到丰碑，杜老沉默了。许久，他连连摇头说："惭愧，我为自己惭愧，也为我们的文学事业惭愧。一部《保卫延安》，实在无足轻重。与中国革命战争的历史业绩相比，与人民解放军的英雄功勋相比，我们的文学创作显得多么单薄，多么贫乏。党领导的中国革命走过了光辉历程，但有几部文学作品可以称得上无愧于这一时代变革的？相反，苏联卫国战争仅仅打了四年，但他们已经写了几十年，一部比一部杰出……"显然，杜老激动了，他站起来，迅速地抽出一支烟，点燃，猛吸起来。我真担心老张突然从外间进来，难免嗔怪。他那青黄的脸色被一阵红晕所濡润，泛出光亮。"所以，"他复又坐下，对我，又像是对他自己，一句一顿地说，"写出无愧于伟大时代的作品，不是一句空话，而是要我们拿出像人家苏联那样为国争光的大作品。"

话题转到了目前的写作。杜老指着桌上的一沓稿纸说："正在修改《太平年月》。进度很慢，一方面是身体原因，一方面是改写得多。"我知道，《保卫延安》叫他受尽苦难。从1959年起，不准重印这本书。1963年起，竟下令烧毁藏书。1966年，更是大祸临头：抄家、批斗、游街、示众、蹲牛棚、劳改……种种残酷迫害，骇人听闻。由于长时期的摧残，他的身心几乎到了全面崩溃的程度。前几年，他多半躺倒在医院的病榻上，挫伤的心脏急待恢复正常的搏动，创痕斑斑的大脑更急于复苏每一根神经，去敏感回应时代的呼唤。值得庆幸的是，满腔的热血，顽强的毅力，使他奇迹一般站起来了，并且重握战火淬炼过的钢笔，为社会主义文学画廊描彩添色。

《太平年月》的修改，预计一两年之后才能脱手问世。写作品，杜老自谦为"慢手"。我想，这正从另一侧面体现了他对于社会的高度责任感。他从不轻易出手。每每写出作品，总是反复斟酌，反复修改。他常说："曹雪芹'披阅十载，增删五次'，始出《红楼梦》；托尔斯泰修改 20 次之多，才走出一个活脱脱的玛丝洛娃。天才们尚且如此审慎，何况我这平庸之辈。"

《保卫延安》的写作，前后经历了四年的漫长岁月，从最初的 100 万字长篇报告文学，改写成 66 万字小说，接着又修改为 17 万字，再变为 40 万字，最后才是 30 多万字的定稿。其间九易其稿，增删何止数百次。被涂改过的稿纸，要拉整整一个马车！1957 年发表的《在和平的日子里》，原是长篇《太平年月》中的一节，写成中篇小说初稿时也不过三四万字，他却花了三年时间修改，最后是 12 万字，简直字字发光，令人惊讶。付印前，编辑部送来清样，他改得密密麻麻；二校样时，他又改得一塌糊涂；三校样时，编辑不耐烦了，说："这回不要改动了，只校订一下错字和标点符号就行了。"可是他又改得满纸红字。手边的这部《太平年月》，是继《保卫延安》之后的长篇，却迟迟未能付排，除了十年动乱的原因之外，他的勤于修改，工于润色，是事实。杜老这种对文学事业强烈的责任感，这种呕心沥血的精神，这种严谨刻苦的态度，深为世人所钦佩。就在今天中午的餐桌上，小说家王汶石还对我说过："杜老的作品是用心血改出来的。在座专家如果要研究文章修改艺术，他的作品便是最典范的例子。"

无意中，我发现杜老不时地吁气，双目倦意蒙眬。他日夜消耗着巨大精力，还承受着冠心病痼疾加在他身上的沉重负荷。我一瞥手表，吃了一惊：为了不影响他休息，我给自己限定拜访半个小时，现在不觉已超过一个小时！时候实在不早，我不无歉意地起身告辞。杜老拿出小本子，让我留下通信地址，并诚恳地希望我再来西安。出了门，我请他留步，他却执意下楼。在楼下，我仰望着他的 64 岁年纪不该有的衰色，心里不免暗暗难过，也默默地祝愿他健康长寿，为我国当代文学多献瑰宝。

作协大院一片静谧。大西北浓重的夜气中飘来缕缕玫瑰花的暗香。楼前一盏灯火闪烁着迷离的光晕。出大院，我穿行在古都宽阔的街道上，却无心观瞻依然热闹的夜市，心里浮出一串奇怪的意念：这位出身贫农世家，度过苦难童年，有着丰富生活经历的作家，正是出生在太史公的家乡韩城县，小时候就经常被年轻守寡的母亲杜赵氏带到司马迁庙里磕头朝拜。千古冥冥，是太史公地下有灵，庇佑他膝下的苦孩子成为作家？抑或韩城山川钟灵，人才辈出？

不知怎的，我感到手心微微温热。啊！是的，是刚才与杜老握别时留下的一片温热。我一路走，一路想：这是一双怎样的不平凡的手呵，握过锄，握过钳，握过枪，握过如椽大笔，写出了共和国第一部的英雄史诗。

1985 年 6 月

　　（原载《随笔》1986 年第 1 期）

有一双眼睛

出差天津，下榻在和平区一家科研机关附设的招待所。

上了三楼，服务台里走出一位姑娘，一言不发，引我来到 305 室，开了门，摇响一串钥匙，丁零零地走了。公务在身，我一搁旅行箱，就急急走向服务台挂电话。

一台红色电话机，却没有号码簿。那姑娘正埋头看书，还用笔记着什么。我寻问，她冷冷一句："簿子在楼下。"咚咚咚，我下楼了，回说："电话簿在三楼。"我又上楼，那姑娘连眼皮都不抬，声音里却腾着一把火："谁说在这里，叫谁上来取！"我苦笑了，平静地说："小同志，我从老远的南方，第一次到你们这大城市，人地生疏，帮助我挂挂电话吧！"片刻，她先是抬起头，接着站起来，上下打量我这个陌生的旅人，而我这时也才注意到她：粗壮的身材，没有南方姑娘苗条；典型的北方姑娘的白胖脸庞儿，额头上点点粉刺；齐耳剪发，一身毫不起眼的服装。唯独那一双眼睛却出奇地美丽：瞳仁似乎特大，黑亮黑亮地闪光，几乎占住了眼白，水灵灵的一圈显得深远，像永远渴望着什么，祈求着什么……

她脸上退了愠色，为我挂通了电话。通话之后，我回望姑娘，她又静静地看着书。刚才心头的不快早已无影无踪了，我随口一声"谢谢"，离开了服务台。

第二天，姑娘清理房间来了。忽然，她看见桌上一堆书，情不自禁地说："啊！这么多新书！"接着，转身问我："同志，可以翻翻吗？"待我点头后，她停下手中的活，一本一本地翻看，然后捧着其中一本，细细地读下去。我说："要是喜欢，你拿去看吧！"她一下子乐了，白胖的脸颊泛起红晕，尤其那一双眼睛，笑了，漾开晶亮的光点，闪着多少欢喜，多少感激。她挑了两本书，捧在手上，像个小学生似的，欢快地蹦跳着出门了。自不必说，对于爱书的人，我有说不出的好感。

一连几天，我发现房间被擦洗得干干净净，简直一尘不染。软床上，案桌上，茶几上，样样物品置放井然，给人整洁舒适之感。每次进出，我都发现，服务台上，有一双眼睛，向我送来点点波光，含着笑影？含着敬意？

一天，我上街回来，她仍然一路摇响一串钥匙，为我开门。一转眼，她也跟进来，还我的书。我赞扬她的好学精神，她反倒腼腆起来，羞涩地说："我高中毕业，考不上大学，招工到工厂，心想这辈子完了，没机会读书了。后来我哥帮我调到这里，科研单位，都是和您一样的知识分子，有学问呢，办了个业余大学，这样我又有机会读书了。"末了，她恭恭敬敬地问我生活上有什么不便。我感谢她的辛苦服务，并向她借用针线，缝补中山装上的纽扣。她略略蹙眉，大眼扑闪扑闪的，满口应承了。出去后，她轻轻地哼起一支歌，似乎因为能为我做一件事而高兴。

下午，她送针线来了，并执意帮助我缝扣子。实在推辞不掉，只好让她动手。她边缝边告诉我，招待所没有针线，是她中午特意回家取的。望着她穿针引线的手，望着她专注的神态，我不觉沉思起来……

终于要南归了。我提着行李，告别了服务员。她站在楼口，口里一声声"慢走，再见"，一双大眼，却像是泱泱湖面，升起迷蒙的雾。

1986 年 2 月

贾祖璋与科普创作

贾祖璋先生是我国科普创作的老前辈，早在 20 世纪二三十年代，他就进行了科学小品文的写作。

他自幼热爱大自然，热爱动植物。在浙江省立第一师范学校读书时，经常借阅各种生物学书籍，毕业时，还借了日本神谷辰三郎著的《显花植物分类学》，携回家中阅读，并动手翻译其中的第二章《植物分类沿革》，1921 年春节前后发表在上海《时事新报》的"学灯"专栏上。

1924 年，贾祖璋报考上海商务印书馆，并以第一名的优异成绩，被录取在印刷所模型标本部当制作动植物标本的工人和检定员。由于接触的实物比较多，尤其是鸟类标本，于是他写成了《中国产鸟类报告》等几篇文章，1926 年发表在周建人主编的《自然界》杂志上。这些文章都还是论文式的，不属于科普创作范畴。

同时，贾祖璋翻阅多种书籍，查证出关于杜鹃鸟的 42 个别名。在这基础上，引用古代有关诗文，从现代科学知识的角度给予解释，创作了《杜鹃》这篇作品，于 1927 年发表在胡愈之主办的《东方杂志》上。这是一篇没有正式命名的"科学小品"，开创了我国科普创作的一种新体例。

1934 年 9 月，贾祖璋就读浙江省立第一师范学校时候的日文辅导老师陈望道先生，在上海创办《太白》半月刊。创刊号上开辟了一个崭新的栏目，发表了四篇科学小品文：周建人的《白果树》、贾祖璋的《萤火虫》、顾均正的《昨天在哪里》、刘薰宇的《白昼见鬼》。此外，还刊登一篇论文，是柳湜的《论科学小品文》。这样，《太白》创刊号在我国第一次正式公开打出了"科学小品文"的旗帜。从此，科学小品文才作为一种独立的文学形式发展起来。贾祖璋此后陆续写成了《水仙》《蚕》《蟹》《雉》等作品，并于1936年结集为《生物素描》，由开明书店出版，这是他的第一本科学小品文的选集。在此以前，他写的有关鸟类的部分文章，也集成一本书，由他的老师夏丏尊先生拟定书名为《鸟与文学》，1931年就由开明书店印行了。夏丏尊在序言中说，过去读小泉八云那本有名的《虫的文学》，很感兴趣，现在读这本《鸟与文学》，"有许多地方，令我记起读《虫的文学》的印象来。"

20世纪二三十年代我国科普创作才刚刚起步。贾祖璋先生的第一篇作品和第一部著作，都是我国最早的科普创作。

（原载《人民日报》1986年3月20日）

榕 城 心

多少次了，多少次了，无论是随着火车的风驰电掣，一路呼啸，翻山越岭扑回北郊的红土地；还是听"茂新"号一声笛鸣，奔向甲板，倚着船舷，遥望罗星塔；抑或是把脸紧贴在飞机舷窗上，透过大气层的空蒙紫气，鸟瞰历历在目的鼓山翠色、闽江绿水……我的心，一颗游子回归母亲身边的心，怦然跳动，口里不禁喃喃吟诵贺敬之的诗句："心口呀莫要这么厉害地跳，灰尘呀莫把我眼睛挡住了……"

我诧异于自己感情的脆弱。每每公差外出，初来乍到新地方，对人情风俗、山川名胜，耳目一新，兴趣盎然。但习闻惯见之后，心里不免产生一种说不出的异样感觉，隐隐的，痒痒的，像是看不见的虫在心窝蠕动，好生难受。渐渐地，我终于发现了：原来这是想家，想我年迈的母亲，想我贤惠的妻子，想我娇气的女儿。但很快，我又发现并不单纯想家，不然，为什么坐在奔向遵化东陵的丰田车上，看见万顷平川的原野上闪过一排排白杨，我的脑际立即浮现须眉髯髯的古榕？为什么漫游在骊山华清池畔，我的脚步又似乎登临石鼓名山的千级石阶？为什么瞻仰花城肃穆的黄花岗陵园，我却像驻足南后街静静的林则徐纪念馆，翻阅浩气万丈、长虹辉煌的民族英雄史册？

于是，我觉得饭不可口茶不香，心里别有一番无名的滋味，再也无心四处游览观光，终日恍恍惚惚，归心如箭，只望早日买到机票，飞回榕城。

于是，机翼下，出现了我苦恋的都市：发光的乌龙江、翡翠般的南台岛，三山脚下楼房密集、街道纵横的市中心……

"砰"的一声，飞机着陆了，一颗悬念的心也随着落到了故乡的土地上。走出机舱，啊！阳光分外明媚，空气分外清新，义序乡村的农舍分外熟悉，高盖山上的林木花草分外繁茂，我的眼前一切的一切都格外分明，格外亲切。在他乡异地几个星期的烦闷，在机舱里几个小时的倦怠，全都云消雾散，整个身心都感受到从未有过的舒畅快乐。

我同时诧异于自己感情的复杂。是的，回到了家乡，心旷神怡，又开始了日复一日的生活。旋律是圆润的，节奏是平稳的，令人满足。但在我的心灵深处，却时不时地跳出不安的音符，榕荫下的古城，何时绽开世纪的新绿？10 年，20 年，30 年过去了，白云悠悠，时光绵绵，白塔多了几串不夜的灯，乌山多了几幢醒目的楼，台江多了一座疏导的桥……记得，从机场坐民航汽车经三叉街，进入窄窄的下藤街道，我的心在急切地呼喊：快快拓宽吧，童年走过的路！记得，雨天从环城路赶去上班，没膝蹚水的"壮观"场面激起万千路人的几多怨叹：几届市委，修一修通向民心的路吧，何须急急设计常委楼？

沿着年代的长河，溯流而上，我看见我的家乡是屹立在历史上的英雄城，是开眼看世界的文明城。但是，曾几何时，前进的历史航船搁浅了。在当今世界百舸竞发的激流中，家乡的帆却灌满顶风和阴霾。好不容易迎来十月金秋，终于开辟了新的航道。20 世纪，历史走过动乱的 60 年代，走过沉思的 70 年代。我从北京、上海，从广州、西安，飞回榕城，敏感的神经迅即传递了奇异的信息：这是乡村？是远离大都市的乡村？至少至少，仿佛是北京的郊区，上海的卫星县，广州郊外的乡镇？信息反馈，影像迭出：北京西直门跨越时空的立交桥与福州仓前街古老而破败的窄道，广州南方大厦的升楼步梯与福州北大商场前的泥泞路，上海广场千百辆 TAXI 与福州八一七路的人力三轮车……旧的差异与新的悬殊所产生的陌生感叫我心头发慌，我不禁扪心自问：这就是我的家乡？我的家乡就是这样？

大约是前年吧，怀着意外的惊奇和喜悦，我拜读了《人民日报》上的长篇通讯《一个市委书记的独白》，感谢记者孟晓云对我的家乡的关注和采访。从那之后，我耐心而又情急地期待着，期待着榕城的崛起。

流光逝水，一晃两年过去了。

我惊奇家乡第一条电车线路上空迸发出来的美丽火星。像个好奇的孩童，又像个山沟里头一回进省城报到的大学生，我曾经特意买票从火车站乘坐到台江，又从台江回到火车站，只是为了体验无声的欢乐。我惊奇台江江滨公园鲜艳的花圃和高高耸立江畔的新百货大楼。这里曾是水运码头，码头下舳舻相接，樯桅林立，褐色的帆升起在落日里，一幅中世纪港口风俗画。这里又曾是一片焦土，烧断的椽，熏黑的墙，晚风卷起荒凉的灰烬。而今，我偕着妻子，流连在这福州的"上海外滩"江滨公园，抚摩着公园的造型栏杆，扶着新植的街头幼树，又随着人流，在开张伊始的百货大楼里剪下了纪念的一块毛料。我惊奇东街口天桥的雄伟豪华。带着女儿，我登上了华灯灿烂的台阶，如同步入银河星座，脚下的土地，再也不堵不塞，不碰不撞，向着文明的空间飞升，飞升。我惊奇五四路的海山宾馆、闽江饭店、外贸中心、台湾大戏院、保险公司等一大批摩天大楼的崛起。我惊奇西湖的容颜焕发，秀姿新展。曾在深圳湾游乐场看到的惊险过山车，已经轰隆隆地飞驰而来。荷亭外，湖水清且涟漪，净化着一片乐土，净化着同胞心灵。"春声花圃"里，飞自瓷都宜兴的九头巨龙，正腾云驾雾，破壁而出呢。

我惊奇……

但止于惊奇还只是短暂的安慰，正像孩子们得到面前的一大堆玩具，惊奇、欢乐，却逐渐失之兴致，直至熄灭了天真的灵光。而一个榕城之子的心，却永不满足，总在企望着新的生活，这企望犹如一支生花妙笔，描绘着故乡的今天和明天。企望已经不是一种潜在的意识了，而是真情的呼唤，呼唤我自己和我的同时代人，凭一双勤劳的手，拓宽六一路、华林路，建筑外贸中心大楼、闽都大厦，开发马尾、新店卫星城……呼唤我们的各级领导者实践列宁的教导，做一名诚实的公仆，去叩响百姓的心灵之窗；呼唤我们的青年一代行为彬彬有礼，再也不在影剧院里高声呼哨，口出污言秽语；呼唤我们的营业员笑容可掬，把顾客尊为永恒的上帝……

相信您的儿女吧，榕城！我们将把您建设成现代化的城，骄傲的城，像北京、上海、广州，像东京、纽约、巴黎，在世界地图上璀璨夺目。

122   1986 年 5 月

我心中的一座古屋

　　这段日子，我最常回忆的是一座古屋，一座童年时代的乐园。我至今清楚地记得，9 岁以前，我们一家租住在永泰县城关蛇同的寓庐。房东是谁，小小年纪的我，从不知道。只记得那是木构平房，单门独户，两间居室，一处厅堂，一个灶间，虽然窄小，倒也清静。廊前一株桂花树，说不清多少年了，又高又大。周围土墙，斑斑驳驳，爬满青藤，牵牛花沉默着紫色的喇叭，狗尾巴草在墙头轻轻摇曳。我最盼夏天。夏天到了，鸣蝉在桂花树上长吟，即便到了夜间，还偶尔听得到蝉音，而且格外悦耳。于是借着星光月色，我站到树下，仰头张望婆娑的树影，不想脸上忽然一阵冰凉，是哪只蝉儿恶作剧，撒下一泡尿水？我一边抹脸，一边退到门口东墙下。这里又是一番景致：小土墩上种植几棵南瓜、丝瓜，南瓜有着毛茸茸的翠色肥藤，而丝瓜的藤却不一样，青青的，瘦瘦的，像柔韧的细竹子。两种藤缠绕着，一样伸出细嫩的卷须，攀缘着我们特意插在旁边的竹竿，并像铁丝一样紧紧地缠住，一节一节往上蹿，最后攀到了架子上。枝叶多了，四方方的架子上绿荫如盖。我们一家就在瓜架下纳凉谈笑。这时，我早忘了一脸蝉水，遥望着夜空中那一轮皎洁的月亮出神。父亲告诉我，月亮里也有一株桂花树，那依稀可辨的朦胧的一抹阴影，便是树了。我顿生兴致，痴痴地追问：那树和我家廊前的这株桂花树一样高大吗？这时节也开花吗？我吸吸鼻子，作深深的呼吸，似要汲尽弥漫在夜色之中的馥郁的桂花芬芳。

呵，我童年的古屋！自从9岁离开永泰，迁回福州之后，漫漫40年，它多少次出现在我的美梦之中，又多少次成为我最美好的回忆。这几年天南海北，走遍了名城古都，却从无机会重游偏僻小县永泰。但是，随着年龄的增长，尤其是过了不惑之年，我更是时时回忆童年，回忆古屋。愈是烦愁，就愈想念永远流逝的童年。童年，人生的天国。在那里，古屋月色朦胧。风清，花香，蝉声甜，瓜架底下话嫦娥……在那里，没有可咒的嫉妒，没有惊人的误会，没有压抑，没有白眼，没有虚荣，无忧无虑。我苦恋童年。我苦恋古屋。今年元旦，新年伊始，我专程寻访童年的古屋。汽车沿着大樟溪东岸蜿蜒而上。这就是似曾相识的大樟溪？想不到溪水绿得这样浓，这样深，就像武夷九曲的迷人水色，只是九曲水急，而大樟溪却平静温柔，这与我40年前乘民船顺流而下，溪流湍急，沿溪险滩礁石如狼似虎，船夫的呼号惊心动魄，简直是两处天地。

汽车颠簸，思绪翻腾：40年了，沧海桑田。古屋或为高楼大厦所代替？或坦荡无存，夷为一片废墟？隐隐地，我心头未免涌上一股莫名的滋味，是怅然若失的感觉吧？

到达城关，已近中午。稍事休息后，由县局老杨带路，寻寻觅觅访古屋。县医院对面便是蛇同，名副其实，蛇一样弯弯曲曲的小同，每一转弯，童年的记忆便犹如光点闪烁，五彩斑斓。蓦地，我的心怦然跳动起来，我的目光所及，迅速地反馈大脑神经：古屋！这不是梦吧？在四周栉比相邻的新式楼房之中，居然还保存着一座古屋。不高的土墙环绕着，正面门廊下两扇大木门虚掩着，没有动静。我轻轻推门而入，只见低矮的屋檐下，板壁、门框、木柱，年久而发黑，辨不出年轮纹理。倾斜的黑屋顶上，偶尔几片新瓦尤显醒目。我心中不免感伤起来：来到了我童年的古屋，虽然亲切，亲切得就像扑进久别的外婆怀中，但外婆已经年高老迈，那昏暗的窗棂是她的一双浑浊的眼？此刻，她正嗜睡在黄昏之中……

也许听见我们的说话声，屋门咿呀，走出一位老妪，挽髻，额前丝丝白发，让我不禁又一瞥墙头上那干枯的草，它在轻风中微微抖动。但她的目光特别炯然，觉察不出阴影，以致那脸上的皱纹也似乎显得豁亮。我心下思忖：近半个世纪了，古屋必定几易其主，眼前这位老妪大概是最后一位主人？这时，她一面温和地问："二位找谁？"一面上下打量着我们，随即把目光停留在我的脸上，要搜寻什么似的。我惶惑起来，一时失去了自若的风度，只好托托眼镜，以掩饰心中的慌乱。老杨连忙上前解释："依姆，是这样——这位同志小时候住过这屋子，特来看看……"老妪"啊"的一声，急急地问："贵姓？"听我报姓之后，她惊喜地喊出了我的小名，还一连串地说出了我父亲的姓名，母亲的姓名，我两个弟妹的乳名。她显得异常激动，两眼闪出泪花，不绝地询问我一家的近况，还自我介绍："我就是房东，没有姓名，大家都叫我'依佛嫂'，当年你父亲来永泰工作，租住这里，你很小，才五六岁吧？那时我到福州谋生，所以我记得你，刚才看见你，好生面熟，而你竟一点不记得我？"她扯起月白外衫的衣襟擦眼泪，引我屋里屋外地看。这里是瓜架下的小土墩，现在堆着瓦砾碎石。围墙依然把古屋与外界隔开，只是不见了青藤与紫花，有几处脱落墙衣，显出筑土的层次痕迹，岌岌可危，墙根一带是绿苔翠藓。而四周用石块垒成的高台大土墩上，不见了高大的桂花树。如同人生回不到童年一样，我再也没有机会站在月色树影底下，接受一次蝉水的洗礼。我立在大土墩前，心里默哀着桂花香的消逝……

入夜，老杨来叙。他说，傍晚找居委会干部了解，才知道"依佛嫂"的身世：丈夫早年出洋之后，另娶新欢。她咬咬牙，做女红，洗衣，当保姆，自立一生。这些年，她谢绝五保户的救济，天天大清早炸蛎饼，又香又大，人们称赞她生意公道，争着买。她却不多做生意，每天炸200块，卖完收摊。生活清苦，但听说佛教协会募款修寺庙，她一次就送去平日克勤克俭积攒下的 200 元。

我记起，下午在古屋，看见厅堂里供着一尊观音，横案上几盘果品，烛光辉映，香烟缭绕，一种虔诚肃穆的氛围。我心想：房东这样年纪，信菩萨是不奇怪的。现在听了老杨的介绍，我似乎幡然醒悟出点道理，恍惚觉得氤氲着香烟的古屋，透出一圈美丽的灵光……

边远小县的夜晚静得出奇，但我久久难以入眠。年代飞逝，古屋依存。尤其那位房东老妪，奉守信念，倔强地生活，平静地做人，可亲可敬。童年不再来，而我却庆幸自己得悟生死轮回，重返一次童年。

睡不着，我披衣而出，立在走廊上，眺望着陌生而又亲切的山城夜月。透过夜气，我发现了一种朦胧的美。

1986 年 10 月

夜　声

我喜欢静夜独处。

小时候，在家乡，我躺在门前水井边光滑而冰凉的长条石板上，仰望星空。高远的天，灿烂的星，朦朦胧胧的银河，偶尔一颗流星划过，拖着长长的尾光。这种时候，万籁俱寂，我总在想：牛郎织女还隔河相望？那一片灰云袭来，怕是凶恶的王母娘娘？月亮里的玉兔一直蹲在桂花树下吗？天上真有一个世界吗？玉皇大帝和他左右的神仙，掌管天底下的人世间吗……夜深了，下露水了，母亲唤我，我还眺望着神奇的苍穹出神。

有时候，我跑向堤坝，躺在松软的缓坡草地上，闭上眼睛，竖起双耳，谛听蛙声一片。我敢断言：这真是世界上最美妙的音乐。你听，就在坝下的秋田里，池塘边，在幽幽的夜色里，呱呱，呱呱，呱呱呱，时而紧密、高昂、激越，如临阵的战鼓；时而舒缓、低沉、悠远，像深山寺庙的晨钟暮鼓。一阵清风过去，蛙声弱下去，弱下去，是被风卷走，消失在远远的橘林里？顷刻，又鼓噪起来，像百十只大小青蛙，突然踊跃登台，竞赛歌喉似的，声声紧，声声亮，此起彼伏，一片热闹。突然，"扑通"一声，是一只青蛙跃入池塘了，溅起涟漪，溅起声浪，溅湿坝坡青草，溅湿我的衣裳。我一路口哨，快乐回家。

呵，乡村之夜那沾着露珠的晶莹的音符，永远滋润着我孤独的心灵。我感受到夜的静谧，以及静谧之中自然之声的律动。这种自然之声的律动，唤起我对自然万物的最初的冥想，也唤起我对人生社会的最初的思索。

宁静是一种美。当我做出这种判断的时候，已过了不惑之年。那年初夏的一个夜晚，我投宿在武夷山脉桐木关下的一个村落。凭窗而望，山脚下，黑乎乎的三五座木屋，几盏恹恹的灯，睁着永远睡眠不足而发红的夜的眼睛。我信步而出，谷地里夜气弥漫，远处山影起伏。四周一片宁静。路边草丛里不知名的虫子的鸣叫，远处峡谷间叮咚弹奏的琴泉，还有那竹林里轻轻传递的絮语，更衬出山林之夜的宁静。静到极处，便是一种美。我踽踽而行，又徘徊良久。这里远避尘嚣，远避纷扰，是读书写作的绝妙去处，我何不携妻带女，村居于此？这么想着，我心里感到怡然自得。

带着平静的心境，我从武夷山下来，在山城南平小憩，准备转车下鹭岛。时近午夜，找不到车，我捎着旅行包，决意步行到火车站。不料，迎面突突突地开来手扶拖拉机，载着土石，呼啸而过。一辆刚过，又一辆奔来，"突突突"，"嘎嘎嘎"，震得车斗里的土块一路撒落，街道两旁的商店，玻璃颤，门窗抖，连脚下的柏油路也不安地阵阵晃动。难得的静心给扰乱了，扰烦了，气浪，尘浪，声浪，形成强大的冲击波。我的眼、鼻、口、耳，涩涩的，黏黏的，鼓鼓的。我的心，也像一台马达，"突突突"，要蹦出来。

好不容易到了火车站。在候车室，我问邻座，干吗半夜三更满街跑拖拉机？那人淡淡一笑答：建设呗！南平规定，拖拉机晚上才许进城，通宵加班搞建设。他的眼睛眯成缝，抽一口"大前门"，慢腾腾地吐烟。我心下豁亮了：这位"老南平"在为家乡的日夜建设而自豪哩。

上了火车，并且居然躺到卧铺上，听车轮铁轨"咣当咣当"的巨响，节奏强烈地奔驰向前，我不禁想起南平的拖拉机噪音。的确，乡村之夜也罢，山林之夜也罢，固然静得让人心境恬淡、思绪空灵，但南平之夜声，虽然聒噪，却另有一番风格：那么粗犷，那么豪放，充满力的呼唤，令人回忆险滩纤夫的呼号，工地上劳动者的夯歌。

于是，对于夜声，我越来越敏感了，并且感知着特殊的音韵和旋律。

这几年，在省城街头，随处可见"禁鸣喇叭"的立牌，白天的街市，车水马龙，却少有噪音。无声的红绿灯下，温馨的街树绿荫下，人们摩肩接踵，秩序井然地行进在各自的生活轨迹上。我已经习惯都市生活，常在人们倾城而出的春节、中秋、国庆、元旦的日子里，与家人上街看热闹，加入拥挤的人群。到了夜晚，尤其是商店落闸、行人稀少的深夜，常有一种声音骤然轰鸣，越过街灯，越过楼群，真真切切，由远而近，由近而远，砰！砰！砰！一声巨响，又一声巨响，在夜的榕城久久震荡。我知道，这是建筑工地上的冲压机在为崛起的高楼大厦打地桩呢。那天夜里，我正躺在西湖宾馆客房的床上，不听梦幻般的轻音乐，不看明星演出的电视节目，而在专注地倾听厚重垂落的黑绒窗帘之外的汽锤声声，那么富有节奏感，那么雄壮激昂。这种震天动地的声响，为什么这样熟悉？是升起共和国第一面红旗的礼炮？是炉前出钢的鸣钟？是巨坝开闸的洪涛？是通信卫星飞向天外的呼啸？呵，怀着惊喜，怀着渴望，我将永远倾听中华大地上的每一声巨响，那是我们民族前进的巨响，迸发出五彩光焰的创造生活的巨响。

那天，我记起几年前曾动过携同妻女住到深深的静静的山林中去的念头，不觉哑然失笑。

1986 年 12 月

（原载《散文》1986 年 12 月号）

寄回榕城的思念

早安，我的榕城

站在上海龙华医院病房大楼阳台上，迎着熹微的晨光，我的心头跳出了第一个意念：早安，我的榕城！

仲冬，上海的早晨。晨光像一抹淡淡的水彩，粉红，绛紫，嫩黄，如烟如雾，轻轻地缭绕在簇拥的楼群之中，使水泥的森林顿然浮现出巨大的轮廓。楼房之间，楼房之后，晨光斜斜地洒下色彩。斑斓的色彩背后，依然是尚未苏醒的阴冷的水泥群。大楼下的稀疏的行道树，在寒气中索然峭立。我感觉：上海的晨光是冷色的。

伫立在冷色中，我思念起家乡的早晨。多少个日子，我沐浴在家乡绚丽而柔美的晨曦中。黎明时分，石鼓名山醒来了，醒来了，挺起脊梁，雄伟、强壮。山巅上，散开七彩光华，喷薄东天。热烈的光焰，点燃了每一片云霞。云蒸，霞蔚。霎时间，色彩奇艳：火红，橙黄，赤赭，玫瑰紫。光彩之下，鼓山莽莽苍苍，昂首踊跃；闽水清清秀秀，迤逦东流。城区，发光的楼，苏醒的窗，滴翠的树，含露的花。

呵，家乡的晨光是暖色的。

站在上海的晨光中，我心里却向着在纬度上相距 5 度之遥的家乡呼唤：早安，我的榕城！

晚安，我的榕城

入夜。凭窗远眺，万人体育馆浑圆的建筑似乎在薄暮中旋转，华亭酒家电梯里的灯光犹如流星闪烁升降，不夜的大上海浮沉在银河星汉之中。仰望夜空，缥缈的一弯新月，勾起我缥缈的乡愁。

怔怔地回到病房，病友们围过来了："想家了吧？您的家在福州？"一听"福州"，老许双目炯炯，像在回忆往事，说："30年前我去过，那里有鼓山、闽江、罗星塔，还有啥地方都比不上的那么可口的大鱼丸！"

我兴奋起来，虽然拙于言辞，还是夸口描述起家乡的新貌来：关于五一路和它的电车；关于闽江饭店和廖公的题字；关于仓山文化区和全国第一所女子学院；关于马尾经济开发区和严复求学的船政学堂……

护士悄然而进，依着床帮，静静地听我叙说。一个个病友听得那么专注，那么入迷——那确是令人神往的南国呵。

护士嫣然一笑："福州真是好地方，我一定找机会旅游一趟！"病友们争着问："福州人生活好吧？"我从床头翻出刚从一所大学图书馆借来的《福建日报》，挑出12月25日这一张。病房灯光暗淡，但第一版头条铅字赫然入目："福州今年三十件事已办成"……突然，小桑扬手叫大家安静："听，上海台新闻节目，福州消息！"果然，沉稳而浑厚的男播音员的声音响起："福州市市长洪永世今日来沪洽谈横向经济联营……"

我耐不住了，心想：榕城，我真想马上见到你，问一声——"晚安，我的榕城！"

1986年仲冬，上海

（原载《福州晚报》1987年2月11日）

最是恨别时

1977年暮春，北京机场。迎客厅里，沙发上坐着的人们在闲谈、品茗、打盹，慵懒地等待班机降落。敞亮的大厅一角，肖女士时而顾盼窗外，时而谛听空中，显得既沉静而又急切。时节已过谷雨，北方的寒意虽然未退，但她却感到一股温热。来自周围的空气？来自自己的心头？说不清。她不觉敞开华贵的黑风衣，宽松一下颈上雪白的真丝围巾，看一眼表。呵，她意识到自己来得太早，但又迫切希望时刻已到。福州—北京的航次，正点是13点20分，可眼下刚过正午。大厅外的广场上，雇用的银灰色小车正停在那儿，难为那司机女郎在车内忍受手表嘀嗒的寂寞。人们常说，送别的情景最尴尬。而今她更体会，等待的煎熬最难耐。

人生有许多意想不到的事情发生，有时简直就像戏剧一样充满悲欢离合。今天，她作为一个忠实的妻子，在北京将迎接离别了28年之久的丈夫。而当年，恰恰是这位书生丈夫在上海送别了新婚宴尔的她。外滩码头，开往高雄的"水晶宫"号轮船已响过三声起航的汽笛，最后一批旅客也已登上船舷，混乱的码头渐复平静。这时人们发现，在登轮的入口处，一对伉俪正依依惜别。黄浦江的风呵黄浦江的浪，可为他们的悄悄话做证，英俊男子窃窃低语："你先走一步，我已报名参加了服务团，随军南下福建，解放台湾，不出一个月，我们相会在台北……"窈窕女子柔声叮嘱；"你一个书生，一路南下，军旅生涯又艰难又风险，务必珍重……”

历史无情地捉弄了这一对无辜的情人。在台北的父亲府邸，她不安地等待了一个月，不见丈夫，却传来了战事僵持的消息。她又焦灼地等待了一年，女儿娟娟出生 4 个月了，仍不见父亲；海峡两岸炮声隆隆，炮火严峻地封锁了海域。她度日如年，送日落，盼日出，叹月缺，喜月圆，挨过了 3600 多天。含辛茹苦，娟娟已经亭亭玉立，那一双又黑又亮的眼睛，就跟她的父亲一样，闪着灵性的光。呵，眼睛，眼睛，痴情的眼睛，无时不在妻子的面前闪动。相思，相思，深深的相思，无时不撩得妻子愁肠百结。相思有时使人沉沦，有时却可以释放出惊人的能量。当她受聘宾夕法尼亚州 D 大学教授职位，登上圣洁的讲坛时，大学生们投来了钦慕的目光，而同事们则发出一片由衷的赞叹：忠诚于杳无音信的丈夫，养育相依为命的女儿，献身于人类至高无上的事业，一位了不起的中华女性……

三叉戟客机呼啸而下，安然落地。机舱打开了，旅客沿着舷梯走下来。此时此刻呵，肖女士突然感到胸口心脏猛跳，全身的血液燃烧起来。28 年来，日日夜夜，朝朝暮暮，虚幻里，梦寐中，悠悠长相思的心上人就出现在眼前，她再也无法控制冲闸的感情洪波，失去了平日里端庄娴雅的女学者风度，奔出人群，呼唤着丈夫的昵称“阿申”，扑到了李先生的面前，还未等他回过神，她已经张开柔弱的双臂，紧紧地抱住他，摇臂，顿足，哭喊，喘气，全不顾在场的人们怎样惊讶地看她，也不知道司机女郎怎样体贴地请她上车，回到了宾馆。此时此刻呵，世界仿佛跌入洪荒时代，肖女士多么想变成夏娃，缠绵地偎依着亚当，双双来到伊甸园，沉醉在隔世般陌生而又温馨的情爱之中。

伊甸园梦一般地消失了。他惊恐，不安，懊悔，内疚。她惶惑，疑虑，忧伤，悲痛。他发现：她的眼睑松弛，白嫩的肌肤沟壑隐伏，犹如树木的年轮悄然浮现。她长久地端详，他的鬓角斑发丛生，黑黑的瞳仁蒙上了一片浑浊的灰色，失却了当年晶亮的灵光。

该怎样讲述自己这 20 多年不平凡的生活经历？难以启口。仿佛那是一个失传的古老而朴素的故事。医院的病床上，一张纸一样苍白的脸，两片毫无血色的嘴唇。床边输液架上，倒悬的葡萄糖药瓶，不时地冒起水泡，滴注管里轻轻地溅起水花。一切都这样沉寂，死一样的沉寂，只有这水花才给人脉息跳动的唯一感觉。医生开出病危通知书，丁护士为难了：通知往哪送？病人在这偏远的山城无亲无戚，孤孤单单，而死神却时刻在他床前窥探，企图勾走他的魂灵。

从昏迷中醒来，他感觉床边坐着一个女子，正用汤匙一口一口地喂他喝水。甘甜的水，滋润着烧灼的心田。自己没有一个亲人，她是谁？浑浑噩噩的思维终于艰难地寻觅到记忆的光点：丁护士，一位沉默的姑娘。3 个月过去了，他忘不了在魂不守舍的日子里，她怎样守在床边，用酒精摩挲他发烫的手心窝、腋窝；怎样在风雨之夜从家里送来排骨汤，劝他喝下；怎样接他咳出的一口口痰，端走尿屎；怎样扶他下床，搀他走向阳台，呼吸弥漫着白玉兰花香的芬芳空气……他朦胧地体验到女人的温存，而这体验竟是那样奇特难言，似乎病体的日渐康复，不是药力所致，而是异性的感应。当他讷讷地表示感激之时，丁护士仍然沉默，但她低垂的眼睛，波光盈盈，表述了多少无言的心声。

又一种震撼他灵魂的心声。那是从大西洋彼岸挂来的电话。他把话筒紧紧地贴在耳朵上，听到了微弱而清晰的呼唤，颤悠悠，随着电流越过茫茫的苍穹、深深的海洋。渐渐地，呼唤中止了，片刻的沉默。传来了强忍的哽咽，幽幽的。随即爆发出哭喊："阿申，我的阿申！"长时间的啜泣，隔着远山，隔着大海，隔着风晨雨夕，幽远而又切近。40 分钟过去了。他从未像今天这样犹犹豫豫——决心挂断电话，却又不忍放下听筒。他绷紧全身灵敏的神经，聆听万里山川之外的气息。仿佛时光倒退了 28 年，气息仍然那样温馨、濡湿、甜蜜，那样令人回肠荡气，以致他放下了听筒，又迅速拿起，久久地贴在耳朵上，在空旷的嗡嗡声中分辨消逝的电流，一片惆怅……

橘黄色的壁灯亮了。音箱里飘出了《天鹅湖》乐曲。光影绰绰，舞曲袅袅。肖女士恍惚地躺倒在席梦思上，闭上眼睛，任泪珠无声地跌落枕巾。此刻她多么想听贝多芬的《命运交响乐》，要不，听一曲舒伯特的《b小调第八交响曲》也好，可是找不到磁盒。李先生的讲述把她心头炽烈而又微弱的希望之火掐灭了。还是让柴可夫斯基的旋律把她带到朦胧的湖光山色中去吧，那里有皎洁的月光，那里有柔美的湖水。

希冀愈切，失望愈惨。生活太疲累了，现在肖女士多么需要冷静，需要休息，哪怕是短暂的小憩。李先生坐到一旁，怔怔地回想在上海锦江饭店的婚礼和外滩的怏怏的惜别，回想丁护士把自己从死神魔爪中夺回和半年后组合的家庭。他无法想象海峡两岸竟然长久地炮火对垒，也无法想象爱妻赴美留学，至今守空房，更不敢企盼团圆之日。不错，他的身心曾一度濒临死亡，是丁护士的善良与真情，复苏了一颗泯灭的心。现在怎么办？民间古语：前妻有情情深似海，后妻有义义重如山。此情此义，怎样报答？

人生为什么有如许难堪的迎送？在上海，他送别她。在北京，她迎接他。而今，在同一机场，他又送她远走高飞。三天之内，她变了——判若两人，不再拥抱，不再流泪，大大方方地伸手握别，嫣然苦笑，然后朝候机室走去，那黑风衣的下襟，轻轻掀起，传出高跟皮鞋碰擦大理石地面的清脆的脚步声，笃笃笃……

翌年初秋。肖女士又飞越太平洋，回到北京，而后转车A城，参加一所新办大学的开学典礼。这是她惨淡筹办的国内第一所女子大学。终于找到了感情的喷发口，她把28年的苦恋倾泻在故国的办学事业上。此行将逗留半年，应邀到三个城市讲学。对于李先生，她不无抱怨，却也并不责备。这次回国，没有通知他，不，没有必要。但她偕同娟娟回国，让她单独南行，拜望从未见过的生身父亲。经历一阵内心的暴风骤雨之后，她已经逐渐平静下来了。她决心一如既往，发愤继续她的事业，寄托她对故人故国的绵绵无尽的衷情柔怀。因为，她毕竟是一位刚强的女学者。

1987 年 5 月

（原载《福建文学》）

生 命 绿

48 年前的农历四月十三日，我出生在福州郊区凤岗里（今建新乡）的姑妈家里，父亲便以我的诞生地取我的名字，让我记住这人生的第一站。那里是闻名遐迩的花果之乡，推窗见绿，开门是绿，一片绿的世界。我在这绿色的襁褓中长大，我的生命的原色便是绿。那年月，我每天在高高的白玉兰树下捡花瓣，在繁密的瓜豆藤蔓中捉迷藏，在散发着泥土芬芳气息的耕犁后面抠泥鳅；夜里，听布谷鸟声声叫唤，做着绿色的梦……

少年时代，我回到盖山塘池村的故乡。这里远不如凤岗里丰腴富饶，前后两座小山荒凉而贫瘠，我们一家过着穷困艰难的日子。唯一给我慰藉的是山上茉莉园、龙眼树和坡地上的野草所呈现的绿，它们虽然不甚浓郁，却也给我一片希望之光，鼓舞我去拾柴，去种菜，去从事农家的劳作；鼓舞我忍受饥寒，体味人生最初的辛酸甘甜。那些年，我常常伫立廊前，眺望对面山上的绿。尤其在夏季里，一阵雷雨过后，山景格外绿，绿得清新，绿得发亮，世界突然被洗涤得如此明净纯洁，小小年纪的我，心旷神怡，竟乐融融地陶醉在这如诗如画的自然美景之中。

流光逝水，人到中年。说心里话，我长年累月地生活在繁华的城市，真有点厌倦嘈杂的市声和光怪陆离的色彩。我怀念乡村的宁静，怀念乡村的绿。每年，我都要回到乡下，走在乡间小路上，走在羊肠山道上，又见茉莉园，又见龙眼树，又见稻禾，又见芥菜，又见那漫山遍野的青青小草。我似乎觉得，我又真正回到了生活中来，心中不禁漾起朦胧的绿，朦胧的爱。

1981年夏，我身患沉疴。一天，在深深的幽幽的昏迷之中，一片绿叶飘然而至。顿时，我睁开疲惫的眼睛，看到病房临窗的白玉兰叶片闪耀着绿色的生机。神奇的童话一般，这一片绿，载我渡过苦难的汪洋，安然漂往生命的彼岸。后来，我在《绿叶》中这样评价："我痊愈出院了。我不否认现代医学的神效，但又怎能否认曾有一片绿叶鼓起我生的勇气，召唤我顽强生存下去的力量呢？"

是的，纵观我的生命历程，我应当这么说："绿便是生命。"至此，读者诸君便不难理解，我为什么如此执着地追求绿，如此迷恋地喜爱绿。1984年初夏，我随一批散文作家来到武夷山自然保护区——大竹岚。满眼是绿的山，绿的水，绿的树，绿的草，绿的路，绿的云，我惊喜，我激动，像林中鸟，像花中蝶。我真不愿离开这一座无边无涯的绿色乐园呵。

我们的生活，我们的社会，不也是一座绿意葱茏、生机盎然的绿色乐园吗？愿我的每一篇文章，都成为一片虔诚的绿。

1987年9月27日，乌山脚下

（收入任凤生《生命绿》，海峡文艺出版社1988年版；"福建优秀文学70年精选"丛书编委会编，袁勇麟、吴青科主编《福建优秀文学70年精选·散文卷》，海峡文艺出版社2020年版）

散文并不寂寞

不知从何时开始，人们说："散文是寂寞的。"这话不无道理。我想，从新时期十年文学发展情状看，散文较之诗歌、小说、报告文学、纪实文学，是沉寂了些。从出版界几个回合的较量看，散文乃至整个严肃文学（或称纯文学），较之武侠小说、侦探小说、言情小说，是自甘逊色的。但是，散文自有它纯洁的品格，自然不会赶时髦赶浪潮，也去描写什么奇侠、性爱之类的内容，以迎合小市民心理，博取沸沸扬扬的欢呼。

著名散文家何为说："散文自有其独立存在的地位和绵延不绝的生命价值。中国古代和现代文学史充分证明了这一点。"纵观古代与现代的文学发展史，上自春秋诸子、唐宋八大家，下至"五四"名家，有许多瑰丽篇章，我们可以毫不老饰地说：中国是一个散文的国度。

在这个珠玑璀璨、华章灿烂的散文国度里，散文拥有它的广大爱好者。不但富有文化素养的年长者喜欢散文，即便是年轻人，也将散文视为文学的母体，阅读、写作，大有人在。从中学时代，我就以反复诵读《岳阳楼记》《醉翁亭记》《背影》《叶笛集》为乐事，后来竟发展到妄自涂鸦投稿，居然在省级、全国性的文学报刊上发表了许多散文，并结集成册为《生命绿》出版。出乎意料地惊喜，因为在一家报纸上刊登一则并不显眼的广告，竟有全国各地成千上万的读者，或来信或汇款，迫切索购《生命绿》。遗憾的是书店却以"散文没人要"为由，擅自定下寥寥订数，造成供不应求的被动局面，几千份汇款单只好退还读者。试想，如果认真刊登广告，或稍作发动征订，那么订购者难道不是 3 万 5 万乃至 10 万吗？我实在不理解书店老板们为何要把散文打入图书发行的冷宫之中。从我的小小一册散文集之读者自发订数看，从青年朋友频频的来信来访探讨散文创作的情势看，我感到莫大的慰藉：散文并不寂寞。

有人劝我写小说，写报告文学，甚至劝我写电影电视剧本，那样既多拿稿费又出名。我只有一笑置之。人各有志。如果散文确乎寂寞，我则甘于寂寞，寂寞也是一种美。何况我们并不寂寞。我们的周围就有许多为散文事业做出贡献的作家、评论家，更有千千万万热爱散文的读者伙伴。我将以自己不懈的劳作，为散文园地增添一片虔诚的绿。

当然，散文要更加繁荣，要赢得更多的读者，在于自身的艺术魅力。散文作家任重而道远，要通过自己勤奋的创造，永葆散文艺术之青春。作为一名普通的散文园地耕耘者，我感谢文学前辈郭风、俞元桂和青年评论家曾焕鹏对《生命绿》的鼓励和评论。虽一册在手，但我自知浅薄。日前在接到选送代表作编入某散文选的通知时，我惶惑良久，竟择不出一篇自我感觉良好的散文。但我想，认识自己也许便是一个起点。我愿意在这个起点上，与散文朋友共勉，迈开新的步伐，开始新的追求。

（原载《福州晚报》1989 年 1 月 5 日）

世纪的花
——记著名科普作家贾祖璋

一

钱塘江北岸海宁县黄湾镇。

早晨，旭日升起来了。淡淡的白雾，羞羞地飘散，悄悄地隐没。青青的山丘，绿绿的田野，簇拥的农舍，农舍前矮墙上的牵牛花，农舍后高高的桑树，瘦瘦的竹林，亮晶晶，银闪闪，每一滴露珠都是一轮七彩的太阳。

房门咿呀，走出一个少年，对襟布扣龙头白汉衣，斜纹青宽筒裤，纳底布鞋。他迎着阳光，红的脸，黑的发，亮的眼，宽宽的眉宇一扬一扬的，凝聚着浓浓的趣味，孜孜的渴求。他径直走出天井，走向花圃，弯弯的嘴角一掀，漾开笑纹，一边喃喃自语："好多的花！多好的花！"一边俯下身子，伸出小手，像要拥抱眼前的樱桃花、牡丹花、金雀花、月季花、紫薇花、黄菊花、玉簪花……啊！花的世界，花一样美好的大自然。在这大自然的怀抱里，花为什么姹紫嫣红？叶为什么嫩黄、淡绿、青翠？燕为什么三月呢喃？蝉为什么六月长鸣？萤火虫为什么夜间提着灯笼在低空聚会？

幼小的躯体深处，心在律动，潜在的意念在律动，就像脚下的大地，看不见的种子在不安地裂变，在悄然萌发，要把绿色的生命托举到地面上。

花开花落，春去秋来。天地运行，日月瞬转，时光无情地流逝。

闽南平和县坂仔村。

清晨，山村从黄莺啭唱、杜鹃啼鸣声中醒来了。人们捐犁、挑担，牵着水牛出工了。一位老者，布衫、布裤、布鞋，立在村口田边。呵，久违了，妩媚的桃花，袅娜的垂柳。久违了，纷飞的蝶，嘤嗡的蜂。久违了，四合的青山，平展的田畴。仿佛回到了童年，回到了故乡，看乡亲们弯腰曲背，在泱泱的水田上，飞快地插下一束束、一行行秧苗。亮亮的水，绿绿的苗，劳作的手是飞梭，编织出锦绣江南春耕图。心痒痒，手痒痒，情不自禁地跳下水田，加入乡亲的行列，插下歪歪斜斜的秧苗，留下深深浅浅的脚印，溅起一串童真的笑，抛下一片善意的骂。而今，驻足田头，熹微的晨光在他那丝丝银发上闪耀，在他那松弛的眼睑下的褐斑上变幻色彩，在他那浑浊的眼睛里闪烁。"人生七十古来稀"。他不能下田，不能弯下腰身，不能亲手插一行稻秧。但他还能走，从五年杭州，七年桂林和温州，十多年上海，20年北京，从大都市的尘嚣里，从乱纷纷的年代里，走向清静的乡村，回到大自然的怀抱，回到花鸟草虫的极乐世界中来。

这位少年，这位老者，便是中国科普文学的创始人之一贾祖璋。

二

我有幸结识这位前辈科普作家，已是1984年夏天的事了。

福建省政协大楼，庄严的会议厅。会议主持人把我引荐给贾老。踩着无声的绿地毯，我慌忙地迎上去，伸出双手，表示我笨拙的恭敬，口里讷讷地说："久仰了，贾老。"他握着我的手，一脸和善的笑，目光炯炯地望着我，说了一句话。我困惑了——老人家说了什么？我到过他的故乡，吴越软语唤起我美妙的音乐感。而现在，我却辨听不出浓重的口音，无以反应，傻傻地笑，幸亏旁边的人翻译过来："贾老说，不敢、不敢，你们后生可畏。你很勤奋，我看过你的散文。"我立刻记起老人家在一篇《代序》中的话："高山仰止，愿与意气风发的年轻同志们，共同努力。"我感受到前辈作家谦和的美德。他的话里，更多的是鼓励我们晚辈，而在我听来，却汗颜得两颊发烧。

贾老到台上讲话了，我特意坐到前排，竭力地听辨。无奈第一次听讲，还是不明白。于是，台上、台下，咫尺之距，端详老人家。感谢古人创造了"鹤发童颜"这个词，用它来形容眼前的贾老是最妙不过的了。屈指一算：1901 年 9 月 24 日出生，迄今已经 84 岁了，这样高龄的老人，除了非常时期下放平和县农村后大病一场那段时间外，眼不花，耳不背，步履稳健，谈笑爽朗。我想，人生易老天难老。自然万物，大千世界，永葆其美妙之青春。贾老一生心系自然。早在 20 世纪 20 年代初他在《十年学校生活的回忆》一文中就说过："我是很爱自然的，很喜爱动植物。"时过 60 年后的 1981 年，他在一篇书序中又披露心迹："我长期喜爱生物，心向往之。"是大自然不朽的灵性，赋予了贾老老而不衰的生命。

贾祖璋出身乡镇中医家庭。一座江南农村极普通的陈旧木屋，几个小天井，花木扶疏；屋后的桑树麻丛，枝繁叶茂。站在门外远眺，青山四合，垄亩毗连。一年四季，桃红柳绿，榴紫橘黄，蜂嘤蝶舞，虫鸣鸟飞。小小黄湾镇，一派田园好风光。在这人间乐园，他有时上山林，轻轻地吹着口哨，专注地逗引画眉声声；有时下河塘，沿着水草悄悄摸索，捕捉鱼虾；有时掰开密密的草丛，急急追寻蹦跳的蟋蟀；有时伏在花间，屏息静候，看花瓣怎样由白变蓝，由蓝变紫……

14 岁那年，贾祖璋考入浙江省立第一师范学校，来到杭州开始了中学生活。多么幸运，他的授业导师竟是一代名流学者！他师承夏丏尊广博的国文，师承陈望道精通的日文。他寻求新知，开眼看书本里所展现的千奇百怪的微观世界、宏观世界，看黄湾镇所看不到的山外山、天外天。但他的一颗心，依然时时惦记着家乡那绿茸茸的青山和原野，惦记着花红、鱼肥、雁南归……他在学校图书馆里借到了日本生物学家神谷辰三郎的名著《显花植物分类学》。呵，日本人写花草，竟写了一大本？什么时候，我们中国，也有这样的著作，一大本，又一大本，写花、写鸟、写草、写虫，写尽生物万千？

他一口气读完了《显花植物分类学》，并动手翻译其中的第三章《植物分类沿革》，投寄上海。1921 年 2 月，贾祖璋的名字第一次变成油墨芬芳的铅字，赫然印在《时事新报》的"学灯"专栏上，这是他最早发表的科普文章，时年 20 岁。第一篇作品的成功，仿佛是一个机缘，诱导他开始了一生与文字为缘的笔墨生涯。

他更感高兴的是，在五年苦读的书斋生活之后，又回到钱塘江畔，回到魂牵梦萦的故乡大地，在距老家十里之外的袁花镇母校执教。这里和家乡一样，山青青，水溶溶，花香，鸟语，月儿圆。他带学生采集经霜的枫叶，捕捉斑斓的彩蝶；他给学生描述孔雀怎样开屏，海鳗怎样洄游……

一天，报纸上的一则招工广告，唤醒了他深深埋藏心底的夙愿：到上海去，到施展自己抱负的地方去。他风尘仆仆地赶到上海应考商务印书馆。揭榜时，他以第一名的优异成绩被录取。几个月的学习之后，分配在印刷所模型标本部，先是制作动植物标本，后担任检定员。这里是鸟的世界，聚集着千百种的鸟的标本。每天，他陶醉在这小小的工作间里，仿佛在静静地、静静地谛听着广阔的大自然里，黄鹂鸣翠柳，杜鹃啼泪血，夜莺惊残梦，布谷催春播……

1926 年，也就在这静静的工作间里，他写出了第一篇作品《中国产鸟类报告》，发表在周建人主编的《自然界》杂志上。第二年，他翻阅了几十种书籍，查证出关于杜鹃鸟的 42 个别名，创作了《杜鹃》，发表在胡愈之主办的《东方杂志》上，这是现代科学与古代诗词的结合体，开创了科学与文学的一代新风。在当时，"科学小品文"这一朵新世纪的花虽然正含苞欲放，但是《杜鹃》却已犹如一枝迎春花，报告着科普文学的春天的来临。

世纪之花的开放，并为世人所正式命名，却是迟至1934年的事。这年9月，他应约写出了另一篇名作《萤火虫》，发表在陈望道创办的《太白》半月刊上。创刊号上同时发表的还有周建人的《白果树》、顾均正的《昨天在哪里》、刘薰宇的《白昼见鬼》。四篇作品之外，另有柳湜的《论科学小品文》，组成一个崭新的栏目。从此，这朵新世纪的花，才第一次被正式命名为"科学小品文"。

在这前前后后，贾祖璋一直默默地在文学百花园里，精心培育稚嫩而独特的科普文学之花。他写出了引人注目的系列科学小品文：《水仙》《蚕》《蟹》《雉》《梅》……1936年结集为《生物素描》，由开明书店出版，这是他的第一本科普文学选集。而早在1931年，开明书店就已印行了他的另一本关于鸟类的科学小品文选集《鸟与文学》，他的夏丏尊老师在序言中深情地写道，过去读日本小泉八云那本著名的《虫的文学》，很感兴趣，而现在读《鸟与文学》，"有许多地方，令我记起读《虫的文学》的印象来。"夏老师，夏老师，您可知道，半个世纪过去了，至今还没有一本可以与之媲美的书！

人们读他的科普作品，随着不绝如缕的韵味，产生一种微妙的遐思，进入清新高远的艺术境界。人们开玩笑说，他的一支笔简直是一根魔杖，笔墨所至，花鸟虫鱼，皆成文章；每有描述，趣味横生；稍作点染，情态栩栩。评论家们的褒誉最精当：精思独造。通观他的著作，内涵丰富，熔科学知识、历史资料、诗苑佳话、故事逸闻、民俗谚语于一炉，是科学与文学的典范结合，是科学与历史、科学与现实的时空整体，是科学与思想的高度统一。这种崭新的文体，在20世纪二三十年代探索科学精神和民主思想的潮流中应运而生。而他的科普小品文，就像一曲清泉、一江春水，跨越悠悠岁月，从20世纪20

年代，涓涓不绝，潺潺东流，奔腾到 80 年代，流向 90 年代，汇入整个世纪的壮阔潮流。

优秀作品的产生绝非偶然。贾祖璋的科普作品怎样精思出来，又怎样独造于世？

1934 年秋天，正是稻熟蟹肥时节。一天早晨，他到市场上买回五只大螃蟹，养在大木盆里，而自己则蹲在盆边，一支笔，一本簿，细细观察，速速记录。到了下午，看够了螃蟹的一副青灰发亮的面壳，一双细小如珠的眼睛，一张毛嘴，两螯八腿；看够了这些"铁甲将军"怎样发起威风，抖起神气，横行肆虐。于是，他端锅升火，把五只大螃蟹煮了，然后，看"横行介士"的面壳怎样由青变红。揭开面具，原来是"无肠公子"！他又蹲又站，又看又记，虽然疲倦，但这一天没有白过。在他心中，有一股压抑不住的思绪往外冒。果然，到了夜晚，提笔展纸，一气呵成，一篇精彩的科普作品《蟹》便写成了。

1942 年 11 月 3 日，他接受友人送来的一朵昙花，剖为两半，压制而成腊叶标本，做了详细的观察笔记。后来凡见昙花，他都像着了迷一样，围着转来转去。多少回研究栽培？多少次观察生长？多少番欣赏夜艳？他记不清了。一年又一年，他几次提笔又放下。一直到五年之后的 1947 年夏，上海报刊纷纷报道昙花消息，他才写了《昙花一现》，水到渠成，又是一篇力作！

他生性沉默寡言。他总是伏案劳作。1930 年，他被调到编译所博物部，在部长杜亚泉老先生的领导下开始从事编辑工作，并坚持用自己的一支笔——一把锄，开拓科普文学的荒原。在他的身后，是一片心血与汗水浇灌的世纪之花，灿烂夺目。人们粗略统计，从 20 世纪 20 年代至 80 年代这 60 年间，他出版的著作近 40 种，约 200 万言，其中有最早的《鸟类研究》（1928 年），有蔡元培题签的《中国植物图鉴》（1937 年），有写给抗日军民的《碧血丹心》（1942 年），有新中国的献礼《劳动创造了人》（1950 年），有晚年力作结集《生物学碎锦》(1980 年)，有代表作选集《贾祖璋科普创作选集》(1981 年)，还有 20 世纪三四十年代的生物启蒙教科书《动物学》《植物学》《生物学》，等等。

三

作家观察人生、社会的角度往往十分奇异。作为科普作家的贾祖璋，是从观察花鸟虫鱼而开始了他对人生、社会的理解：自然可爱，人类更可爱。

站在我们面前的是一位慈祥的老者，而他的一颗爱花、爱鸟、爱虫、爱鱼、爱自然、爱人类的仁慈之心，早就强烈地跳动在他的博大精深的胸腔内。

中华大地沉睡千年。愚昧像一剂麻醉药，侵袭着民族的大脑皱襞。一天，他翻阅《申报》，偶见"儿童周刊"上有一篇题为《蚕子变金鱼》的短文，说什么把蚕子浸泡在尿里，就会变成金鱼游出来。放下报纸，他心里计算着报纸的发行量，今天该有多少天真的儿童受骗上当啊。这岂止是无稽之谈？简直是诓骗！当晚，他奋笔疾书《金鱼》一文，针锋相对，揭穿迷信之邪说，晓以科学之道理。

日夜伏案，默默写作。快快借科学的灵光，把我们民族的思维，"引向远处，引向高处，引向深处"。快快借自然的灵性，把爱的泉流倾注笔端，溶入我同胞的心田。科学是冷静的高山湖，而文学则是情感的激流。贾祖璋的科学小品文，是激流奔腾而入的湖，涟漪无边无尽。一篇《萤火虫》，写尽了小小生灵的闪光的特殊机体，更写尽了他对同胞的多少牵挂："记起遭遇旱灾的故乡，祝福我那辛苦的邻人，应该有一条生路可走。"一篇《蚕》，一幅蚕农辛苦劳作图，一笔一画饱含着深切的情思。他写了大量关于鸟的小品文，甚至大声疾呼："为中国的鸟类请命"，保护鸟类，保护农业生产，保护过着贫苦生活的四万万农民同胞。

爱与恨相连。爱得深，也恨得切。在漫天抗日烽火中，在凄厉的警报声中，他把一腔热血洒向字里行间。

1939 年春，桂林师范学校。本来就沉默的他，更少说话了，每每凭窗沉思，长久伫立。他想到螃蟹、乌贼、海星，为了抵御侵犯，往往自行截断肢体，以求生存。他还想到鹌鸽受到凶鹰袭击，群起反抗，直至牺牲个别，以保全群体。生物的睿智、果敢与坚贞，引发了强烈的创作冲动，短短时间，他接二连三地发表了《个体牺牲与种族保存》《生与死》《多难兴邦》等名篇力作，揭示生物的生存规律。这是另一种抗日斗争，不在战场上出入枪林弹雨，也不在街头上慷慨讲演，而从意识上顽强地揭开民族抗日救亡的底蕴，让万千军民发现自己不可战胜的力量。虽然这是社会进化论，但表达了他的一腔热忱啊。

148

1940 年 10 月，他在著名的《碧血丹心》中写道："血，血，血，不再会有懦夫见了它而发抖，而恐惧。心，心，心，千万个人一条心，非把敌人赶出国土，决不甘休。"血，是"人生热诚、勇敢的象征"；心，是"人生忠烈、正直的象征"。他借传授血与心的生理学知识的机会，严正地宣告中华民族之不可侮，指出"人心不死，热血未冷，不论强敌如何凶暴，终有把它驱逐出境的一天"。这与其说是在介绍科普知识，不如说是在激扬爱国主义。在《序》中，他开宗明义宣布，"谨以《碧血丹心》贡献给可爱的国家，为民族艰苦斗争的志士"。

在国土沦丧、民族危亡的时候，贾祖璋竭尽绵力，苦心孤诣地用自己的一支笔作为锐利的武器，参加战斗，沉着而又勇敢，冷静而又热忱，表现了中华儿女应有的良知与天性。

可贵的品格，虹贯一生。

抗战胜利之后，在特务如毛的上海，他感到内战氛围的沉闷，透不过气来，但又不能大声疾呼，于是他一面写了《熊猫真面目》等科普小品，发泄沉积在胸中的愤懑，一面大量著述，迎接新中国的曙光。

在《生命的韧性》中，他告诉人们："生命是坚韧的，任何灾难都不会把它们完全毁灭。"这是一条信念。在旧中国是这样，在新中国的历史进程受到挫折的时候也是这样。1970年春天，他从北京直下他的大儿子柏松下放所在的闽省平和县坂仔村，每日出村乡，入橘园，上山林，下田亩。有时望着圆圆的衔山落日出神，长久思索：生命是坚韧的，生命不息，劳作不止。在这动乱而荒漠的年代，不能让有限的时光白白流过。他决计动手辑录科普资料，即便自己用不上，留给后人也值得。于是，《荣莉谱》100条，《水仙谱》120条，《四川荔枝谱》150条，《福建柑橘谱》50条，《龙眼谱》《蝉谱》《蟹谱》《萤谱》……三四十本辑录笔记！几十万言蝇头小字！而这一切，谁能置信，竟出自一位74岁高龄老人之手，此时他正患病在身，两腿浮肿……

大地回春，生命复苏，万物生机蓬勃。世纪的花一朵更比一朵艳：《花儿为什么这样红》《南州六月荔枝丹》《布谷处处催春种》《吴刚捧出桂花酒》……

南国的黎明，湿润而又清亮。森林一样的福州屏东宿舍区，8栋三楼的窗户、阳台和楼道上，盆栽成树，花团锦簇，文竹、石榴、扶桑、一串红、牵牛花、凤仙花，绿叶上露珠晶莹，花瓣上芳芬流溢。86岁老者手提水壶，专注地浇灌。他的手下，漾开一片云锦，鲜花含笑，小鸟啁啾，大自然的灵光云蒸霞蔚，流金溢彩。

呵，世纪的花，永远开放在中华大地的灵光紫气之中。

（原载《科普创作》1989年第4期）

幼　稚

她长到20岁了。前有姐姐，她便永远是我的小女儿。

又一个星期天，她挽着我的手臂，漫步在西湖公园的林荫道上。慢声细语，谈她的女子学院，谈她们的外籍女教授，谈她在周末晚会上的舞姿，谈她精心制作的吹塑画。呵，她正沉浸在她的美妙世界中。

150

突然，她中断了话题，问："爸爸，你又为什么事，闷闷不乐了？"她用另一只手，拍拍我的额头，娇嗔地说："看，眉头又打结了，松开，松开吧！"我苦笑。

穿过竹林，转出绿丛，步上虹桥。自前年移居湖畔的大梦山房之后，每逢星期天，小女儿便拉我来到西湖散心。"爸，你的脾气越来越坏。一个书生，怎么可以对妈大声嚷嚷！"我愧然，只有默默地信步向前。怎么向小女儿解释呢？每天，我走过幽幽的长廊，跨进杂乱的办公室，驮起如山的文稿，在喘息中消耗心力。偶尔抬头，照面的竟是冷峻的面孔，捉摸不定的目光……我困惑，我苦闷，甚至愤然。一天8个小时，一个星期48个小时，上班，下班，走马灯似的，流水账一样。表面的平静，深层的旋涡。我的头发白了，脾气暴了，思绪懒了，心田也荒了。

那是去年元旦。我买回了两斤毛蚶，企望一家人美餐一顿。可等到妻从厨房端上来，却是一盘臭的蚶。妻数落我："买东西不看货，不讲价，不看秤，十足的书呆!"我的怨言转向生意人："这么骗人坑人，缺德!"小女儿却一本正经地说："爸，你不该骂人家，说不定他也不知道呢。再说，都卖不出，他不也亏了?"我惊愕小女儿的幼稚，小女儿的心地。

那是一个夜晚。小女儿翻阅我案前的报刊。忽然，她仰起脸："爸，报上刊登的案件真有其事吗?"我问："怎么啦? 哦……"这是一篇报道流氓团伙拐卖妇女的纪实文学……

眼前，年轻的父母携着小天使，走向儿童乐园；情侣也依依伴行。鲜花与鸟语，绿茵与阳光，游艇与桨声，长云与秋水，一幅至美至乐的水彩画卷，徐徐舒展。我看见，小女儿长长的睫毛下的目光，如湖水般明净……

我顿时醒悟过来，心里急急呼唤：我的小女儿，让世界美好的时刻，连同你美好的年华、幼稚的心，凝固在斑斓的色彩上吧! 人世间的偏狭、妒忌、龌龊、愚昧、奸诈、卑劣、残忍，也许只是昨日的梦，遥远的陌生的疑虑。

151

秋日的金色光束，斜斜地从绿荫洒下，斑驳，灿烂。

1989 年 1 月 12 日于大梦山房

(原载《散文世界》1989 年第 11 期)

撩开武夷山神秘的面纱

——沈世雄和他的《武夷探奇》

巍峨的武夷山，素有"福建西双版纳"之称，德国探险家克拉帕利希将这里形容为"动物世界之窗"。而沈世雄的《武夷探奇》一书（福建教育出版社出版）正是真实生动地记录了武夷山鲜为人知的生物奇观，如湍蛙鏖战、小蛇吞大蛇、黄妖狸斗虎、大灵猫助产、黄鼬自救、白颈鸦当"法官"、红面猴的葬礼、布谷鸟偷梁换柱、豹蛛的"求婚舞"、圆胫螳螂"新娘"吃"新郎"、鬣羚腾云驾雾……全书由178篇组成，近10万言。

你很难想象，这部描述极其有趣的生物见闻的科普著作，竟会出自一位即便身着西装，依然朴实敦厚得如同武夷山山民模样的沈世雄之手。他长期利用节假日，深入占地85万亩的武夷山原始森林，观察野生动物，陆陆续续写出了1000多篇生物科学考察文章，先后被国内外70多家报刊采用。

沈世雄土生土长在武夷山区，从小喜欢抓蝉、网蝶、养昆虫。随着年龄的增长，他对昆虫分类学产生了兴趣。读中学时，他看到许多武夷山动植物的学名都是由外国人命名的，这是怎么回事呢？他翻阅外国人写的科学文献，原来武夷山的挂墩、大竹岚一带，由于地理位置独特，物种特别丰富，是世界昆虫和其他动植物新种的模式标本产地，生物学家称挂墩是研究亚洲两栖和爬行动物的"钥匙"。鸦片战争后，外国人来到武夷山，雇用当地农民，大规模采集生物标本，至今在夏威夷、柏林、伦敦、巴黎等举世闻名的博物馆内，还摆设着武夷山的珍禽异兽。了解这些情况后，沈世雄无限感慨，他决心献身于祖国的生物科学事业，为国争光。

蜘蛛在武夷山种群丰富，类型复杂，研究它对保护经济作物有实际意义。这里的蜘蛛一般都在清晨和黄昏活动，因此，在假日里，沈世雄每天踏着晨露进山，在密林中钻上爬下，寻找蜘蛛栖息的位置，饿了嚼几块饼干，渴了喝一口清泉。沈世雄与武夷山结下了不解之缘。几年来，他利用业余时间，采集了 3700 多个蜘蛛标本，做了 24000 多字的观察笔记，分类出武夷山系蜘蛛种群 17 科 83 个品种，有 11 个品种填补了福建的研究空白。有的研究成果，纠正了国内外某些专家的错误记载，并多次参加了中国动物学蛛形学学术讨论会。世界蜘蛛学会副会长、东亚蜘蛛学会会长八木沼健夫来信，提出同沈世雄交换标本和研究成果。

沈世雄曾在密林深处的雪地中迷路，目睹棕熊在整整 5 个月的冬眠时间里，不吃不喝，甚至连呼吸都难以觉察，却在这期间分娩出一对双胞胎，并靠沉睡的母熊的乳汁滋养。这种繁衍传代的方式，简直令人不可思议。为了揭示棕熊冬眠的奥秘，他通过观察并研究了大量资料后，得出结论，棕熊身上含有一种"褐色脂肪"，它像一种电毯，产生热量比白脂肪快 20 倍。作者还曾目击"猴面鸟"为了护卫幼雏与五步蛇格斗而同归于尽的壮烈情景；美丽的雀鹰误入捕兽者的陷阱，腿给拴住，无法挣脱时，另一只雀鹰带着猎获物前去"慰问"；体重仅四两的笔猴，古代书生曾把它养在书房里，教它蹲在笔筒上研墨助兴；在毒蛇的王国中，几百条毒蛇集会，昂首吐舌，令人毛骨悚然。举凡这些在地球上堪称珍贵的动物，如黄腹角雉、云豹、华南虎、猪熊、红嘴相思鸟、白蝙蝠、鹰嘴平胸龟、金猫、羚羊、鸳鸯，作者都曾经细致观察，生动描述。

尤其可贵的，《武夷探奇》所记武夷山的珍稀植物特别详尽。第四纪冰川时期，遍布世界的银杏渐趋衰落而绝种，目前只能找到埋藏在地层中的化石。为什么武夷山这一古生代的银杏树种却幸存遗留下来？至今，这里还有古生子遗植物水杉、香果树、种萼木、鹅掌楸，种子像玛瑙一样逗人喜欢的红豆树，茶中之王大红袍等。那奇异的花卉、罕见的怪竹、成片的古老名贵的黄杨木矮林及铁杉林、真菌和藻类植物到处可见，真像一个"万花筒"，在《武夷探奇》一书中，无不述尽其妙。

那奇秀甲东南的武夷山风景区，碧绿如画的九曲溪与三十六峰、九十九岩交相辉映，这碧水丹山的奇景是怎么形成的？历代传说九曲溪遥接银河，仙人泛舟玉波，遍览十洲八极，遂命巨灵神携舟下凡，拯救众生，蒲松龄将其记录在《聊斋志异》第九卷。那西江的古粤城，宋代的遇林亭窑，元代的皇帝御茶园，明末清初农民起义的山寨……所有奇观与传说，书中的描述将把读者带入武夷山千百年历史文化之中，使你感到心里怦怦然，久久不能平静。

154

1989 年

茫荡璞

静谧的宾馆之夜，柔和的床头壁灯下，我阅读着南平市林业局送来的《茫荡山自然保护区简介》：茫荡山系武夷山北段主脉向东南延伸的一座大山，主峰海拔 1364.4 米，树种 678 种，占福建全省树种的1/3……

翌日。出城区，向西北，小车在山腰公路上奔突。陪同我们上山的老林是 1962 年林学院毕业生。他指着闪闪扑向车窗的一片片树影，教我分辨水杉、柳杉、马尾松、樟树、梨树、桃树以及匍匐在山坡野地里的一丛丛嫣红的杜鹃、一朵朵洁白的深山含笑。也许是久居城市的缘故罢，进入绿意盎然的山林，置身在大自然的怀抱之中，我的全副身心感到无比清新、无比舒爽。

老练的司机，熟悉的山路，20 公里路程竟然拐拐弯弯走了两个多小时，好不容易进入了大山腹地宝珠村。村里村外走了一圈，我惊奇地发现：宝珠，宝珠，名副其实，这小小的 200 户村庄，却是深山里的一颗翡翠珠宝！

村东一棵红豆杉，4 米之围，17 米之高，看上去苍劲挺拔，气度不凡。转到西侧，粗壮的树干上一道焦痕。老林抚着黑黑的焦痕，话不多，却神色庄严："这是神仙树。每逢山村酷热难耐，这树下便雨丝飘飘，百姓尊称它为'晴雨树'，烧香敬神，不慎烧了树干，留下这疤痕。"我肃然起敬，抬头瞻仰九大枝杈，以及分杈上的每一片绿叶。呵，凉丝丝的，是绵绵雨花飘洒我的脸颊。顿时，我仿佛看到村民在炙热的三伏天，纷纷走拢，聚集在这绿荫华盖之下，虔诚地伸出双手，接受神仙树洒下的甘霖……

树西向阳坡上，两扇古朴的柴门之内，是一座座花圃，一畦畦，培育着名贵兰花苗。老林说，地气殊合，方圆数百里，栽种兰花，就数宝珠村第一。上海派人签订投资合同，大量培植兰花，远销国内外。更令人流连的是，入夏，这里处处开放着艳丽夺目的百合花。山坡上，绿丛中，篱笆内外，田头路边，到处是五彩斑斓的百合花。村庄由鲜花点缀着，簇拥着，洋溢着芬芳的气息。1987年6月，一个偶然的机会，美国加州友人弗莱德·梅耶先生来到这深山沟里。初来乍到，他看见的是在别处也见过的山岭、林木、村落。但下榻宝珠树之后，他惊讶，又连连赞叹："啊！开满鲜花的乡村！芬芳的山里世界！这里的蚊子呢？小黑虫呢？白天黑夜全没有，真是不可思议！"题词留念时，他激动地写道："我曾周游世界，却从未见过如此美丽的村庄！"

走出村口，登高四顾，但见青山四合。漫步村西，一座长桥横卧低谷。入夏，此桥凉风习习，最为凉爽。整个乡村都是避暑胜地，最热的天气，气温也不超过30℃。原来这里的地势就像一只倒放的巨大漏斗，漏斗外是云海下的南平市和玉带一样迤逦而过的闽江。夏天的风，穿过青山夹峙的漏斗颈，穿过密密的森林，灼热的气焰被过滤了。于是，骤然冷却的风，带着绿的凉爽，带着山的清新，徐徐吹进村庄。人们风趣地说："外星人为宝珠村安装了一台看不见的空调机呢！"

宝珠村隶属茂地乡。午后，在茂地乡，我又看到一棵200多年树龄的南方红豆杉，它的主干分枝的地方，齐刷刷地长出一丛枝条，像是进香的人插上香火，烧剩的香脚条，天长日久，密匝匝地一大捆。相传清乾隆年间，村中一位名叫叶孔明的人在南京经商，突遇官府抓丁，慌乱中躲进一座小庙，躲过了一场灾难。为了报恩，他从庙中挖出一株小树苗，带回茂地种植，并日夜焚香叩谢。树上的香脚条，便是他留下的。后人就叫这棵树"南京树"。在这棵树旁的斜坡上,还有一棵三尖杉,跻身在芸芸众生之中,并不起眼,但它的枝叶却是抗癌的名贵药材,外地的人时不时地进山采摘,用以治癌救命。

下午,我们驱车直奔电视转播台的山头。这里海拔 1100 米,却意外地出现了山地草甸。在一片草甸中,又意外地生长着许许多多台湾松。放眼望去,台湾松蔚然成林,一个山头又一个山头,少说也有千亩以上。近看,台湾松仅有一人多高,亭亭玉立,枝叶犹如放大了的造型盆景一样,秀丽多姿,妩媚可爱。这种山地草甸与矮林混交的植物圈,是茫荡山独特的自然景观。

下山,刚转过一个山头,居高临下,眼前出现了"一览众山小"的景象,千峰竞秀,万山争奇。而远远的群山之间,是一片明净的湖水。斜阳之下,闪耀着粼粼波光,映照着七彩光晕。这翡翠群山,这琼瑶明镜,莫非是仙女们沐浴后的梳妆台?怪不得山里人自豪地称之为"天池"。即使暑天大旱,这天池也是水波盈盈。天池四周,高山峻岭,一万多亩原始森林,为天池灌注着永不枯竭的源泉,也让山下的闽江长年欢唱,四季奔腾。

一路下山,小车滑行得比上山时快得多。车道上,鹧鸪和白鹇被汽车惊起,扑簌簌地飞进林子里去。对面山头,绿色的原始林带绵延不绝。我记起上午在宝珠村,一位老者回忆,他在中年时曾发现过珍贵的华南虎。那时,黑熊爬上农舍房顶撒尿,野猪夜半入村拱门……而现在,他还经常看见蟒蛇、猴子、云豹、蝾螈、白唇鹿……

车近南平市。我倚在座上想:如果说武夷山是一颗闪光的宝玉,那么茫荡山则是一块未经雕琢的璞石,在深山老林之中,一时难见熠熠之光罢了。但它毕竟是璞,而且已为世人所发现,终究要放射出耀眼的光华。

(原载《中国林业报》1990 年 1 月 2 日)

迁　居

　　每日晨昏，我漫步榕城的西湖公园，往往被树上悦耳的鸟语所吸引，谛听片刻，便仰头极目繁枝绿叶，寻找它们的巢，想：鸟儿这么快乐地歌唱，想必是安居乐业吧，那么，它们的安乐窝在哪儿？

　　一天黄昏，我终于在小孤山的一棵高高的桉树上看见了鸟巢，一只可爱的黄莺正斜着眼睛瞅我呢。我像小孩一样高兴得在树下转。我的邻居，你住小孤山，我住大梦山，西湖之滨家为邻。黄莺黄莺，你来自何方？像我一样，几度迁徙，从乡间飞过闹市，衔来希望的柴草，垒起温柔的席梦思，栖息在这宁静的湖畔吗？

　　20年前，我下放到偏远的乡村执教。携眷报到之后，被安顿到一间不足6平方米的小木房。一扇门，没有窗，黑泥地，开门是窄窄的过道，过道外一条污水沟。妻子一边打床铺，一边叹息："唉！将就将就过日子吧！"床铺前放一张课桌，一条板凳，杂物则推入床底。这就是我的四口之家。望着9岁的大女儿逗着3岁的小女儿傻笑，夫妻相对无言。那段日子，春天床头漏水，夏天蒸笼一般闷热。

　　后来，我被召回原单位，不久便迎来了十月金秋。那时住房虽小，却有两间。大女儿从这间闪到那间，躲在门后捉迷藏，乐得妹妹寻来追去，童稚的笑声，给家庭增添了几分生气，也一扫妻子脸上的愁色。又过了一年多，我从郊区调进城内，居然住上了市里最早兴建的单元房。每于茶余饭后，站在阳台上，远眺山景如画，心旷神怡，

158

文思奔涌。虽然，这套单元房是借住的，但并不因此而冲淡了我讴歌新时期生活的满腔激情。

前年，我终于迁居西湖之畔的大梦山房。得知这一乔迁之喜，亲朋好友纷纷前来祝贺。某文友伉俪光临，一进门便连声称赞。文友的目光停留在一位书法家题赠的一副对联上："知足知不足，有为有弗为。"沉吟片刻，他似乎领略了对联所蕴含的哲理意味，不无感慨地说："是啊！人是要有一点精神的，愿我们共勉！"

送走客人，我推窗倾听"西湖十景"之一的大梦松涛啸声和松林之中动物园的虎啸猿啼，环顾如今这个小康之家。和煦的阳光投在窗台上，房间里的书橱、案桌、茶几、沙发、花灯、挂钟、盆景顿时明亮起来，我心里感到平生从未有过的慰藉和感激……

清晨，西湖公园的小孤山。醒来的小鸟一片欢唱。穿过竹林、花丛和露水晶莹的草地，我又来到了那棵白皮桉树下。我看见沐浴在五彩晨曦中的鸟巢。那只黄莺跳在巢边枝头上啁啾，加入百鸟清亮的大合唱。

（原载《人民日报》1990年4月9日）

黎 明 即 起

黎明即起。一天生活的轨迹，伸向西湖公园。

向着泱泱湖水，站在荷亭外的石栏前。湖面上<u>丝丝缕缕</u>的雾霭，袅袅娜娜。岸边的樟树、榕树、白皮桉树以及月季、芙蓉、三角梅，玉树琼花，千姿百态。疑心自己置身于仙境之中，但见仙女们衣裙飘忽，悄悄飞临湖泊。

仙境宜练功。于是，平站，屈膝，徐徐吸气，气沉丹田。徐徐嘘气，排出肝内浊气。难以排遣的肝区隐隐作痛。难以忘却的肝内结石手术：无影灯下，被绑住手脚，冰冷的酒精擦洗腹部，蒙眬睡意……一阵撕肝裂胆的剧痛，手术器械的碰撞声，又昏然入睡……窗外玉兰树树影婆娑，恍惚之中，又被拖到另一间刑讯室，浑身上下被紧紧地捆上粗绳，勒进皮肉……哦，是胃肠减压管？穿鼻而入。是输液管？连接着高悬而倒挂的玻璃瓶。是胆汁引流管？还有导尿管……肉体不能动弹，只有痛苦的意识膨胀着……

都说气功求静。静下心，静下神，像湖面这样平静。即使是水面的雾气，也是静静地，不知不觉地飘浮。堤岸的柳条，柔柔地垂挂，纹丝不动。晨光下的西湖，仿佛是哪一位友人起居室粉墙上的一幅柔美的风景画，凝固在如黛的镜框里。呵，不能分心，不能分神。病痛已经过去，大难不死，后福无穷。静神养气吧，静静地吸气，沿着脉络，进入胸腔，进入腹部，沉到丹田……

眼皮下垂，似闭非闭。晨风悄悄拂过，朦胧中，是平静的湖面起皱了，还是平静的心境起皱了？一缕思绪，飘过湖面，飘进积木一样的灰色办公大楼，飘进职称评定会议室。文凭？工龄？业绩？权势？微妙的经线纬线纠缠一团，纷纷乱乱。说不清，议不完，争不休。争到职称等于争到工资争到住房？亢奋，叹息，希冀，嫉恨。有人抽烟，火光明灭，烟雾沉沉。胸口窒息，昏昏然，胀胀然，跌入烟的迷津，雾的深渊……

氤氲雾气渐渐飘散，湖光山色明亮起来。人字形鸿雁，缓缓飞过天空。入静，排除杂念，意守丹田。

平站，松胯。双腿酸痛，微微发颤。麻木的双腿。那是在怎样的天气里为妻办理调动手续。大雨滂沱。裹着雨衣，雨水蒙住眼镜，雨水的世界。劳动局调配科，一位胖胖的主办，脸无表情。他眼皮不抬，便说少了一张凭证。又冲进无边的雨幕。任雨水蒙住视线，任雨水浇透裤管，浇透鞋袜，浇透冰凉的心。撞撞跌跌，终于又赶到胖胖的主办面前。仍然脸无表情，仍然眼皮不抬，把表格扔进抽屉，像丢进字纸篓：“研究研究！”呵，烈日下，雷雨中，顶寒风，冒飞雪，多少张冷面，多少句官腔，越过自然的障碍，越过人为的障碍……书呆作家，权势主办，社会生活的天平如此倾斜，倾斜……双腿发麻，心头发颤，是在暴雨中玩命地踩着自行车？是在石栏前专注地练气功？

一轮红日，从鼓山的兽脊上升起。高远的蓝天、轻云，对岸的楼房、树木，眼前的湖水、虹桥，光华熠熠，一片绚丽。不觉睁大眼睛，呵，又一个美好的早晨。深深地吸气吧，吸进天地间的精华。呵，空气中的负离子，徐徐地通过胸脯，注入腹腔，沉到丹田。人们说身体有一条无形的神奇的气脉，可是每天黎明即起，修炼 365 天，气感呢？枉费了灿烂晨光。夜夜梦，一觉醒来是早晨。是梦境？是现实？影影绰绰，而又真真切切。如许思绪，剪不断，理还乱，才下眉头，却上心头……

杂念，烦人的杂念，无法排除的杂念。不能放松，不能入静。罢，罢，罢，索性停了气功，改为慢跑吧。于是，提起手臂，迈开双腿，沿着湖畔的林荫道起跑，脚步嚓嚓。白桉光洁的树干一排排退向身后。思绪踏着脚步，踩过返青的心田，伸向斑驳陆离的人生轨迹……

慢跑，为了延长寿命的磨难？慢跑，为了强化人体躯壳的空虚？此刻，我崇尚卧龙岗的诸葛心境，淡泊，宁静。此刻，我也终于读懂了冰心老人的话："我羡慕那些没有人类的星球！"也许，这并非至理名言。而我，凡夫俗子，一介书生，经历了半个世纪的痛苦、迷惘、困惑之后，却以为是。何况，而今的我，也发出了虽然微弱却是自身的足音：嚓嚓！嚓嚓！

每天每天，黎明即起，走向我苦恋的西湖。

162

（原载《雨花》1990 年第 4 期）

一片归心到乡野

也是命运所驱吧，我竟然结婚成家在农村。住农家房，吃农家粮，也种农田菜园，久而久之，说话的腔调，衣着的款式，饮食起居的习惯，也就和农民一样，谁也分辨不出我是城里人。偶尔碰到城里的同学，都惊讶我被农民同化得一身土气。我和妻子都有了农民的亲戚和朋友，成了乡村大家族中的一员，参加他们的婚丧红白活动，替他们写春联、读书信、记账本。每到黄昏晚饭时，我也习惯端上饭碗，聚到门前的石埕上，和乡亲一道，一口口饭，一句句话，谈国家大事，也拉家常、议隐私，谈到滑稽处，笑得喷出饭来，又开心又亲热。

那年夏天，我的小女儿头上长个疔疮，邻居二婶夜里提个灯笼抓癞蛤蟆，第二天炖了一碗蛤蟆汤送来了，心肝宝贝地喂我的小女儿喝下了，那神情就像奶奶在喂养她的亲孙女呢。大热天，我的胆石症发作，绞痛得汗水淋淋，左邻右舍火烧火燎地借来了自行车、拖斗车，几个强壮的后生哥马不停蹄地驮我进城去医院。春夏秋冬，我家吃不完他们送来的瓜菜豆薯……

我深深地怀念那种日出而作、日落而息的生活节奏，生活的轨迹循环往复在村舍毗连、阡陌纵横的自然时空之中；怀念那种门户敞开、心胸坦荡的生活环境，泥土气息与绿野生机滋润着农家的血脉。日子虽然过得简朴、艰苦，甚至原始，但就像村后那片树林一样，大树、小树、鲜花、野草、飞鸟、鸣虫，同样承受阳光雨露的恩泽，大家生活得格外融洽、乐和、宁静。人们的心地粗野而善良，直率而真诚，我发现那便是人类最美好的品德。而这种品德随着我后来的进城以及城市文明进化，似乎在逐渐变异、退化、消失。

的确，人们在向往、追求和创造着文明生活。住在高楼大厦，三室一厅，宽敞而明亮，拼花地板写着华丽的图案。泡在贵族牌电热器下的浴盆里，荡漾的水温和迷蒙的热气，柔柔地裹着，浑身酥软，血管与欲望同时舒张、膨胀。组合家具也组合着新的思维结构，变幻为席梦思上的荒唐梦境。躺在安乐椅上，享受音响的美感，享受空调逸散出来的舒心的凉快……而这一切现代文明，却被紧紧地关闭在第一道铁门和第二道木门之内。木门上一孔小小的猫眼，窥视着门外来客的保险系数。生人与熟人，和善与狰狞，真诚的拜访与险恶的行窃，一概拒之门外。人与人之间，就只有戒心？偌大一座楼，二三十户住家，百来号人口，却家家户户门户紧闭，冷冷清清，似乎是天外来客遗弃的建筑物。乡下老母亲进城，为我所挽留，多住几日，好饭好菜孝敬，不想她关在门内，百般孤寂，闷出病来，赶紧回乡。她一踏上家乡的土地，看见一群野孩子在土坪上追逐嬉戏，听见乡亲们"依婆""大婶"的招呼声，就感到一身轻松，什么病都没有了。

自然，大楼里也有热闹的时候，比如新春伊始，大年初一，在窄窄的楼道上，邻居相见，"拜年，拜年"之声不绝于耳。还有履行礼节或别有用意而上门的，一串电铃乐曲之后，开门之际，宾主双方抱拳连声祝福："拜年！拜年！"甚至到了上班之日，快乐的节日，快乐的氛围，办公楼相见，连平日结怨者也互相应酬着。不知怎的，面对这种尴尬的笑脸和唱诗般的"拜年，拜年"之声，我心中未免涌起几多困惑，几多悲哀。

我忽然记起林语堂的话："难以满足的欲望就是人类得不到快乐的最大原因。"我想，人类原本为了得到快乐，才走出森林、走出洞穴，走到乡村、走到城市，聚族群居，创造文明。但追求快乐的欲望永无止境，而追求的手段日趋复杂，人类最初的那种美好的品德便被淹没在闹市的喧嚣之中，消失在五光十色的灯影光晕之中。久居闹市的人们，在车水马龙的繁华街道上，恐惧呼啸而来的汽车，提防拥挤中被扒窃口袋，被鱼贯而过的卡车、轿车、摩托车所排出的油污气体熏得头昏脑涨……

我始终难忘一部电影，它描写一个饱尝城市文明苦果的壮汉，偶尔来到亚热带原始丛林，似乎悟性顿开，再也不想回去了。他毅然跳下回城的直升机，降落到莽莽苍苍的丛林之中，回归到祖先曾经快乐地生活过的大自然怀抱里。多少年过去了，影片中的这个情节时时提示着人性复归的主题。人类从城市撤回农村，从文明退回原始，这自然是可笑的，但我渴望又见绿色的原野，又见淳朴的乡亲，呼吸清新的空气，生活在坦诚、友爱、宁静的环境之中，总该得到人们的理解吧。

1990 年春于大梦山房

（原载《厦门文学》1990 年第 7 期）

鳌头山好浮佳气

坐落在福州南台岛西北隅的阳岐村，曾养育了一代哲人严复。于是，严复的姓名，连同他的故乡，永远彪炳在中国近代史册上。

如果说福州这块盆地是千古福地，那么阳岐便是福地中的钟灵毓秀之乡。多少次了，我留恋这里的小桥流水古榕。桥，宋代石桥，横卧小河之上，厚重古朴，显示了乡村悠久的文化积淀和深远的意识因袭；水，自乌龙江外迤逦而入，往复回环，依依不忍离去，一如琼浆乳汁哺育着膝下子孙；榕，盘根于河岸，俯身在古桥，撑起绿荫如盖，那每一片绿叶，每一根长髯，仿佛还在倾听着少年严复的诗书之诵……

登上崎角山，乌龙江烟波浩渺，浩浩荡荡过峡兜，入大海。山下一座尚书庙，供奉着抗元英雄陈文龙的神像。民国七年（1918），严复从京城回福州过冬。翌年，他带头捐资 2000 元，筹款扩建尚书庙，并亲笔题写了庙额"尚书祖庙"。至今，这笔锋秀丽、腕力遒劲的四个大字还吸引着海内外瞻仰者，他们一边赞叹不绝，一边拍照留念。连着崎角山的便是伯仲山，山下房舍鳞次栉比，严氏族人世代在此聚居繁衍。北侧的鳌头山上，梯田层叠，林木茂盛。此崎角、伯仲、鳌头三座小山为阳岐"三山现"。那漂浮于乌龙江畔的莲花岩，潮起一片水，潮落一块石。这岩石确实非凡，远远望去，犹如一朵芙蓉出水，亭亭玉立。

怀着景仰之情，我默默地寻访严复的故居。这是明代祖居，与乡村古老的房屋建筑大同小异。进入大门，依次是天井、前厅、后厅。天井左右为披榭，前后厅左右为前后厢房。再入便是第二进了，结构与第一进相同。相传严氏一支自唐末从河南固始县入闽后，便落脚在阳岐村。始祖严怀英，官至朝清大夫，所以门口一直挂着"大夫第"金字直匾。严复9岁时，就住在老宅的西披榭，从师叔父厚甫，每日诵读四书五经。一年四季，课余时间，他总喜欢跑到门前的小河边，听流水潺潺，陶醉在水草的翠绿和3月枇杷、5月玉兰、6月荔枝、8月龙眼、10月柑橘的芬芳之中。

14岁的严复，便是从这栋老宅出发，乘坐竹篷小船，沿乌龙江直下马尾，报考船政学堂的。他以其锦绣雄文，博得主考官沈葆桢的赞赏，考取第一名。24岁，他又从这栋老宅出发，漂洋过海，留学英国。他又以其超群奇才，始终名列前茅，赢得洋人学子的衷心敬仰。

及至晚年在京，他还深深地眷恋着祖屋，眷恋着故土，写下"门前一泓水，潮至势迟迟""老榕吹绿晚萧萧，小市鱼归正落潮""作客长安已十年，梦想阳岐山一逻"等思乡诗句，游子之心，回肠荡气。

我从大厅步入后厅，又从后厅返至西披榭，前前后后，寻寻觅觅。大夫第，大夫第，不愧为严氏的发祥地，一代英才的摇篮。

清明时节，踏着萋萋芳草，穿过蜂蝶纷飞的花径，我来到村北的鳌头山下，虔诚地拜谒严复之墓。

清宣统二年（1910），严复倍加思念发妻王氏，夜不成眠，扼腕而作了一首哀婉凄绝的怀念诗，并当即修书嘱咐长子伯玉踏勘阳岐鳌头山，选址造墓。他亲自写下"惟适之安"墓碑后，顿感卸下人生重负，安逸自在了。不久，伯玉督造了墓台，归葬了母亲王氏。民国十年（1921）10月27日严复病逝于福州城内郎官巷，"七七"（49

天）之后灵柩送回阳岐，与王氏合葬一地。

严复墓位于鳌头山东麓，前有一条小河，朝朝暮暮，潮起汐落，来得壮烈，去得悄然。越过小河便是巍峨高盖山，传说是晋代徐水仙升天的灵地，至今徐女峰缥缈可见。伯玉深知父亲一生为国为民殚精竭虑，奔波劳顿，百年之后应让他长眠家乡乐土，还却老人"惟适之安"的夙愿。

数十年来，如同我们民族的命运一样，严复墓也几经遭际，原墓地规模不大，呈"风"字形，占地200多平方米。20世纪70年代开山造田，平整土地，墓地遭到破坏，成为被遗弃的荒塚。一群中学生远足郊外，他们在荒草乱石中发现思想家、翻译家严复之墓，立即投书报纸，呼吁重视。1984年底，国家有关部门拨款1.5万元修复，阳岐村民委员会也无偿划出1.6亩土地，把墓地面积扩至359平方米。1987年底，旅居美国的严复长孙女倚云博士汇款一万多美元再次扩建墓地。现在，列为省级文物保护单位的严复墓已经蔚为壮观，后背和两侧2米多高的砖墙如屏而列，前面一道40米长的石屏似墙而护，墓埕从两层扩到四层，层层登高。四周遍种白玉兰、三角梅、杜鹃，向来寂寥的山地墓区一时生机蓬勃，意趣盎然。

离开墓地，我想起在严复1919年题为《怀阳岐》的一首七律中有"鳌头山好浮佳气"的美丽诗句。我想，以他的这句诗作为我这篇小文的题目，也是对一个伟大亡灵的告慰吧。

（原载《福建日报》1990年7月2日、《光明日报》1992年1月28日）

小　天　使

　　三年前的今天，我的女儿生下了她的女儿然然。遗传基因真神，当年女儿和我相像得就像一个模子里浇铸出来似的，尤其是眼睛，黑眸子里总有一个小小钻石般的亮点。人们说，老任的女儿不怕丢，丢了，一看那眼睛，那眼神，就认准是他的。想不到时隔 25 年，她生下的小然然，黑黑的眼珠里，分明也镶嵌着一个小小的钻石。这不就是当年的她吗！有时恍惚中，疑是幼小的女儿摇着小手向我扑来，待抱到怀里，亲她，端详她，才恍然醒转，原来是小外孙女。

　　外孙女出生后，一个月一个样，头发浓了，嘴角绽开笑，口里咿咿呀呀地叫，也会斜着眼睛看人。那一双小手，指涡深深的，指甲薄得透明，成天抓挠不停，不知什么时候竟抓到脸上，留下一道血痕，慌得一家人赶紧给她修剪那小指甲。大家都围着逗她，她偶尔也会微笑。我想，两三个月的小女婴，不会有什么意识，但她也许已经感觉到大人们在逗她，于是傻笑起来，当然是没有笑声，只有笑纹。而我，等她入睡，往往端一张椅子，坐在摇篮边，看着裹在襁褓中的她，那小脸蛋，嫩得不能再嫩了，仿佛只有一层透明的皮，皮下丝丝毛细血管清晰可见，甚至能见到血液在细细的血管中流动呢。那皱巴巴的前额，细细密密的一片绒毛，是鹅黄色的柔软。绒毛下的睡眠，可有奶香奶味的梦？我俯身襁褓，定定注目，许久许久，也不觉腰酸脖子累，真痴。

一晃一年多，小然然长得白白胖胖，对各种智力玩具反应敏捷，对父母、爷爷奶奶、外公外婆一概亲昵，实在讨人喜欢。每逢客人来，我总要把她抱到人前，让人家逗她，夸她，也不问人家有没有这份心绪和闲情。客人也知趣，即使有天大的烦恼事，也不敢开口，必先一边伸出指头拨弄然然的小脸蛋，一边口里说："叫什么名字？呵？然然！然然真乖，然然真漂亮……"这种时候，我心里乐滋滋的，舒畅极了，客人若有所求，便满口答应。冷静时，我发现，然然见了生人，便顿失平日的憨相娇态，怯生生的，一点也不乖。而且，除了一双颇有灵气的眼睛外，扁鼻子，招风耳，并不漂亮。我好困惑：人世间的奉承阿谀从何开始？是不是从接触小孩开始的？

在客人面前，我也有难堪的时刻——眼看都快两岁了，小然然还是金口难开。她最早发音的是"妈妈"，对其余世界的反馈，都只能用眼神，用手势，用"哦，哦"的呼唤，用哭声来表示。接近两岁还不会讲话，客人们的惊讶明明白白地写在脸上，但口里却仍然说："杨沫三岁才开口，这是天才的征兆！"听到这话，我心里暗自叫苦："你们别哄我了！"对这事最急的是我女儿，她沮丧地自言自语："我怎么生个哑巴！"她执意送医院检查，我反对，并非相信迟开口的就是天才，而是调查了许多同龄小孩，他们都在跨入两岁之时，突然开口讲话，而且能讲出大人们意想不到的话。到了一定的时间界限，语言的积累与思维的反应，就像开闸的水，顷刻间奔涌出来，而且滔滔不绝。我坚信我这推理。我力劝女儿耐住性子。

果然，两岁到了，似乎一夜之间，小然然能喊单音的"爸""爷""奶"，也能喊双音的"外公""外婆"了。两年前，小然然出生，妻子荣升外婆，欢天喜地，张罗一大堆礼品；而今，小然然第一次亲口呼唤"外婆"，乐得她抱着小然然千乖万乖地亲个不停。小然然一开口，全家人都争着和她"对话"，而她也不知什么时候，从什么地方学来那么多稚气的话，老成的话。当外婆偶然间数落女儿：

"不要拿这样暗色的衣服给然然穿，小女孩穿衣服，颜色要鲜艳些……"不料在一旁的小然然冒出一句话："妈妈穿得真漂亮，就像电影明星，我穿这衣服真像乞丐！"外婆得意，女儿窘迫。我喊："吃饭啦！"小南南接口说："吃饭先洗手，然后才能上桌……"小家伙，哪来这么多"然后""才能"，文绉绉的。看见她把书扯破了，小姨向她瞪眼，她毫不胆怯地回敬："我又没有说你的坏话，你干吗这么看我！"平时，她住在爷爷奶奶家。一天，我路过那儿，进门看她。看见我出现在门口，她从里屋飞奔出来，一路"外公，外公"地叫，举起双手，扑到我怀里。一阵亲热后，她上下打量我，问："外公，你为什么没有买蛋糕给我吃？"我双手空空如也，好尴尬！在两三岁外孙女面前，我竟然脸红了。自那之后，我再也不敢空手去看她了。

　　吃是人的本能。婴儿一出生就能吮吸奶水。小然然还在第一个月，就努力转动小脑袋，把小嘴歪向一边，舔着衣领。现在她两三岁，吃起来又慌又猛，可怜得让我心里一阵阵难过。就说吃柑吧，我把一颗雪柑一切四瓣，摆在茶盘上，她小手一伸，抓起一瓣，凑到小嘴上。一口，两口，小嘴周围是柑汁、柑渣，简直是馋猫的嘴！柑汁还顺着小手往下滴，湿了袖口、领口……我伸手取茶盘上的柑瓣，她慌忙腾出一只手夺住，好说歹说都不让我吃一瓣，非要霸占着自己吃不可。无可奈何，我只有唏嘘，三岁孩童如此自私，这私心也如吃食一般是本能，从天性，抑或是降生以后才受到人世间的濡染？

　　看着这样可怜巴巴的吃相，我心里真不是滋味。家里的食品应有尽有，而她吃东西却偏偏像饿鬼一样。如果遇上天灾人祸缺吃的，她可怎么办？我的天，也许是恻隐心理效应，我每见小然然的吃相，便想起我饥饿的童年，想起当今世界上难民营里嗷嗷待哺的儿童，想起非洲土地上饥馑的黑孩子，于是，禁不住涌出泪花。小然然忽然放下正吃得津津有味的鱼丸，问："外公，你干吗哭了？"我强作欢颜，说："乖然然，你吃鱼丸吧，外公没哭，外公笑呢。"她一本正经地说："外公骗人，外公是哭了，我看见的，你眼睛里有眼泪。"我苦笑，心中默祷：可怕的梦魇再也不要纠缠和恐吓幼小的心灵，干旱、洪涝、地震、战争，再也不要降临地球，让太阳的温暖，鲜花的芬芳，母性的亲昵，食品的富足，共同哺育人类的孩童……

小然然当然并不理解我的泪花。我唯恐她发现人世间的无尽苦难与永恒悲哀。我曾向她朗诵并讲解《登鹳雀楼》和《春晓》，她竟意外地背诵下来，令我惊叹不已。我经常带她到儿童乐园，坐小火车，观赏南国雪景，拥抱鲜花和欢笑……

一个临时停电的夜晚，起居室的茶几上升起一朵烛光，我坐在沙发上，怀里抱着小然然，她的头枕在我的胳膊上。我的声音是低沉的："从前，一条小溪弯弯曲曲地从山上流下来。一天，一只可爱的小山羊来到溪边喝水……"接着，我拟声拟态，讲述着恶狼的诬陷与借口，小羊的辩白与哀求。小然然惶惶地躲在我的臂弯里，一动不动，只有呼吸似乎急促起来。绰绰烛光下，我猛地看见了她闪亮的汪汪泪眼。她没有哭出声来，却在无声地流泪。我立时停止讲故事，心里后悔不迭地自责起来：为什么要用这《狼和小羊》里血的残暴与泪的哀伤，侵袭她小小的纯净心地！

电灯倏地放亮了，起居室明灿灿的，茶几上的烛光显得尤其黯淡。小然然从怀抱里站起来，双手搂住我的脖子，还挂着泪花的眼睛笑起来，仿佛这里是辉煌的宫殿，而她又从天国第一次降临……忽然，我的眼前出现了欧洲文艺复兴时期画坛巨星拉斐尔的《西斯廷圣母》。呵，慈祥的圣母；呵，翩翩飞临的小天使。这是一个无忧无虑、没有邪恶的艺术天地，一个充满幸福灵光的世界。

我的小然然，但愿你是小天使。

（原载《随笔》1991 年第 5 期）

佛跳墙、肉包、鱼丸

福州的传世佳肴"佛跳墙"，我久闻其名而至今无缘享用过。半年前编辑俞元桂先生的《晚晴漫步》书稿，读到其中一篇《佛跳墙》，始知佛跳墙者，徒有虚名也，只不过是"几片小方块的鱿鱼、猪肚，几条蹄筋，少许虾仁、鹌鹑蛋、香菇之类"而已。无怪乎俞教授后悔不迭地大呼"上当"，深感为此而一掷千金，"真是罪过"，甚而心里愤愤然。读后，我也不免为那名不副实的"佛跳墙"而生责备之意。虽未现场上当，内心愤愤不平之感亦然。

上个月出差南京，在夫子庙小摊吃肉包，心情竟不觉悲凉起来，感叹自己少有机缘消受这真正的肉包。咬一口，露出肉馅，纯净精肉，未有半点作假。回想曾在天津吃"狗不理"，多少年了，依然回味无穷，确是名不虚传的名牌肉包。而自己久居榕城，偶尔也以肉包代米饭，却哪块都不是味。一次吃着吃着，无意中一瞥，竟发现一块黑乎乎的碎肉上，几根黑毛毿毿，令人毛骨悚然，一阵恶心。无独有偶，单位食堂所蒸肉包，也是好看不中吃。一天得闲，我探究做法，原来是一块大肉，切去瘦而半精的做成肉片、肉丸子等盘菜，而剩下的拉杂肥肉，切碎剁烂，拌上黑酱油，蒸成肉包。原来如此。也许，这肉包源自北方，地域差别，变异也似乎是理所当然的了。

然而，鱼丸却是地地道道的福州名牌珍馐。大街小巷，常见"鱼丸"招牌。外地人光临榕城尝鲜的第一碗便是鱼丸，犹如南方人到西安，首先感兴趣的是吃一顿羊肉泡馍。鱼丸，鱼丸，顾名思义，正统的制法应是用鲜鱼肉搅薯粉而成，鱼与粉的比例为 4∶1，鱼香浓而粉味淡。鱼丸面前，大人小孩莫不贪嘴。但现在街头上十之八九家，偷搅工而减鱼料，有其名而无其实，鱼与粉的比例颠倒过来，连 1∶4 都不及，毫无鱼味，何谓鱼丸？为了撑店面，有的店家摆出几片鱼皮，几天过去了，鱼皮发黄了，风干了，还撑着欺骗食客。

　　佛跳墙，肉包，鱼丸。真货乎？假货乎？无须太费功夫甄别，食客一尝便知，上当一次就不再糊涂，俞教授也断不会再去吃那"佛跳墙"了。虚假的事物终究要为有识之士所唾弃。只是，虚假未必立即消亡，福州的佛跳墙、肉包、鱼丸不是照样畅销不衰？因为骗过张三之后，还可以再引诱李四上当。况且，有的人对于虚假未必清醒，在真真假假面前，习以为常，甚至麻木不仁。这应当引起我们对于一切虚假事物的更深忧思。

　　（原载《福建日报》1992 年 4 月 5 日）

书　　缘

人生往往会有一些缘分。比如青年时得遇知己，几十年过去了，如今又不期然地调到同一个单位工作，友情笃深。这是缘分。又比如我早年喜好读书，不想从此难以自拔，越陷越深，竟一辈子与书结下了不解之缘。所以，当接到《读书》编者约稿的电话后，虽诚惶诚恐，担心难作如意文章，但我还是应承下来，把笔展纸，回忆自己由读书而教书、编书、写书所走过的人生道路。

我曾在《小荷才露尖尖角》这篇散文中写道：

> 一座米黄色的小洋楼，掩映在古老的樟树、肥阔的蕉叶和毛茸茸的枇杷树之中，整洁的幽径穿过如茵的草地和剪修成篱笆的洋刺丛，把我引向楼房的台阶。就从这石阶起步，拾级而上，登堂入室，我眺望着神奇的世界。

这座小洋楼，便是我中学母校的图书馆。那时的功课负担绝没有现在这样沉重。我的课余时间就在图书楼里度过。在这里，我翻越重峦叠嶂的书山，拜谒远古的贤明和近世的天才。当时一位老师给我开列一长串必读的文学书目，从我国的古典小说《水浒传》《三国演义》《西游记》《红楼梦》，到外国的托尔斯泰、高尔基、奥斯特洛夫斯基、肖洛霍夫、泰戈尔、小林多喜二等名家名著。我如饥似渴地阅

175

读，发现了一片又一片广袤的新天地，一道又一道无穷无尽的灿烂银河。我完全陶醉了，沉浸在人类智慧的汪洋大海之中。一个乡村野孩子，似乎茅塞顿开，聪明起来，懂得怎样迈向人生的路。

贫病交困逼我离开母校，走向郊外的乡村，开始了我长达 20 年的教书生涯。当我走向三尺讲台，面对 50 双闪烁童真和渴求的目光时，我告诉他们的第一句话便是高尔基的箴言："书是人类进步的阶梯。"从那以后开始的长年累月的授课活动，实质上我是在诠释高尔基这一箴言的深刻内涵。读书与教书，是书的两个层面，却又有千丝万缕的必然联系，而且二者在我身上统一得尤其浑然一体，实在分辨不出哪是读书，哪是教书。学生时代的刻苦读书，虽然为我奠定了知识基础，但我深知自己仅有"半桶水"，唯恐误人子弟，所以我仍然孜孜不倦地读书。只有读更广博的书，才能对莘莘学子循循善诱，不倦劝诲，履行教书的圣职。

跨入不惑之年时，我离开教坛，转而从事编辑出版工作。外行人说："剪刀加糨糊等于编辑。"而内行人却感叹："编辑是个永远遗憾的行当。"此话切中肯綮地道出了编辑工作的苦衷，我深有同感。12年来，我编辑的书千把册，尝尽了酸甜苦辣。且不说永远甘为他人作嫁衣是一个遗憾，单说编辑面对经过自己加工而出版的书，总会发现差错或不足，白纸黑字，无可奈何。这也是个遗憾。但一想，既与书结缘，人生之爱好，其乐融融，又何"憾"之有！况且，编辑联系作者，"往来无白丁"，结交的都是学有专长的专家、教授、学者，能成为他们著作的第一个读者，获益匪浅。不停地编书，也不停地读书，不亦乐乎！

早年读书，受到激励，初生牛犊不怕虎，居然提笔作文，也居然在学校国庆征文竞赛中获奖，在中学生刊物上发表习作，甚至投稿省市报刊，欣喜若狂地看到自己手写的钢笔字，怎样奇迹般变成铅字，赫然入目。此后一发而不可收，养成舞文弄墨的癖好，只要有所感触，便诉诸文字，发为文章。教书时期这样，编书时期更离不开一支笔。到了 20 世纪八九十年代，先后出版了《生命绿》和《绿的歌——福建散文作家作品选介》两本书，前者是个人散文选集，后者是作家作品评介。另外还与朋友合作，编著出版了八九本关于语文教学、作文选评之类的书。自己动手写书，知甘苦；为作者编书，得怡乐。甘苦怡乐水乳交融于一身，便是人生的幸福。

人生几十年，读书几十年。但是读书与感觉却成反比。当年才读几本书，学得一鳞半爪的粗浅知识，就觉得自己很了不起，对"学然后知不足"的古训不以为然。后来读的书多了，却心慌起来，发觉原来知识如此浩繁，永无止境，于是感到自己学识上的空虚与贫乏，这正如马克思所说的："越是多读书，就越是深刻地感到不足，我感到自己知识贫乏。"我愿继续勤奋读书，不断充实自己，做一个有益于社会的人。

我庆幸自己一生与书结缘。我将珍惜这份书缘。

（原载《福建日报》1992 年 4 月 28 日）

走 出 秋 色

是一种天性的欲望，一种情感的冲动，抑或只是一种愧疚？的确，我应当为父亲做点什么，不仅仅是尽一点孝心。父亲这一辈子道路坎坷，如今又迈进耄耋之年，真不容易。我一直担心，有那么一天，那么一刻，父亲突然与世长辞，一任膝下子孙呼天抢地也拉不回来。的确，我应当赶紧为父亲做点什么，为父亲写点什么。

那是 1958 年的暑假，我还是不谙世事的中学生。在家一边读《水浒传》，一边惦念着父亲。他在福州郊区的一所小学任教，但学校早已放假，他还开什么会？到哪儿开？杳无音信。不久，学校开学了，秋天也到了。一天，我接到他的信，寥寥数语，却附了一篇长文章，无题，写的是福州北郊鼓岭的秋色：天高，气寒；山陡，路隘。繁花依然红，绿叶依然亮。偶尔，一片枯黄的树叶，带着叹息，举着画满愁纹的叶脉，悄然飘落小路荒草间……读着读着，我惊叹父亲的笔力；读着读着，我猛然一惊：父亲为什么给我描写一叶知秋的故事？一股不祥的预感袭上我的心头。

果然，一个月之后，父亲背着行李回家了。打个照面，我惊惶起来。父亲一脸沮丧，双眼凹陷，一圈黑晕，嘴角勉强浮出一丝苦笑，平静地炸开晴天霹雳："我回乡了，管制劳改。"从此，父亲被解除公职，遣送回乡监督劳动。父亲向来诲人不倦，和蔼可亲，受到学生爱戴，但回乡后，或是每天在熙熙攘攘的大街上低头扫地，或是牵着大水牛在旷野里孤独地放牧，昔日学生见了，不敢上前打招呼，只是远远地望着，一声叹息："老师好可怜！"一介文弱，只能任人摆弄。生产队牵来一头黑水牛，父亲就成了远近闻名的"放牛先生"。寒假，我从学校归来，远远看见在村外的田野上，父亲手拉牛绳，木然地瑟缩着，而他身边的大水牛，低头觅草，悠然地迈步前行，父亲也勉强迈步，好像不是他牵着牛，而是牛引着他。父亲本该拥有50双尊敬的目光，50颗天真的童心，在三尺讲台上描述春天里最美丽的童话。而今，伴随他的是两只暴突的牛眼，几株枯树，一片荒草，还有那苍白的风。父亲，我那时一点也不明白，作为人民教师的你与"历史反革命"之间，怎么忽然画上了可怕的等号？

冤枉，父亲告诉我，他给法院写信，申诉满腔的冤情，其中几句，泣泪带血，凄凉之极，至今仍激荡在我的心头："膝下三男三女，嗷嗷待哺，饥寒交迫，一家之长的我，于心何忍，恳望明镜青天，澄清历史，恢复工作，救我无辜儿女……"可是，这肝肠寸断的求救信，却怎样也叩不开那些人的铁石心肠。

贫贱骨头最硬，穷苦人家命大。一家人沦陷于饥饿中。三天两头，家中一颗米粒都没有。清晨，我喝一碗盐开水，默默上学去。后来，折磨得我死去活来的肝内胆管结石，就是因长期饥饿患下的苦难病症。有一口饭果腹，成了我们六个兄弟姐妹的唯一奢望。有时我回家，看见父亲和弟弟妹妹捧着饭碗，那是什么饭！说是芥菜饭，其实只是一大碗芥菜，几粒米花。有时，弟弟妹妹都回来了，父亲高兴了，狠狠心，干脆熬一锅稀粥，端到饭桌上，一家人围坐着，一人盛一碗，而桌中央摆着一碟盐，各人用筷子夹一小撮，搅到饭汤中，淡淡咸味，稀里哗啦喝起来，香在口里，甜到心头。这是我家的美餐，全家团聚时才有的一顿美餐。至今，坐在丰盛的饭菜前，30多年前一家人围着一碟盐喝稀饭的情景，还叫我心酸得泪眼汪汪。父亲平反后，我在《人民日报》上发表的散文《芥菜》，让我的妹妹想起童年的饥饿而眼冒泪花，哽咽不止。

我天性好学上进，成绩优异，我妹妹也发愤读书，当上校学生会主席，可是因父亲的历史问题，都求不到上大学深造的机会，辍学谋生。

父亲双眼皮，大眼睛，眉宇间透着灵气。珍藏的发黄照片上，他仪表堂堂，英俊潇洒，风流倜傥。放牛几年，却谁也认不出他了。冬天，穿着扯出棉絮的灰棉袄，戴着耷拉着帽舌的黄布帽，趿着一双军胶鞋。夏天，穿着短裤，上身是满是破洞的背心，汗渍斑斑，发黄发黑，衬出父亲的形销骨立。我常想，这世界造就一个人千难万难，摧残一个人却易如反掌。

父亲住处的一张床，竹竿撑着破蚊帐，无法缝补了，就贴满碎纸片，以抵挡花脚大蚊子的袭击。床上一桌，依然摆着文房四宝。与其说是信念，不如说是天真，因为他总是用他的笔墨纸砚向上陈述冤情。我厌烦他的天真，有时看见他又在灯下做无效劳动，未免心中冒火，就大声呵斥："你是村野罪人，不如小小的蚂蚁，人家只要伸出一个手指轻轻一按，你就化为齑粉，还写什么信！"他从不还口，掷笔，沉默，叹息。

吼过之后，我的心立即后悔起来，父亲的一手好书法，何曾是用来写申冤信的？记得我读初中寄宿在校时，曾收到父亲的信，展开一看，不是信，而是一张不大的宣纸，毛笔抄录唐诗《枫桥夜泊》："月落乌啼霜满天，江枫渔火对愁眠。姑苏城外寒山寺，夜半钟声到客船。"欣赏着遒劲秀丽的中楷书法，诵读着张继意境幽深的诗句，我简直着迷了，仿佛置身于一座绝妙的艺术殿堂而心旌摇荡起来。倘要探究我对于文学的初开情窦始于何时，便应回溯至父亲给我寄来书法诗歌的启蒙岁月。每隔一段时间，他就一首又一首地寄来他那六朝魏碑体的唐诗宋词，犹如在我的心田播种文学种子，使得后来我得遇春天的机缘，心底的种子便萌发、抽叶，长成一棵小小的绿树。可

180

惜，现在父亲再也提不起这份闲情逸致了，再也没有心思来耕耘播种他儿子的心田了，他只能在白天劳累之后，拖着疲乏的躯体，伸开如柴的瘦手，提笔展纸，就着如豆的油灯，依然以他那秀美的书法，万般无奈地陈情申冤。灯火惨淡，偶尔飞蛾扑落，哒哒有声……

写好信封之后，父亲端端正正地贴上邮票，投到悬挂在供销社门口的邮箱里，庄严的仪式程序完成了，他才轻松地回家，心里坚信，法院就是一片青天。他扪心无愧，自己农村出身，自幼贫寒，老实本分，在山区县城供职，从不做亏心事。他记得 1949 年后的市长，当年和自己同住乡间祠堂，吃一锅饭，睡一张床。他还记得，现在的某某厅长，当年在山区打游击，亲自下山找他调拨 300 斤粮草。他相信他们必定回信。但是一个星期过去了，一个月过去了，半年也过去了，总不见回信。父亲走到村口，迎接乡村邮递员："有我的信吗？"丁零零，一阵自行车铃声后，抛下冷冷的三个字："没你的！"

多少年过去了，父亲总在望眼欲穿地等待回信。有一天，收到一封回信了，他欢喜得抖抖索索地拆信封，眼前是一行不经意的小字："你的来信已转××处理。"父亲带我兴冲冲地赶到××单位，一见面，人家当头泼过一盆冷水："你为什么不相信法院的判决，到处写信？这是翻案，小心从重再判！"我赶紧拖了父亲，落荒而逃。跌跌撞撞回到家，父亲仰面躺倒床上，双眼直愣愣地瞪着天花板上的蜘蛛网，半天才说："我是清白的，我是清白的，法院是一片青天，总有一天水落石出……"

1976 年 10 月，新时期的曙光升起来了！在父亲受冤屈 20 年后（人生有几个 20 年啊），我毅然代父上书申诉。有一天，一位中年女干部找上门："我是中级人民法院的。收到了你们的申诉，特来了解情况，希望配合，如实提供。"我带了父亲去见女干部。不久，法院派人深入当年父亲任职的山区县，几经周折，找到当事人，证实"历史反革命"纯属莫须有之罪，应予平反，恢复公职。父亲是硬汉子，

20 年受磨难，从不落泪，可是 1979 年到法院接过平反书时，他老泪纵横，声音颤抖，喃喃自语："法院就是一片青天！我的冤情终于水落石出！"

后来我才知道，办案的庭长名叫高英，是当代著名作家柯灵的女儿。出于对文学前辈的敬仰，也出于对高英的感激，我带着两罐麦乳精去拜访她，她热情接待，愉快交谈。待我告辞时，她拎起两个罐，一脸严肃地说："你父亲任贤俊蒙受不白之冤，我们心里难过，太迟平反了！这是我们的失职，已经对不起你们了，还能接受你们的感激吗？"那天，我把麦乳精提回来了。时至今日，这件事依然久久不能忘怀。

是年父亲已迈 70 高龄，先办理恢复工作手续，后办退休手续。依然住在放过牛的乡村颐养天年。80 岁的时候，福州郊区区长慰问寿星教师，并与父亲合影留念。父亲耳聪目明，心不慌，手不颤，还写一手好字，写信告诉我区长与他合影的喜事，可以想见他的内心是如何洒满灿烂的阳光。我望着彩照上须眉斑白、泰然安坐的父亲，心想：父亲，与其说你当初天真，不如说你深怀信念。你是对的，我当年对你的斥责与不敬，已经为良心所不容而转为永远的自责。

愿父亲健康长寿。

（原载《福建文学》1992 年第 4 期）

《仲夏夜之梦》拾零

之一：绿夏 8 月，一个炎热的上午，章武突然莅临我拥挤的编辑室，亲自送来了他的第三本集子《仲夏夜之梦》。我立即记起半年之前，我们在海峡文艺出版社办公室讨论集子的书名，原题为《闽江帆影》，感到太实太板，遂改为现名。但现在推敲起来，又觉得太虚幻。看来，一本书应当有一个既醒目又蕴含深意的好书名，但往往不容易做到，仍需作家、编辑共勉之。

之二：章武与我以文会友，至交多年，友情深笃。每次往访，一杯桂花茶，推心置腹，侃侃而叙，关于生活体验与创作灵感，关于人生感悟与主体意识，一谈就是两三个小时，乃至告辞，意犹未尽，真是"君子之交淡如水"，至诚至乐。近年来我陷于编辑业务，加之身患痼疾，日见怠懈。而章武则不然，始终勤奋不已，笔耕不辍，不管行政领导工作多忙，也坚持每个月一两篇散文，从不间断。这种执着追求理想的精神使我感动，也使我惭愧。于是我似乎振奋起来，不甘落后，也写些篇什发于《随笔》《散文》等。每临此心境，我便想，福建既为"散文的故乡"，众多散文作家就应当切磋交流，互勉互励，多方推动，形成一种散文创作的繁荣景象。

之三：《仲夏夜之梦》是一本纯粹描写"吾乡吾土"的散文集子。作家的足迹遍及全省城市乡村，履痕留在闽山闽水之间。从省会福州到作家的故乡莆仙，从闽北浦城到闽东周宁，从闽西老区到闽南金三角，从沿海到高山，从侨区到渔村，从平原到林区……作家笔下展现一幅幅迷人的风俗画和浓郁的福建乡土特色。章武是一个很有才气的作家，10年前《海峡女神》的出版标志着他散文创作的良好起步，嗣后随着佳作连篇，他逐渐从散文故乡走向全国，引起文学界的注目。且不论《海峡女神》和《处女湖》的各具特色，单就《仲夏夜之梦》的艺术魅力，就足以看出他在散文创作上正走向成熟。我是在工作之余的疲惫夜晚，阅读这本集子的每一篇散文，往往精神愉悦，感受良多。章武的确握有一支生花妙笔。他怀着对乡土的深挚热爱和拳拳眷念，以其敏锐的感应和睿智的才思，发现这一方土地上的风物、典故、人物，并从时代的高度审视历史文化，把现实与历史交融得水乳一般，赋予作品深厚的社会内容，大大区别于浮光掠影式的一般化游记。面对种种历史与现实的物事，作家的思考是深沉的。如《仙溪小品》，从一棵榕树移植街心引起议论中，作家多么深刻地体悟到社会生活的哲理意识："在我们这块古老的土地上，每增加一点什么，减少一点什么，挪动一点什么，总之要变革一点什么，难免都会有种种议论。幸好榕树就是榕树。不管是誉是毁，它统统听不懂。它只懂随遇而安，赶紧把根扎到地里，赶紧吸收水分和养料，赶紧接纳阳光和雨露，一个劲儿往上长……"这段充满美学意义的文字，谁读了都会引起共鸣，得到启示。

之四：章武向来工于技巧，其散文的艺术手法也日趋娴熟。翻读全书，处处可见其写作功力。或破题起笔不凡（如《泉山听泉》），或结尾收束有力（如《侨乡小吃》），或描写酣畅淋漓（如《泉山听泉》的听泉一段，声泪俱下，文情并茂，简直是神来之笔），或构思奇幻梦境（如《榕荫漫笔》），不胜枚举。而有些对话尤其精彩，如《古城女导游》，通过一段简洁对话，惟妙惟肖地描摹了国家主席与女导游的学识、情态、性格。此外，我还特别欣赏作家多处写到的幻觉人物，缥缈虚幻，亦人亦仙，如郑成功、郁达夫等。

184

至此，我忽然记起几年前南帆先生评价章武散文的一段话："美的乡土，美的生活，美的心灵，有如颗颗钻石，光华四射。"我以为，这种评价准确而形象地概括了章武散文的艺术风格。

（原载《福建日报》1992 年 12 月 29 日）

旋宫，在三十六层之上

十月金秋，南京最美好的季节。

入夜。我偕妻来到石头城内最豪华的金陵饭店。透过玻璃门，窥见大厅里辉煌的华灯、高雅的摆设以及雍容华贵的女宾，妻怯怯地问："我们也可以进去吗？"我一时语塞，心中竟犹豫起来：自己虽写了几本书，小有名气，但也不过是一介书生，身躯单薄，囊袋空瘪，在人前怎么也遮不住一副寒碜相……容不得我多疑虑，此刻大门已魔术般倏然闪开，身着一色礼服的侍应生彬彬有礼地迎候。于是，我奋然振作，当机立断，急忙拉上妻，在侍应生微笑的目光下踅进大厅。

我脸上泰然自若，心里却有点后悔。但今天妻在身旁，自己不撑着胆，哪像带妻出来见识世界的男子汉？糟糠夫妻 30 年，头一回携她出远门游览六朝古都，千万不能扫她的兴。

妻不敢跨大步，轻轻地踩着无声的地毯，在大厅里踯躅，睁大一双惊奇的目光，扫视着她平生以来从未见到的华丽装饰。这五彩图案地毯，这古色古香的座椅茶几，这巨型的花篮，这镀金镶银的壁画及壁画里远古的宫娥歌舞……世事千变难预料。她住惯了低矮简陋的农舍，住惯了"干打垒"一字排平房，20 世纪 80 年代又幸运地住进了省城机关单元房，却做梦也想不到如今竟逛到了金陵城的最高级饭店。这时，楼道上走下一对青年男女，男士英俊潇洒，风流倜傥，女士窈窕婀娜，珠光宝气。妻侧身在我身后，注目他们谈笑而过。刚要迈步，又有三位男士迎面走来，他们体魄魁梧，满脸红光，有的缠着腰包，有的别着"大哥大"，神态昂然。无意中，我发现妻的目光十分异样，亢奋？歆慕？庆幸？悲哀？我揣摸不透。妻跨过纵横的阡陌，翻过崎岖的山脊，越过悠悠晨昏，告别了地老天荒的乡村山野，走向繁华城市，一直走进这童话里金碧辉煌的古都宫邸，恍如隔着两个星球。不知怎的，此刻我忽然想起早年读过的刘姥姥进大观园的红楼故事来。

磨磨蹭蹭，转遍大厅周遭。妻的步履渐渐放胆了。趁机，我怂恿她登上二楼，走向电梯间。一流的电梯，洁净，安谧，每秒钟上升两层，十多秒就飞升到了 36 层之上。我疑心再升腾，必到广寒宫。

36 层是旋宫。走道入口赫然标明"每座 30 元"，我的心咯噔一下，但来不及了，吊着大耳环的女招待已经迎上来，把我们引入座位。妻偷偷捏我一把，我明白她的意思，却佯装不知。刚刚落座，女招待就送来点心卡，英文，日文，汉字，借着幽幽光束，我笨拙地搜寻着点心卡上最低廉的饮料——崂山矿泉水。妻嗫嚅着，似乎要按照她的日常习惯，开口问价。这种高档雅座可不是菜市场中的鸡鸭鱼虾萝卜青菜摊位，岂可讨价还价？

这回轮到我悄悄地踩她的脚。趁女招待转身，我近乎哀求她："这等地方，一辈子怕就来这一趟，见识见识也好，你迁就一次吧！"未等妻应诺，女招待款款走来，搁下托盘，叭，叭，拉开两听易拉罐，斟满精致的高脚杯，投入两方晶莹的冰块，又款款而去，那步履、那身腰，就像服装模特儿退台，一双大耳环颤颤悠悠，我仿佛听见它叮当奏鸣。妻举起杯子，呷了一口，竟连声叫苦："怪味，怪味，又冰又麻！"我一愣，崂山矿泉水是高档名牌饮料，还从未有口福品尝过，想必是可口舒心的，怎会有怪味？我也呷了一口，果然冷到心头，打个寒噤，舌头发麻。我对妻讪讪一笑，悄声说："我们是乡巴佬进城，不懂享受吧？"

圆形的旋宫，由轴心主体厅和旋转客座组合而成。客座外侧是画框似的巨大玻璃窗，窗内头顶上闪烁着幽幽光点；窗外星空高远，星空下的不夜城仿佛是又一道银河在微微旋转，缓缓流动。客座转到音乐厅，小提琴那温馨的肖邦《夜曲》音符，飞旋着甜蜜而忧郁的旋律。绰绰灯影下，女招待又立在眼前，似乎在问："先生，您还要点什么吗？"我有点晕眩，轻轻摇头。妻也迷幻，痴痴地问："我这是在哪儿啦？那是灯，还是星？"

不知坐了多久，该起身了。我又呷了一口崂山水，清醒过来。女招待的结账是 92 元。妻忍不住问："这一杯水多少钱？"女招待笑了，丢下一句："16 元呗！"

下楼，出大门。站在依然热闹的新街口，妻不断嘟哝："92 元，可是半个月的工资哪！"

我伫立街头，仰望金陵饭店，36 层旋宫已融进迷茫的星空，望不到顶，只感到南京之夜还在旋转，旋转。

(原载《散文》1992 年第 12 期)

黄斗笠下的眼睛

转过展厅一角，第一眼看到这幅画时．我的脚步便不再游移。这是怎样一幅撩人心思的水墨画呵，浩渺的蔚蓝大海，喧哗的浪花，闪烁的沙滩，归来的白帆。海滨衬景下，走来一位俊俏的少女，月牙眉，海一样深沉的眼睛，那迷离的眼神透着一丝美丽的忧伤。紧窄的上衣描出她丰腴的臂膀和胸脯，宽大的裤筒扑啦啦鼓满海风。此刻，她正和伙伴们播弄着张开的渔网。一股浓浓的咸腥味溢出画卷。我仿佛已离开展厅，来到海滨村，站在少女身旁，痴痴地观望着她那神秘的服饰……

我不明白画家以《网》为题的寓意，但这却是我第一次从画面上看到的惠安女的形象。画家妙笔下的少女，一种朦胧的美，一种轻盈的诱惑，一种莫名的忧思。我久久地回味着《网》中所勾勒的每一道线条，以及那一时解不开的惠安女性之谜。

说来也巧，在一次作家画家联谊会上，我意外地认识了画家丁岚小姐。她竟是《网》的作者。文学与绘画是相通的。我们倾谈的话题自然是那幅《网》。那是她下乡体验生活时的得意之作。惠安风情犹如一方巨大的磁场，吸引多少画家千里迢迢而去。画家们在那里发现了天地间最优美的线条，最斑斓的色彩。丁岚小姐在海滩作画时，还意外地结识了惠安女阿苏，两人后来亲热得如姐妹一般。

今年8月，我出差惠安县崇武半岛，还捎带着丁岚小姐的一包礼

189

物。那天，不坐县城派的小车，我挤上了开往崇武的班车。要开车时，又有五六个惠安女利索地攀着车门挤上来了。其中一个瞄住我座位边上的一点空当，放倒扁担，侧身紧靠着我，坐在那仄仄的扁担上。一路上总想，这次到崇武，一定要细细地观察惠安女，探索一下惠安女为世人所注目的神秘使然，料不到现在却这般贴近。这是20岁出头的少女，刚才赶着搭车，还喘气呢，那好看的鼻梁上沁满汗珠。也许觉察到我的审视，她略一偏头，朝我飞快地瞥了一眼，我们的目光碰撞之下，我顿然震惊，实在难以想象，在这滨海小县，能见到一双如此美丽而深沉的大眼睛，眼睛里倾注了她内心世界的多少嗔怨，多少宽容。瞬间，我移开了自己的目光，低头寻思：这月儿一样弯弯的秀眉，秀眉下的这一双眼睛很深沉，像在哪儿见过，好生面熟。在汽车的颠簸中，少女的身体时时撞靠过来，我立时感应到一股女性的柔嫩的温馨，如同初绽花朵的暗香，如同新翻泥土的芬芳，一种清纯自然而又温热醇厚的气息，全然不同于省城女士身上所逸散的或浓或淡的化学香水辣味。不知不觉，我又偷眼睨视，一方头巾，白底红星图案，抽纱缝边，显得格外素洁、雅致。一袭短短的窄窄的蓝上衣，衣襟下竟露出少女身腰的细皮白肉，宽而大的黑裤，裤头扎着阔阔的银链。汽车到了一个乡间小站，她倏地起身，一手高高地抓着车厢顶上的把手，一手招呼着车下的伙伴。此时，那近乎半截的短上衣往上提拉，下襟翘起，扭动的腰肢中，那浑圆的皱襞，分明是肚脐，在我慌张的视线中，漾起浅浅的旋涡……

车到崇武。这是典型的海岛乡镇。空气里弥漫着浓重的咸腥味。港湾内风帆如云，桅樯林立。街道上流动着鱼篓、渔网、渔具。一色的海鲜从大海中游到集市，游到人们惊喜的目光下：鱼、虾、海螺、海乌贼，还有许许多多我平生从未见过的不知其名的海中珍宝。因是刚刚捞出海面，在地摊上，在簸箕里，活蹦乱跳，银光闪闪，新鲜得透明发亮。而卖者几乎全是惠安女，绝少男人。她们依然是黄斗笠，花头巾，蓝上衣，黑裤筒……穿过集市，举目四望，惠安女来来往往，忙忙碌碌，有的结伴而行采购日用品，有的挑来海鲜赶集，有的推车搬运石料水泥，有的徒步携着三岁孩童，有的骑车匆匆赶路……我发现她们虽然穿戴着传统的服饰，却也有对于时尚的刻意追求：银手镯和大块面的手表一起在浑圆的手腕上闪光，灰蓝的短上衣之下，有的姑娘绣花商标的港式西裤或美国牛仔裤，紧紧地裹住浑圆的臀部和大腿，描画着柔软的线条，力透着青春的魅力。偶尔见到有的姑娘上衣胸前，还别着一枚小小的徽章，那是亚运会的会徽呢。

下榻海疆宾馆之后，我提起丁岚小姐嘱托的一包礼物，入南门，进城寻访阿苏。这座建于明朝洪武年间的万户古城，四周巍然耸立着花岗岩城墙，城垛上的瞭望口，仿佛依然睁大警惕的眼睛，注视着大海上的每一片云影，每一朵浪花。

转过几条街，终于在一条深深的巷子中找到了门牌。和古城所有的石屋一样，这是一座用大块花岗岩垒砌的两层楼房。两扇大门咿呀，一位发髻上簪着一朵小红花的老妪把我迎进厅堂。她是阿苏的祖母。见不到阿苏，我只好递上那包礼物，悻悻地告辞。踅出城外，一路走去，远远近近，有人家正在下地基，上大梁，装窗户，描门楣，一派营建新房的升平气象。一段下坡路，迎面走来一对惠安女，把我的视线紧紧地牵引住。

她俩正共同抬着一块巨石，并排着，缓缓地，一步又一步，往坡上迈进。一样的黄斗笠和花头巾，一样的蓝上衣和黑裤筒，一样柔嫩而丰满的体态，一样协调而有节奏的步履，简直是一对孪生姐妹。迎着步步近前的这一对惠安女，我的心神不禁为之震荡起来。南国炎暑之下，一只粗木扁担的两端重重地扣压在她们的肩膀上。她们一手拉住绷得紧紧的粗绳，一手抓紧肩上的扁担。大颗的汗珠汇成细流，顺着她们姣美的下巴滴落脚下。她们每迈前一步，地上便腾起一股灰尘……我后悔不迭地自责起来：此行竟忘带照相机！我敢断言：摄下眼前惠安女扛着沉沉巨石艰难前行的场景，便是世界上坚忍主题的艺术品。我还将以《负荷》为题，让人们对这幅艺术品寄予永恒的思索。我忽然醒悟，丁岚小姐的那幅《网》，画面虽然飘逸，但内涵却是深沉的。惠安女，惠安女，你们为多少艺术家所追踪，所苦恋，争相探究那旖旎的世俗风情和苦涩的地域心态。

我虔诚地退立路旁，注目这一对惠安女迈着沉重的步伐从眼前经过。猛然间，从黄斗笠下投来一道目光，似曾相识的，大海一样深沉的目光。那是丁岚小姐笔下惠安女的目光！那是汽车上邂逅的目光！我真想上前招呼一声："阿苏！"但她们的步伐似乎无法停歇，永远这样肩负重担，无声无怨地前行。于是，我只得默默地目送她们远去，远去。

（原载《散文百家》1993 年第 2 期，收入《特别的崇武》编委会编《特别的崇武》，中国文联出版社 2003 年版）

大嶝七瓣蚝

这是 129 高地。

说是高地，只不过是大嶝岛的一个小山包而已。制高点上一座不起眼的观察所，架着高倍望远镜，一双战士的眼睛，时刻注视着岛外的每一朵海浪，注视着横卧在 3000 米以外海面上的金门岛。

人们对陌生的地方，总怀着好奇心。与金门岛，遥相对望 40 多年，恍隔阴阳两个世界，尤其神秘。在镜头下，我屏息静气，久久地寻觅着金门岛上的每一棵绿树，每一条道路，每一扇窗口，甚至每一辆匆忙奔驰的汽车，每一位姗姗行走的人影。那么遥远而又切近，那么模糊而又清晰。视线徐徐扫描。突然，一座高楼的楼顶之上，两只相连的大喇叭出现在眼前，喇叭口正对我方，似乎刚刚经过一阵声嘶力竭的呼喊之后，心力衰弱，底气不足，虽然大张海口，却再也喊不出声音来，张开的口形就这样永远僵化在空间，无言地面对大海的波光浪影，面对大嶝的五星红旗，面对大陆的山山水水。

穿过硝烟，穿过血火，历史艰难地走过战争年代，终于迎来了升平气象。在那不堪回首的年代，逢单的日子，呼啸的炮弹炸塌农舍民房，炸死无辜百姓。大嶝岛上遍地弹坑累累，榕树的须根在燃烧，木麻黄的枝干被削断，海风在呜咽，海浪在悲鸣。人们扶老携幼，撤离世代赖以生存的土地，避到大陆沿海乡镇水头、马巷等地，人丁兴旺的海岛一时寂寥荒凉，顿然沦为军事轰击的目标。整个海岛成为最前沿的阵地，坑道、地道、地堡、地下室回旋交错，毗邻相接，犹如一片不规则的叶脉密布全岛。

我寻觅当年的地道和弹坑，寻觅被弹片切割的树干伤痕，却是踏破铁鞋无觅踪。30 年，在历史的长河中只不过是一朵小小的浪花。30 年后的今天，海面上风平浪静。转过山角，偶见一家豪华卡拉 OK 舞厅，却是当年的炮战地下室，战争的风烟残迹荡然无存，令我伫立良久，感叹几多。历史曾经硝烟弥漫，血火飞溅。现实却是另一番风景。意想不到的是，就在我们踏访海岛的前一星期，金门岛上的县长和几位镇长，绕道台湾、香港、厦门，辗转来到大嶝岛，看望海岛乡亲。他们拉着大嶝乡亲的手连声说："没料到父老兄弟姐妹的生活这么安定富足，好！好！"乡亲们盼望他们常来常往，金门县县长的嘴角却掠过一丝不易觉察的苦笑。是呵，从大嶝到金门只隔 3000 米，而大嶝乡的角屿与金门的一个小岛屿，最近的仅 800 米之距，真可谓远在天涯海角，近在咫尺眼前。一只小艇不到半小时便可从金门航抵大嶝。而现在人为的隔离，却不得不人均耗资成千上万元，轮船、飞机、火车、汽车，海陆空并进，千里迢迢，一路劳顿，才能探望一箭之遥的海岛乡亲。这出延续 40 多年的无奈悲剧究竟何时能了？

迈着沉重的步履，大嶝岛走过一个又一个难忘的年代。20 世纪 50 年代全封闭时期，到处是警惕的眼睛，绷紧的神经，半夜敲门心特悸。60 年代炮战时期，白天满眼是炮火硝烟、断壁残垣，夜间悄悄行进的，是惊吓而急促的逃难迁徙。70 年代，高音喇叭把人们的耳膜震得发痒发痛，把头脑震得发麻发木，而宣传弹更是搅得天昏地黑。80 年代以来，两岛偃旗息鼓，海面出奇的平静。人们又陆陆续续迁回，重建家园，聚族定居。他们有的弄垦田地，种植地瓜、花生、萝卜；有的围海垒田，经营盐场；有的修网造船，启航讨海。

一位渔民告诉我一件非常有趣的事：一次讨海时，渔船不觉漂到金门防线，意外地拉上一网又一网丰收的石斑鱼，正惊喜间，一抬头，却见一座碉堡赫然在上，吓得手忙脚乱收网，掉转船头准备离开。可是来不及了，碉堡里走出荷枪实弹的士兵，只好笑脸相迎，赶紧摸出两条红"牡丹"扔上岸。对方跑进碉堡，旋即出来，随手也递出两条黄"长寿"，大声发话："这是军事禁区，严禁打鱼，快走，快走，免得麻烦！"

历史是客观的，客观得时而冤仇填膺，时而友爱满怀，时而愚蠢蒙头，时而明智开窍。历史本身没有责任，她日日夜夜无时无刻总在企盼，企盼她的同胞儿女摒弃前嫌，回归一统。值得庆幸的是，两岛虽仍对垒，却无战事。金门这个军事禁区之岛，已开辟为旅游胜地，世人蜂拥而入，以新奇探秘的眼光审视封闭禁锢40多年的神秘前哨阵地。而大嶝岛则呈现另一派景观。小小海岛，近年来人口骤增至两万人，兴办了7所小学、1所中学，每个自然村最醒目的建筑是校舍。我驱车前往大嶝中心小学，正逢上课时间，校园一片静穆，只闻教师的讲课声传出教室。一会儿下课铃声过后，孩子们雀跃而出，在明媚的春光里追逐嬉戏，一片欢闹声就像大海的蓝色喧哗，洋溢着纯净的童真童趣。他们的衣着打扮，五彩斑斓，展现了大嶝岛春天般的艳丽灿烂，显示了大嶝岛一派兴旺富足的生机。

晚餐是一顿丰盛的海产宴，而我最爱吃的是海蛎。大嶝岛的海蛎煎、海蛎汤，似乎特让我口馋，却又一时说不清原因。主人在一旁静静地笑，慢腾腾地夹出一粒大海蛎让我端详，自豪地说："大嶝的海蛎与别处不一样，您看，有7个耳朵，吃起来特别香甜可口！"果然，海蛎上有7片形似耳朵的小瓣。这种海蛎耐咀嚼，味道好，而厦门等地的海蛎只有5个瓣，怪不得我们吃得津津有味。主人说，渔民常把大嶝七瓣蛎送到金门海面，金门同胞感慨万端："什么时候才能常到大嶝吃七瓣蛎？"

我心里忽然渴望，今天的晚宴上，就能和金门同胞共享大嶝七瓣蛎。

（原载《福州晚报》1994 年 5 月 29 日）

你早，黎明之城

　　播音器里传出空姐甜美的声音："西双版纳到了，飞机开始下降……"我伏在舷窗上俯瞰大地。天空出奇地晴朗，机翼之上是湛蓝湛蓝的天空，机翼之下是碧绿碧绿的大地。我对祖国西南边陲西双版纳这片热土早已神往，但那只是从电视或图片上惊叹其独特的自然景观，今天有缘即将亲临其境，从感性上体验其神奇，心情不禁振奋起来。

196

　　飞机飞临西双版纳首府景洪上空时。几乎是贴着大地飞行。那一座又一座的山头，密密层层覆盖着森林，碧青翠绿，起伏连绵，竟然看不到一块岩石、一方红土。又飞越一座大山，山头上的林木近在眼皮底下，枝叶分明。我一阵惊吓，真担心碰撞那一片森森树林。飞行员也觉察机身拂过林梢？一刹那，飞机似乎往上腾起。四周山下是广阔的盆地，这里俗称"坝子"，也同样是一片碧绿，所不同的是玉带一样蜿蜒迤逦的河流穿越其间，几何图形的稻田整齐平展，村寨乡镇星罗棋布，积木般堆积的城市楼房清晰可见。无论是乡村还是城镇的建筑物，全都掩映在绿荫之中。一句话，机翼之下全是绿色的世界。这大山是翡翠垒成的，这盆地也是翡翠铺就的，这样鲜明透亮，又这样气势恢宏。我想，能保留这么丰饶这么完好的热带植被，实在是世所罕见。在昆明时，我曾阅读过一份很有趣的资料：

　　西双版纳位于东半球北回归线上，属热带北缘地带。这是一个沙漠带。与西双版纳处在同纬度的地区，基本上都是沙漠，如西侧的撒哈拉沙漠、叙利亚沙漠、巴基斯坦沙漠、印度塔尔沙漠，东侧的加利福尼亚沙漠、墨西哥沙漠等。唯独西双版纳所处的地理环境特殊，形成了全球沙漠地带上的一块绿洲。

真是得天独厚，才有这物华天宝的西双版纳。

走下舷梯，两旁迎立着两位傣族少女，身披粉红色民族装，含笑鞠躬，欢迎每一位旅客。这是在其他机场所见不到的。旅客一下飞机，从傣族小姐迎候的礼仪中，就强烈地感觉到自己已经来到少数民族地区了。感觉不断更迭。当我提着行李步出进港大厅时，眼前豁亮：呵，美丽的热带风光！大楼前除了并不宽广的水泥停车场之外，密匝匝地全是绿树，能认出的有榕树、棕榈树、芭蕉树，还有许多类似乔木的树见都没有见过，青翠欲滴，枝繁叶茂，连成一片，密不透亮，挡住视线，看不见树木以外的任何地方。树下路边开满鲜花，姹紫嫣红。一条水泥路大概通向景洪市区吧？延伸不远，消失在树木花草丛中。刚刚落脚景洪机场的第一个印象就这么鲜明惬意，令人心旷神怡，可以想象，景洪必定是一座"风景这边独好"的花园城市。

西双版纳的每一个地名都有一种甚至几种传说，或与社会制度、佛教的传入有关，或与自然环境、道德风尚相连。就说"西双版纳"吧，虽然名闻遐迩，但外地有谁能知此地名的含义呢？大约在1570年，这里的最高统治者"召片领"刀应勐把土地划分为12片坝子（即平原），每片坝子有1000块稻田，分封给12个大臣管理，并向他们摊派贡品。"西双版纳"是傣语，"西双"即12，"版纳"即1000块稻田，直译为"12千块稻田"，意译为12个坝子或12个行政区。这个地名反映了当时封建农奴的社会制度。而"景洪"地名的由来，则充满着佛教的传奇色彩。傣族是全民信仰佛教的民族，人们对佛祖释迦牟尼无限崇拜。相传佛祖巡游到这里的时候，正是黎明时分，东方露出了鱼肚白，于是傣族人就把这个地方称为"景洪"，代代沿用至今。"景"为城镇，"洪"为黎明，"景洪"意译为"黎明之城"。当然，关于"景洪"，民间还流传着许多美丽动人的故事，从不同侧面反映了傣族人的社会风貌和文化心理，也寄托了他们的美好憧憬。

徜徉在这座边疆小城的每一条街道、每一处景点，感受到浓厚的地域色彩与独特的民族风情，恍惚之中甚至老是感觉到自己正置身梦中，梦中有一段没有开头也没有结尾的异乡故事。

街市不算现代化，主街道也并不怎样宽广。但街道两旁生机盎然的热带树木，分明是大写的南国边城的广告语。那南国美女一样娉婷玉立的椰子树给你多少妩媚的美感，那傣族少女一样窈窕纤细的槟榔树又给你多少诗的想象，那被誉为"热带水果之王"的波罗蜜树让你惊异它果实硕大得状如牛肚，那被公推为"世界油王"的油棕树向你低语当年怎样从海外秘密迁居西双版纳繁衍子孙后代。举目四望，满眼绿树葱茏，糖棕、青棕、柚子、杧果、芭蕉……没有一条街道不是街树成林，没有一座楼房不在绿荫掩映之下。生活在大城市久了，渴望重返森林。年年春秋旅游的地点，不外选择山林原野，企求灵魂栖息在大自然中，得到短暂的安闲与解脱。而今走在景洪街头，就像漫游在森林公园，如诗如画，令人陶然如痴，悠然忘归。

流沙河是澜沧江的支流，逶迤流经景洪郊外的西双版纳州果木林场。就在这个果木葳蕤的偌大场地内，建起了民族风情园，展现了多姿多彩的少数民族风情。

一批又一批的游客接踵而来。我们参观了傣族、哈尼族、布朗族、基诺族、瑶族、拉祜族等6个少数民族的宅园。每一个少数民族宅园的解说员都由本民族的少女担任。她们穿戴本民族服装，越发风姿绰约地面对游客，娓娓动听地讲述着自己家园的一串又一串故事：关于竹楼与香茅草烤鱼、关于百褶裙与发髻上的鲜花、关于篝火纺车与竹笛情歌……每天络绎不绝涌来的游客不可能深入各个少数民族村寨，而作为缩影的民族风情园正好满足了游客的游览心理。据说在昆明也建有这样的民族风情园，但遗憾的是所再现的民族点不多。这里仅有6个，如果能把繁衍生息在西双版纳州内的其他民族，如佤族、壮族、回族、苗族等十多个民族的风情，一一加以展现，必将更加丰富多彩地表现各个少数民族的绚丽风姿，以及他们善良淳朴、勤劳勇敢、情同手足的民族精神。

在景洪，品尝民族风味是人生一大口福。入夜，就在景洪近郊一个叫曼景兰的寨子里，鳞次栉比的沿街餐馆华灯闪烁，歌声醉，舞影柔，呈现一派升平景象。我们在南方歌舞餐厅大门口的傣族礼仪小姐导引下，登上竹楼。楼上是容纳十多个餐桌的大餐厅，正前方一个舞台，正在演出孔雀舞呢。孔雀是傣族的图腾，象征着美丽与善良、灵性与吉祥。演员身披宝蓝色的孔雀羽衣，一会儿投给你楚楚可怜的媚眼，一会儿举手投足颤动着三道弯的造型身姿。这腰部柔美起伏的舞蹈，流动着孔雀故乡美妙的韵律。我心里不由得惊叫：这是杨丽萍的故土，杨丽萍的舞魂！台下济济餐桌的所有顾客无不如痴如醉，忘了举筷，忘了把酒。待到一曲终了，孔雀展翅远去，身边的傣族小姐柔声征求点菜，我们仿佛才从西双版纳大山密林灵禽瑞兽之梦幻中醒转过来。

每人50元标准的傣菜丰盛极了，一道又一道地送上来，满满地摆下一桌。烤竹鼠肉、烤竹笋、蒸脑花、油炸芭蕉、油炸青苔、菠萝糯米饭、青蛙肉剁生……还有许多记不住菜名的独特风味，又酸又辣又香甜可口，都是我们走南闯北吃遍几大菜系而从未品尝过的佳肴美馔。在这里我偶然读到一首小诗：

> 人间有口善品香，巧妇厨间日日忙。
> 摆女最能做美菜，千般美味谁先尝？

　　"摆女"即傣族妇女。这一道道美味谁先尝？自然是恭候四方游客前来品尝了。而且席间傣族小姐频频前来敬酒、介绍菜谱，还为我们在脖子上挂上吉利的香包，在左手腕拴上如意的红线，在后背用树枝泼水，祝福我们心想事成，万事如意。真是无拘无束，亲切温馨。想起在内地豪华酒楼、包厢宴厅，冷气酒气烟气，搅得你透不过气来，而服务小姐或卑躬造作，或忸怩作态，令人望而生厌，心里不觉愈加留恋眼前这边寨的歌舞餐厅了。

1994 年 8 月 4 日，大梦山房

（原载《福州晚报》1994 年 8 月 18 日）

舞 之 惑

　　人生往往有许多意想不到的事。妻说，从前一家人蛰居乡村，做梦也想不到如今会变成城里人。妻还说，你这个书呆子几十年就知道埋头读书写作，一年只看一次春节联欢晚会，其余时间不看电视不逛街不打牌不闲扯，却怎么也料不到，年过半百，居然学起跳舞。

　　说不清是什么原因驱动了我，只知道妻的话很啰唆却也很在理："看你没日没夜地审稿编稿，又有那么多烦恼事，总让我担忧你的身体，如今年岁大了，不比当年勇，去跳跳舞，总能解除精神负担，总能消除疲劳……"恰逢这时单位请了老师教舞，于是我也混在会跳舞和不会跳舞的人群当中，别别扭扭、笨拙地抬手迈脚起来。好在老师教得耐心，动作分解得明朗不含糊，又有会跳舞的女同事热情地带动指点，在学习七八个晚上之后，也就慢慢地迈出三步、四步的基本姿势。

　　书呆子终于会跳舞了，妻挺得意。她又进一步怂恿，说是湖东路之侧有个露天的湖畔舞场，每天早晨开放，拉我去那儿锻炼。

　　清晨，我来到湖东露天舞场。这里早已舞伴如潮，中老年男女偏多，青年男女略少。优美的歌曲飘在清新的晨雾中，《哭砂》终了，《小芳》又起。此一曲《花心》，彼一首《把根留住》，人们随着如痴如醉的歌声翩翩起舞。一对高龄翁妪也在旋涡之中摇摆，动作未必柔美，而且有些迟缓，但他们却跳得非常投入。我不禁驻足注目，心中感动不已。也许他和她已过金婚之年，能在此时此地以这样的特殊方式欢度晚年，该是多么令人羡慕的幸福。

我的双脚不禁随着音乐节拍动起来，妻尚未反应，我轻轻地牵起她的右手，渐进舞池。起伏、旋转，节奏强烈的华尔兹，让我全身的每一根神经都振奋起来。间歇片刻，又升起轻曼的布鲁斯。我的心胸轻松起来，开阔起来。晨光格外明媚，空气格外甜美，湖水格外洁净，鲜花格外娇艳。我仿佛成了一片灿烂的早霞，轻轻地飘荡，飘向晴朗的天空……这是忘我，忘却了工作的疲惫，忘却了人际的烦忧；这是超越，超越了人生的功名利禄，超越了尘世的荣耻宠辱。

后来，出差闽南 A 城的时候，热情的主人一再邀请我们去卡拉OK 舞厅，又勾起了我在福州学舞跳舞时的愉悦心情，便欣然从命。走在大街上，随处可见的"卡拉 OK 舞厅"的霓虹招牌变幻着彩色光影。我们选择了一家中档舞厅。门面耀眼气派，上楼则是仄仄的台阶。幽幽冥冥，舞池只有七八米见方，旋转雪球闪闪烁烁，光怪陆离。我顿时感到沉闷、压抑。空调中喷出的冷气，夹杂着浓烈的烟味，呛得我透不过气来。我十分惊奇那些哥们姐们夜夜闷在这样环境里的适应性和耐受力。

服务台前坐着好几位年轻姑娘，据说，都是外省来的"三陪"小姐，看上去个个只有 20 岁左右。她们炫耀着如花似玉的青春妙龄和出众的容貌，以博得款爷们的大把钞票。时至初春，春寒料峭，她们却穿上了夏日的裙子。一位脸上涂着厚厚脂粉的小姐走向一位举着大哥大讲话的款爷。俄顷，幽暗的灯下，那位小姐把娇小的身体紧紧地贴在了款爷的胸前。她悠悠地摇肩扭胯，那野火燃烧的目光犹如金蛇攀附着一截粗大的树桩。舞毕，小姐跳向歌台演唱《一世情缘》。灯光下，她娉婷玉立，楚楚动人；可是她的音色暗哑，而且唱得走腔走调，把童安格那难以了结的缠绵悱恻情怀和久远深沉的迷惘思绪唱得空泛苍白俗不可耐。见我摇头，主人解释说，这些歌舞厅小姐名不符实。唱歌跳舞是手段，猎取款爷才是目的。果然，那歌女忸怩作态地步下歌台，和那款爷相拥着走向 KTV 包厢。

我觉得浑身不舒服，决计离开这浑浊的地方。我们重又来到大街，夜色依然温馨朦胧，我长长地舒了一口气。

不知为什么，我盼望黎明，盼望黎明时分，盼望能在福州湖东露天舞场怡然起舞。

（原载《文明建设》1994 年第 8 期）

边关风景线

　　车到边境，即将过关。山，沉默不语，像饱经沧桑的老人；水，依然平静缓流，像一首无声的歌。只是在路口多了一座威严的楼房，楼前竖着边境检查站的牌子。武警战士一身戎装，荷枪实弹，注视着过往行人车辆。此行旅游轻松愉快，现在突然感到边关气氛异样沉重，尤其远远望见检查站外的公路边，赫然大书"警戒线"，再50米远，又一块黑森林的"射击线"警告牌，心里不免紧张起来，车厢里一时出奇地肃静，大家面面相觑，担心办理过境手续的导游小姐有什么疏忽而招致麻烦。其实，过境手续很简单，只需收齐身份证，到边境站登记，不消半小时便办妥了。有的游客忘带身份证而心慌起来，导游小姐抿嘴一笑："放心！放心！检查站对旅游的客人从来是一律准签过境的。"导游小姐几句甜甜的话语顿时化解了大家紧张的情绪。这里确实迥然不同于内地。内地因公因私出国需申请，层层审批，领得护照，待来到机场准备出关，不料尚需证明而又未备证明的，面对关卡，无可奈何。我们曾随团出访，因缺一纸证明，全团20多人困于机场，眼巴巴翘望飞机腾空而去，机票一概作废。只得赶紧补办证明，重购机票，白白浪费15万元巨款。而在此边陲出关，几乎一如当地村民，随意来来往往。边关检查站和武警战士，仅对出入境的过往人员履行一道手续而已。

　　"马自达"在国界线停车。公路上一个高高的牌门，左侧一块菱形界石。牌门与界石没有被风雨侵蚀的斑痕，看上去还崭新，想必树立不久，上面镌刻着中缅两国文字。我们一脚踩在祖国的热土上，一脚落在异邦的地域上，一个个都很兴奋，争抢着在此摄影留念。司机按响喇叭催促大家上车，可是有的人还伫立界石前寻思什么，有的人深情地眺望着巍峨的曼占山，碧绿的打洛江……

打洛是西双版纳勐海县最南边的一座小镇，因打洛江穿越其间而得名。它与缅甸国勐拉界青山相依，碧水相连。江北岸是一片新建的单位楼房和商行旅社，而由 4 条宽敞的小街组成的十字街，已成为繁华的边贸市场了。江南岸是西双版纳大大小小的坝子之一，傣族同胞分别聚居在曼蚌、曼产、曼仗、龙里和城子等 5 个村寨里。寨子里古树翁郁，鲜花艳丽，芭蕉成林，杧果飘香。寨子外田畴成片，阡陌纵横，秧禾苗壮，豆菽饱满。令人心驰神往的是，随处可见一幅幅美妙古朴的水墨牧牛图：衬着肥沃丰饶的田野，衬着碧水盈盈的河滩，固定着一根又一根斜斜的长竹竿，竹竿顶端系一条长绳，拴着水牛放牧。那长绳好像是不经意地轻轻地拴着水牛，而水牛也毫不在意羁绊，在斜竿下悠悠然地迈步，安闲地咀嚼青草嫩芽。那栗色的大眼睛迷迷离离，蒙蒙眬眬，使人顿感生灵万物，地老天荒。

也许是陶醉于热带山水的明丽风光，也许是被斜竿长绳拴住心思，也许就没有也许，仅仅是因为早发夕返，或是国外三日游、五日游，总是别离国土的一种缱绻，一种眷念，使各位目光晶莹，双脚磨蹭，迟迟才肯上车，继续沿着从昆明直通打洛的全长 873 公里的昆洛公路，奔驰出境。

过了牌门，便是缅甸国界。不远的左侧，一排木构平房，像山中客栈，又像乡间杂货店，外观并不起眼。车子停在此处。原来这是缅甸入境检查站。只见一位黑瘦的士兵，背一支枪，枪托已发黑。他接过导游小姐递上的纸单，便善意地点点头，算是允许入境了。怎么不上车点一点人数，也不查看我们携带的物品？我们毕竟不是当地边民，而是来自内地的各色人等啊。导游小姐告诉我们，边境的山无风，边境的水无浪。边关内外，同是傣族、哈尼族、布朗族和佤族的同胞，说同样的话语，穿同样的衣裙，住同样的竹楼，世代往来，亲如一家。边民赶街，日落天黑或遇雨阻隔，往往就住在寨子里，很难辨别是中国边民还是缅甸边民，男像兄弟，女似姐妹。边关无事，平静、祥和、友好的邻邦！

后来在景洪，我读到这样一首小诗：

> 打洛江边路几重，竹楼茅寨傣家风。
> 蕉林遍绿边陲地，小镇初成交易隆。
> 深夜鸡鸣闻邻国，清晨共饮酒茶盅。
> 边界不阻边民足，友谊古风处处同。

读罢掩卷，不禁感叹：这真是中缅人民世代友好亲善的生动写照！

过界后半个多小时，便来到缅甸勐拉界的一个小镇。这里的小街，玉石珠宝商店鳞次栉比。探头玻璃柜台，形形色色玲珑剔透的玉石琳琅满目，熠熠生辉。有人称这条小街为宝石街，名不虚传，街上的几十号店家几乎专卖玉石。缅甸之盛产玉石闻名遐迩，而过境旅客也都企望在此买到名贵玉镯或连心锁之类的宝物。其实，旅游出境的主要目的也不外是让我们有机会观赏缅玉，精心选购自己如意的玉石纪念品。所以，一下汽车，便有伙计围上来招揽生意。伙计也好，老板也好，全是中国人。缅甸当地人钦佩中国人，他们说中国人精明，做生意能赚大钱。我们来到一家上海珠宝商行，老板是上海人。记起中午，我们在打洛一家普通饭店就餐时，接待我们的是一位40多岁的女老板，看上去单薄的身子，憔悴的脸，不像女强人或女大款。她听到一对老年游客"阿拉""阿拉"地满口上海话，眼睛一亮，马上拉住他们的手，自我介绍："我是上海知青，落地生根，生作边关人，死为边关鬼。"话未说完，已两眼泪汪汪。来了家乡人，特意多上两道菜。当然，临了她不忘做生意，把我们个别拉进小房间，悄悄嘱咐：到缅甸买玉石谨防假货，要找我们上海宝石采购站的店家，报我老知青的名，保证假不了，货真价公道。现在，在这缅甸境内的上海店，一提打洛的老知青介绍来的，老板果然格外殷勤也格外诚恳，搬出一种又一种宝物，还教我们辨别真假，说得我们好尴尬好困惑，将信将疑，也终于犹犹豫豫地买下一些玉石制品，算是不虚此行。

小街依在一座小山坡下，而山上则有一处佛庙古迹。从街口沿着陡陡的台阶拾级而上。没有我国多数寺庙那样金碧辉煌的大雄宝殿，仅一座类似宝塔的别致建筑，周围两排平房，墙上绘有色彩鲜明的壁画——佛经故事。四周冷清，也不见我国寺庙那样香火鼎盛，朝拜的善男信女络绎不绝。倒是见到几个小和尚，黑黑瘦瘦的，披着黄袈裟，赤着双脚，在远处愣愣地观望我们。中缅边界的傣族全民信奉小乘佛教，男孩五六岁便要郑重其事地剃光头，敲着象脚鼓，排着队送到寺庙当和尚。寺庙实际上是学校，每日学习傣文和佛经。出家时间分为 5 年、10 年、15 年不等，如当 20 年和尚，便成了佛爷，在寨子中就是很有修养很有威信的人了。乍听"佛爷"称呼，以为是老和尚，其实才 20 多岁呢。当了和尚，饮食可以不论荤素，"酒肉穿肠过，佛祖心中留"，还可以谈情说爱，但要结婚必先还俗。

看来，在这缅甸小镇寺庙见到小和尚就不足为奇了。上午我们在距勐海县城 16 公里的景真参观了八角亭。八角亭始建于傣历 1063 年（公元 1701 年），迄今已有 290 多年历史了。亭高 21 米，宽 8 米多，亭身 31 个面，32 个角，装饰着陶制花卉、金鸡、凤凰，而且内外全用金粉绘画着珍禽异兽和《佛本生经》故事。整个八角亭自下而上，重重叠叠，层层缩小，顶冠撑开一把精致的银伞，亭阁边沿挂着无数大小铜铃。清风乍起，摇响满山叮当之声，传之乡野，清脆悦耳。相传八角亭是佛门弟子为纪念佛祖释迦牟尼，仿照他的金丝帽而建筑的议事亭。傣历每月十五和三十两天，各村寨寺庙中的佛爷集中在议事亭，聆听高僧传授佛经或商定宗教重大活动。在与八角亭相匹配的佛寺内，我们看到了一间间僧舍。小小的一扇窗，投不进多少光亮，暗幽幽的，潮湿的土地上搭着一排排木板床，麻布蚊帐。这就是小和尚的居室，类似边远山区的学生宿舍。我们头脑中立即跳出"苦行僧"三个字。孩子们小小年纪，离开父母，吃化缘的饭食，住简陋的房屋，念古奥难懂的佛经，日复一日，年复一年，怎一个"苦"字了得！回头看看内地的独生子女，千般呵护，万般骄纵，真是天壤之别。这时正好走进三个小和尚，与缅甸见到的小和尚一样，光头，黄袈裟，赤脚，黑黑瘦瘦的。我们心里一阵怜悯，忍不住掏尽所有随身带来的巧克力、饼干什么的，塞进孩子们的手中。但是，这绝不是回应化缘的布施。

208

　　　　　　　　　　　1994 年 9 月 1 日，于大梦山房

（原载《福州晚报》1994 年 9 月 13 日）

重逢武夷山

1994 年 9 月 19 日，神奇秀丽的武夷山迎来了 60 多位海内外著名的学者、教授、作家、理论家。一个学术与创作的盛会——首届中国散文国际研讨会暨武夷山 "千年纪" 散文笔会，在丹山拥抱、碧水环绕的风景区召开。

一辆小车到达，车门开处，跨下一对伉俪，好生面善！男宾年约五十开外，饱满的天庭红光闪亮，一副金丝眼镜更增添了儒雅风度；女士一身素洁的热带服饰，含笑的一双杏眼和躬身应答的仪态，给人留下大家淑女恭谦温柔的美好印象。他们被迎至宾馆总台休息厅落座。敬茶的瞬间，我们四目相遇，女士惊疑地扬起眉梢，那目光似在努力搜寻记忆，一时却没有明朗的反应，只是送来一个写着问号的淡淡微笑。而我的记忆却倏然清醒过来，去年的新加坡之旅，宴请我们的不就是眼前这两位东道主吗？我一步趋前，惊喜地握手："黄先生！陈女士！"几乎在同时，陈女士也欢叫起来："刚才我正寻思，在哪里见过您，现在记起来了，您是任先生，我们曾一同进餐！"黄先生风趣地说："世界真小，不到一年，我们又第二次握手，缘分，缘分！"

去年 12 月，我们新闻出版考察团来到了新加坡，下榻京华大酒家。一个晚上，就在京华大酒家 11 楼宴会厅里，新加坡作家协会热情地宴请我们。我翻阅展览在两张拼起来的大长方桌上的文学著作，犹如步入新加坡当代文学百花园，目不暇接。而这些著作的作者，当今新加坡的中坚作家，当晚大都参加了聚会。华灯柔和，觥筹交错，话语绵长，友情相凝，大家沉浸在异国同根、文人相亲的温馨氛围之中。其时，我初次结识了频频前来敬酒的新加坡作家协会会长黄孟文博士，而他的夫人陈华淑女士就和我邻座。我专注地倾听她娓娓叙谈新加坡作家的创作情况。原来她是《新加坡作家》双月刊作家专访栏目的特约撰稿人，对每一位重要作家了如指掌，甚至能如数家珍地叙述作家们每一篇作品的创作缘起、内容概要及其艺术特色乃至轶闻逸事。当我探询她自己的创作情况时，她离席走向那一方长桌，随手取来《飘飘雪夜招寒冬》《追云月》两本印制精美的书，抱歉地说："这是 70 年代、80 年代出版的散文小说集，早没存书，无可奉送。第三本文集已经开印，出书后一定设法送您指教。"我对眼前这位性情温柔、言辞委婉、才华横溢的华裔女性，不禁油然而生敬意，心里也期盼什么时候能得到她的文集，一读为幸。

话题自然转到黄孟文先生。陈女士评介了众多的作家，却唯独缄口不谈黄先生。我只好自己走向展览桌，寻觅黄先生的著作。我惊喜地发现了一本又一本的小说集：《再见惠兰的时候》（1969 年版）、《我要活下去》（1970 年版）、《昨日的闪现》（1981 年版）、《安乐窝》（1991 年版）。还有文学研究论著：《宋代的白话小说研究》（1970 年版）、《新马华文文学大系·小说》（1974 年版）、《新马文艺论丛》（1980 年版）。在商品经济发达的新加坡，黄先生能够一面在商界里驰骋，一面执着于文学创作，取得了社会公认的成就，令人钦仰之极。后来，我读到一位教授的评论，眼前豁然开朗，感到从那字里行间站起了一位新加坡当代文学的巨擘，这位巨擘不是别人，正是黄孟文。黄先生早年熟读中国古典文学，先后获得新加坡大学文学硕士学位和美国华盛顿大学哲学博士学位，"是一位学者型的小说家，以小说著称于世……杂感、散文也写得相当出色"。是的，"黄孟文作为一位学贯中西又富于正义感的现实主义作家，他始终明确地将反思现实社会、文化传统、人类自身作为一种自觉的精神追求"。因此，他的作品传至国外，被译成多国文字出版，获得新加坡政府颁发的"文学奖"和泰国公主颁发的"东南亚文学奖"

回国之后，对于新加坡这一对鸳鸯作家，总是想念。后来听到中国社会科学院文学研究所的专家说，国内文学界很瞩目黄孟文的创作，中国文联出版公司和鹭江出版社已分别出版了他的《学府夏冬》（小说集）、《新加坡当代作家代表作丛书·黄孟文卷》，我心里遥致庆贺。不想这次竟意外地重逢武夷山，令人格外兴奋。

从未领略过独具魅力的武夷山之夜，月华星光之下，大王峰、隐屏峰、天游峰此起彼伏，隐匿在空蒙迷幻的夜色之中。九曲溪的流水，就像玉女在弹奏着永恒的仙曲，似怨，似恨，如泣如诉，又似乎倾注着绵绵无尽的思念。我和黄孟文夫妇结伴散步于山野溪畔，时而融入夜色，踏碎满地婆娑树影，时而伫立桥头，谛听脚下溪流的吟唱。当我介绍福建教育出版社策划一套"客家文化丛书"时，黄先生饶有兴趣地询问了丛书出版计划。他不无遗憾地表示，对于客家这么一支在海内外影响很大的民系，全面而又系统地研究的著作似乎少见。他说："你们出版社有魄力有眼力，一套10册，洋洋百多万言，而且聘请了我们敬重的卢嘉锡副委员长当顾问，项南先生作序，还有很强的编委力量和作者阵容，必是一套弘扬客家精神、积累客家文化的扛鼎之作。"他顿了顿，语气柔和起来："您知道吗？我祖籍广东梅县，也是客家人，如果不嫌弃，我也愿尽绵薄之力。"我记起他的一篇随笔《文化探索》，其中"作为华夏儿女后裔，我们对中华文化的兴衰，不能不表示关注"一句，让我回味良久。黄先生的父辈从梅县南下马来西亚，华夏血脉相连，早年又攻读中文系硕士学位，受过深厚的中国文学的熏陶，对中华文化一往情深。对他的肺腑之愿，我深深感动，倍加珍惜，当即请他为丛书作序。

211

夜色阑珊，宾馆在山岚夜气中安然入静。我们却还在客厅里促膝谈心，谈现代化加儒学的新加坡模式，谈新加坡华文文学史的编撰，谈客家文化丛书的著述……末了，黄先生捧出一本新著《朝阳从我身边掠过》，签名惠赠。而陈女士则像记起一件什么事，问我："您还记得去年在新加坡，我说的第三本散文集正在开印吗?"我连连点头，她转身进卧室，也捧出《冰灯辉映的晚上》，说："已经出版，特意带来送朋友。"对于文友，最大的快慰莫过于读到一本又一本新著。出于职业习惯，我展读两本新书的序言、目录、后记，闻到书页中飘逸的淡淡油墨香，爱不释手。

第二天一早黄先生、陈女士就要南归新加坡。我不便长夜相谈无尽头，遂起身告辞。只是我们心里都有说不完的话，此番武夷惜别，真不知"何时一樽酒，重与细论文"。

212　　　（原载《福建日报》1994 年 11 月 15 日）

献身科普著春秋
——贾祖璋及其科普文集出版编后绪余

那是 10 年前的夏天，在省政协会议厅里，我有幸结识了前辈科普作家贾祖璋先生。其时，他已是 84 岁高龄的老者，鹤发童颜，一身布衫、布裤、布鞋，朴实得就像刚从田野上走来的一位农夫。在这之前，我已拜读过他的许多名篇名著，知道他是浙江海宁人，我国科普文学的创始人之一，科普创作历程长达 60 多年之久，倾注毕生心血，创作了 600 多万字、30 多种的著作，我的内心充满景仰之情。如今他就在我眼前，我一时慌乱地迎上去，伸出双手，表示我笨拙的恭敬。此后 4 年，我时常去贾先生的福州屏东的寓所拜访他，聆听他老人家的科普创作经验之谈。一个耄耋老者、科普文学巨擘，一个相对年轻的普通编辑，几成两代，却无拘无束，促膝谈心。然而，人生苦短，生命轮回，这些珍贵的时光难再，1988 年 7 月 3 日，贾先生走完了人生旅程，溘然长逝。我在受命为逝者撰写悼词时，内心突然感到一种空茫，一种失落，不禁悲伤如潮奔涌胸间，笔在颤抖。

贾祖璋仙逝后不久，我又到他生前的屏东寓所，顿感人去楼空，世事幽冥，只是在仄仄的书屋里，依然静列着贾祖璋的著作。恍惚之中，仿佛见到清癯的贾先生正从书橱上取帙翻卷，寻觅记忆中的一段表述。此刻，我忧心忡忡：贾祖璋留下的宝贵著述，几经沧桑之后，恐将散失乃至湮没。终于，在几位有识之士的倡导下，福建教育出版社决定编辑出版《贾祖璋科普文集》。当贾柏松先生（贾祖璋长子）

213

把编就的上、中、下三卷总共 150 万字的文集交给我的时候，作为责任编辑的我，深感欣慰。

借助对文集进行编辑处理的难得机会，我得以全面系统地研读贾祖璋在各个历史时期创作的科普作品。至此，除了与贾祖璋相识多年得到的人格形象外，我更从他的重要作品中，认识到一位老科普作家的高尚精神。他对自然、对科学、对人民、对祖国的深厚感情，蕴藉于字里行间，力透纸背，使我每每掩卷沉思，深深感动。

中国近现代史充满苦难，无数仁人志士以不同的方式求索救国道路，贾祖璋选择了科学救国道路，立志从事科学小品创作，以宣传科学，开启民智，振兴中华。普及科学知识、提高中华民族素质的意识鲜明地贯穿在他一生的创作实践中。在《生物素描》一书中，有一篇写于 1934 年 6 月的《金鱼》，其写作背景令人警醒：一天，他翻阅《申报》，偶见《儿童周刊》栏内刊登一篇《蚕子变金鱼》的短文，说什么把蚕子浸泡在尿里，就会变成金鱼游出来。放下报纸，他心里计算着报纸的发行量，今天该有多少天真的儿童受骗上当啊。中华大地沉睡千年，再也不允许愚昧像一剂麻醉药，继续蒙害我们民族的后代。当晚，他奋笔疾书《金鱼》一文，针锋相对，揭穿迷信之邪说，晓以科学之道理。一篇看似平常的科学小品，却寄托了作家对下一代的无限关切之情。而在写于抗战时期的《碧血丹心》一书中，作家对人民对祖国的关切之情，则蕴含在某些相关的生物知识之中，通过宣传牺牲个体以保全群体种族的道理，号召前方将士和后方百姓同仇敌忾抗击日本侵略者。作家写道：血"是人生热诚、勇敢的象征"，心"是人生忠烈、正直的象征"。这掷地有声的文字，大大超越了科普知识的范畴，简直是民族的心声，抗战的誓言。

贾祖璋关切同胞科学文化素质，更关切国家民族兴亡命运，在创作科学小品时，既娓娓叙谈科学知识，又联结国计民生；"一枝一叶总关情"。而到了中华人民共和国成立，他的科普创作走向了更为深刻的理性内涵，进入了一个新的时期。他以恩格斯的一句至理名言为书名，写出了《劳动创造了人》一书，用历史唯物主义观点阐述人类起源的原理。即使在动乱而荒漠的年代，他被下放到偏远的平和县坂仔村，仍然念念不忘初衷，在艰苦的生活环境里，动手辑录科普资料，说是即便自己用不上，留给后人更值得。于是，《茉莉谱》100条，《水仙谱》120条，《四川荔枝谱》150条，《福建柑橘谱》50条，等等，全是蝇头小字，辑录成三四十本几十万言的笔记，而这一切，谁能置信，竟出自一位74岁高龄的老人之手，此时他正患病在身，两腿浮肿。这是多么坚韧的献身科普事业的精神！他在《坚韧的生命》一书中这样表述他的坚强信念："生命是坚韧的，任何灾难都不会把它们完全毁灭。"这种坚韧的生命，在党的十一届三中全会之后，更是生机蓬勃，此时贾祖璋虽已年届八旬，依然老骥伏枥，壮心不已，文思泉涌，接二连三地写出《花儿为什么这样红》《南国六月荔枝丹》等脍炙人口的名篇力作。总之，尽管历史时期不同，创作题材各异，他却始终坚定执着地追求一个目标——献身科普创作事业，传播科学文化知识，把自己对祖国对人民的一腔热血，溶化在每一篇作品中。

　　现在，《贾祖璋科普文集》上、中、下三卷已经出版。我想，我们出版这套文集不仅仅在于保存这份珍贵的科普文化遗产，在于珍视文集的价值和意义，应该还有更重要的启示，这正如《中共中央国务院关于加强科学技术普及工作的若干意见》中所指出："许多国家都把提高国民的科学文化素质看成是21世纪竞争成功的关键。"因此，我们应当学习贾祖璋先生献身科普创作事业的精神，把"加强科普工作，提高全民族的科学、文化素质"这一任务作为奋斗的目标。

（原载《福建日报》1995年1月17日）

长留美好在心间

前几年，海峡彼岸的同胞穿越人为藩篱，纷纷回到祖国大陆家乡探亲。母子相见，夫妻相见，兄弟相见，泣不成声，感天动地，其间发生过多少人间悲欢离合的故事。其中一桩，回肠荡气，耐人寻思。

林先生风尘仆仆回到乡间。之前，鸿雁传书，他已与妻子明珠互相倾诉了40多年相思之苦，渴望早日聚首。今日返乡，即将与妻儿见面之际，林先生抑制不住怦然心跳，一双目光急急寻觅，心里直唤妻子的小名：明珠，我的明珠，我回来了，终于回到你身边了！他甚至想象夫妻相见时，在乡亲和儿孙面前，抱头痛哭的尴尬情景。

当儿孙簇拥着他迈进厅堂时，迎候他的族人乡亲济济一堂，却唯独不见妻子明珠。从乡亲们游移的目光、窃窃的耳语和唏嘘的轻叹中，他感到了蹊跷。他追问儿子："你母亲呢？"又追问孙子："你奶奶呢？奶奶呢？"儿孙目光怯怯，低头不语，只是拉他进卧房安歇，张罗着茶饭，伺候在左右。

床前一盏孤灯之下，林先生陷入深深的痛苦之中。40多年前，他随军去台前夕，曾偷偷溜回家告别美貌的妻子。明珠抱着襁褓中的儿子到路口相送，哭成泪人，一双眼睛蒙上泪水，失却昔日的水灵明媚，又红又肿。军令如山，肝肠寸断也得走，不想竟一别40多载，天各一方。这边妻子泪涟涟，千辛万苦，艰难备尝，拉扯儿子成家立业；那边丈夫暗相思，丢魂失魄，隔山隔海，何日妻儿团聚天伦乐？

记不清多少个夜晚，昏黄的灯晕下，妻子款款走来，光彩照人。那一双眼睛，那样灵秀，那样妩媚。而今晚，皓月当空家乡夜，明珠呢？恍惚中，伊人婀娜娉婷，一双秀眼掩饰不住心头的喜悦……林先生不觉站起，却是儿子立在眼前，万般难言，递上一封信。林先生双手抖抖索索，好不容易拆开信封，一纸含泪的谜底映入眼帘：

　　　前几封家信，不忍告诉你，几十年思念，几十年苦泪，把我一只眼哭瞎了，现在我满头白发，满脸干皱，成了独眼丑婆，再也不是你40多年前的娇妻美人了。而今你终于回来了，儿孙有福，而我却无颜见你，暂避在外，恳求你懂得我的意思。

　　未等读完信，林先生几乎是苦苦哀求儿子："走，一定得把你母亲找回来，帮我找回来呀！"

　　我不知道林先生后来寻回老妻了没有。当时在我的家乡听到这桩似乎有悖情理的故事时，我并不怎样在意，只感到这不过是海峡两岸万千悲剧之一而已。及至前不久读到一篇关于张爱玲的文章，心灵才不禁为之一震。

　　1961年秋天，张爱玲唯一一次到台湾，为创作剧本而搜集资料。当时，台湾大学外文系二年级学生王祯和以其处女作《鬼·北风·人》一举成名。张爱玲被作品中所展示的台湾山地风土人情所深深吸引，决定到王祯和的家乡花莲参观游览。她下榻在盛情接待她的王祯和家中——杂货铺的楼上，第二天就开始到处观光。张爱玲其时虽已过不惑之年，但因一向注重保养身体，又善于梳妆打扮，容貌格外姣美，身段格外轻盈，引人羡慕。几天相处，张爱玲的言谈举止，给王祯和留下了一辈子也抹不掉的美好印象：她捧着木瓜，用小汤匙挖着，边吃边看白先勇等人创办的《现代文学》杂志，情态自在、闲适、优雅；她双眼含笑，用一种很柔、很慢、很得体的语调，和王母漫叙家常、恭道晚安；她每晚临睡前，往往要花半个多小时，用洁面霜涂洗那张漂亮的脸蛋，然后又擦抹干净，再敷以果酸营养露，方才就寝；她在将要告别王家之时，为了与王祯和及其母亲合影留念，竟用一个多小时对镜梳妆……张爱玲花莲之旅，与王祯和结下了不平常的忘年之谊，一时传为文坛佳话。待到王祯和大学毕业赴美，欢欢喜喜与她约定相见，但出人意料的是，她却借故推托了。过了几年，王祯和又有机会到美国，便致信说明求见心切，她回信，依然婉拒。信中，她平静地说："你应该了解我的意思。"一语点破天机。至此，王祯和才恍然顿悟：张爱玲并非绝情，而是为了让他在自己的心灵上长留她那青春的美好印象。

一则是发生在家乡的真实故事，一则是已故作家的轶事，不同人物，不同境况，却有一个共同的愿望：祈求对方，长留美好在心间。

家乡的明珠思夫几十载，哭瞎一只眼，又老又瞎，生理所致，无可奈何；作家张爱玲返美后，日夜操劳照料中风瘫痪的丈夫赖雅，可以想见多么疲惫憔悴，值得同情。从某种意义上说，两位女性毕生追求美好，也创造美好，哪怕付出沉痛的感情代价，哪怕方法方式未必尽善尽美，也毫不犹豫，把美好永远留在别人的心间，令人感佩。由是看来，美好的容貌、美好的友情、美好的事业乃至世间一切美好的事物景致，堪应至珍至惜，长留心间。

1996 年春节于大梦山房

（原载《福州晚报》1996 年 3 月 4 日）

刮目相看新笔墨

——致朱以撒

以撒友：

您好！

您曾说过，您的朋友不止 1000 个，这我相信。人生浮沉几十年，我的朋友也不少，但有的朋友虽然接触频繁，却留不下多少印象；有的朋友仅仅偶然谋面，便长驻心头。而您，即属后者。记得，那是一次文化聚会，来了好几位著名的画家书家。忽然有人说：朱以撒来了！我抬眼，在门口同时出现的两三位来客中，我凭感觉判定出您了。您瘦高的身材，白净的颜面，清秀的眉目。您只沉静地颔首微笑，并不像其他人那样见面便欢声笑语、抢步握手。我在场面上也寡言少语，彼此见面，虽心仪已久，却也并不动容。说实在的，之前我已听说您生性孤僻。这不奇怪。大凡有成就的书家，其脾性或介然不群，或任情不羁。个性、气质往往导致创作艺术的突破。您一定还记得，我们的对话，不外乎书法和文学，互不恭维，探及规律，一句两句，不像打水漂，而似投石子，沉静地落到水底，投合所产生的愉悦，至今仍在心头荡漾。

此后，我每每见到您的书法作品，总感到咫幅之中，透出稚拙雅致的魏晋风韵，我的眼前便立即出现您的书生形象，此所谓字如其人矣。对于书法，我完全是门外汉，门外汉也附庸风雅，您不笑我？我珍藏着您书赠的"宁静致远　淡泊明志"横幅。有时得闲，面对这

219

横幅，凝神默想：这书法也奇，笔墨挥洒，活脱脱现出您的气质、神采。而您，从书法艺术创造的人文精神而言，不纯粹是一位令人敬重的文人吗？只是您这位文人擅长书法而已。

大约两年前吧，我在报刊上偶尔读到您的散文，心想大概兴之所至，偶尔为之吧，也就并不在意。不想，此后竟接二连三地出现您的散文，有的居然刊发在全国颇有影响的《散文》和《散文选刊》杂志上，真有点"士别三日，刮目相看"了。对散文界所出现的每一位新作者，我都由衷地高兴，并认真阅读其作品。作为朋友，更应"刮目相看"您的散文作品。感谢陈丹女士为我提供了您许多散文近作的复印件，让我得以再次拜读。

案前灯下通读了您的散文，掩卷之后，不禁一阵惊奇。

惊喜之一，您以一位理论与实践兼著的书法家，走进散文创作，给福建省散文创作带来一股蓬勃的朝气，一束斑斓的生机。通观当今文艺界，有一种很特殊的景观，原本创作散文的作家，一个时期以来，虽不能说平庸，但也大体创作不出超越性的力作，散文园苑一片沉静。倒是一批学者、诗人、小说家，闯进散文天地，写出一篇篇脍炙人口的精彩散文，给散文创作灌注了新鲜的血液，打开了崭新的创作局面。文化泰斗季羡林、戏剧理论家余秋雨、出版界老前辈张中行，他们的散文创作，显示了中华文化积淀深厚的艺术特色，各领风骚；而文学圈内，小说家王蒙、张承志等，诗人舒婷、周涛等，也都转向而作散文，独树一帜。我们熟悉的舒婷最近透露："我原先只想经过她（散文）的柴扉求一勺水，不料就近结庐而栖。几年内，我有了4本散文集。"而她"与诗似乎难以破镜重圆"了。看来他们介入散文后的成就，从某种意义上说，超过了专业散文家。这既是特殊的文学景观，又是文艺界群英竞雄、百花齐放的繁荣景象。就福建省而言，这种文学现象也同样令人兴奋，令人鼓舞。只不过，像我这样写了多年散文的人，因种种缘故，少写甚至搁笔，而您从书法领域大

220

踏步跨进散文园地，让我惊喜之余，自叹弗如，岂止自叹，简直汗颜。您的出现，实际上形成一种冲击，一种挑战，散文界的朋友都在议论您的挑战，为您的冲击而振奋。没有冲击就没有生机，死水一潭，大家失去竞争的警觉和能力，终将自荣而枯。

惊喜之二，您加盟了散文队伍，我们的散文界又多了一位忠诚的朋友。这是需要勇气的。记得在 10 年前，何为先生曾对我说过：散文创作是寂寞的事业。以他那样的成就，尚感寂寞，散文创作道路之艰难可以想见。前不久的一个没有月色的夜晚，章武兄躬临舍下探病，顺便带来了他的第四本新著《生命泉》，话题自然转到散文创作上。章武是一位敏于思索、勤奋努力的散文作家，令人敬佩。两三个小时的促膝谈心，一晃就过去了。依依临别时，他颇有感触地说："能这样畅谈散文的朋友越来越少了!"我深知他对散文事业的忧患意识。的确，在商品经济形势下，能耐住寂寞，专注并坚持散文创作的人似乎不多了。也就在这点上，我为您而惊喜而感动。我知道，您的书法艺术已家喻户晓，一方招牌三五字便价值千元以上。可以说，您以娴熟的毛笔留下一个字，就抵得上四五千字的散文，如单从经济价值计算，何苦呢？但我理解您的追求，您的志趣，您的情怀，您的作为。我在 1988 年写过一篇题为《散文并不寂寞》的短文，我想，在今天我还要宣告：散文并不寂寞，因为我们有越来越多甘于寂寞的朋友钟情于散文事业。

惊喜之三，您的散文创作，起点较高，起步之初，就显露出您的创作个性。梁实秋在《现代文学论》中说过："没有个性的文章永远不是好文章。"当然，有个性的文章不是说有就有，它的形成还有赖于作者的秉性、气质、涵养、阅历等，有文章内容的决定因素，更有艺术特质所然，不可刻意追求，只能功到自然成。您的散文大体分为两类。一类是絮语式，往往从身边凡人琐事写起，不拘一格，不避俚俗，谈天说地，追求闲适，宣泄内心苦闷和愤懑，也作自我解嘲，调侃幽默。这大概与您的生活经历有关。人生的痛苦是永恒的，欢乐却极为短暂。生活给人的教训实在沉重，往往醒悟之时，也是毁灭之日，只留下美丽的虚无与无奈。像《二姨》中苦命的二姨，《花开花落》中深夜以撒硬币来打发寂寞的"四类分子"房东妇女，《回响》中受到冤屈却"在大火弥漫的险境中忙着救书"的施工员，《时光隧道》中人到暮年连拆信都抖着双手的俞元桂教授，等等，读之尤感凝重、悲凉而又深刻得让人喘不过气来。另一类我姑且称之为书法文化散文，《兰亭情结》之虚虚实实、说古谈今，《精神狂舞》之创见精辟，《让我走近你》之客观公允的评判，无不是厚积薄发、一气呵成的力作。两类散文个性鲜明，与书法艺术一样，预示着您两副笔墨的广阔前景。

究竟是什么原因使您萌动了散文创作之心？一说是自幼爱好写作，这在您的散文中已略有表露，而您在《心中拥有一片草坪》中说得更为直白："书法家大多与书法家对话，即使是正经的研讨会，也往往老话依旧，就是有阳光和春雨，也无法使之葱茏和青翠起来，这是很可怕的固守一隅。"因此，您"抽出时间来重温文学创作的旧梦……为的是能洗去书法追求中的陈旧、枯落和沉闷，祈望心中能拥有一片翠绿的草坪"。书法与文学有共通之处，您驾轻就熟，扬长避短，就有了令人瞩目的散文篇章。我还想，您是幸运的，能有机缘在现代散文史论专家俞元桂教授身边工作多年，对于成就您的书法艺术，培育您的散文草坪，无疑起到"文化基因"的作用。

限于篇幅，对于您的散文中的灵感触点、艺术感觉等个性特征，只好留待后谈。即请夏安。

凤生

1996 年 7 月 8 日于大梦山房

（原载《福州晚报》1996 年 7 月 18 日）

一个编外学生心目中的导师

——悼念俞元桂教授

我渴望读书，尤其渴望读大学中文系，但渴望终归是梦，生活往往不遂人愿。我自幼家境清寒，贫病交加，无法读完高中学业便中途辍学谋生了。历尽艰辛困苦，转眼到了"文革"后，我重温文学梦，开始创作散文。

1988 年一个春光明媚的日子，我怀着向俞元桂教授求教的期盼，带上刚刚出版的散文集《生命绿》，轻轻叩响乐群路 14 号的木门。之前，我知道俞先生正带领几位中青年学者，从事中国现代散文的研究。我想，在我创作几年散文并结集出版之后，如果能及时得到名师指教，那对我消除目前面临着的企图突破现有模式的苦闷，推进创作走向一个新台阶，无疑将是至关重要的。何况，尽管我无缘成为俞先生的直接授业弟子，但他待我一如他的学生，关心我的身体，关注我的散文创作，让他的在福州中学任教的学生带口信给我，鼓励我在健康条件许可的情况下，尽量多写。作为一代名师，这样主动关注一个素不相识的作者，怎不令我感动不已？

"咿呀"一声门开了，出现在我面前的便是俞先生，穿一身因消瘦而宽松起来的中山装，转身引路时，后襟空摆，斜斜地高于前襟，才见先生略已驼背。想起"教授，教授，越教越瘦"这句学人顺口溜，心中不禁悲伤，默默致敬："先生辛苦了!"俞先生接过我递上的书，一脸的欢喜，那浑而不浊的眼睛忽然亮起来，满含笑意，口中

223

连说:"好,好。"翻过目录后又说:"这里好几篇我在报刊上已经读过,现在要再看看。"说实在的,过去对俞先生一直充满陌生的敬仰。今天初次拜访,俞先生那长者的仁慈与和蔼可亲的态度,使我的拘谨立时云消雾散。话题很快转入散文创作,面对当时散文界形形色色艺术流派的出现,如何突破自我,我很苦闷。俞先生笑而不答。告辞之际,我请求俞先生收下我这个编外学生,他却说:"早年失学固然遗憾,但在社会大学里会学到很多书斋里学不到的东西,你写出这么一本散文就是证明。"沉吟片刻,又说:"我试着转向散文写作,与你同行,互相学习,不必介意师生名分。"俞先生年轻时代就是才子,几十年造诣高深,在学界德高望重,新近发表的散文作品,铅华洗尽,炉火纯青,堪为我等晚辈认真细读而汲取养料,但俞先生却这样谦和,使我更加敬重他,也让我更受教育:满盈的水深沉、厚重,内涵丰富;而半桶水则往往一路呼喊,一路颠泼,何等浅薄。

两周之后,我接到了俞先生的书评:《诚实人的心声——散文集〈生命绿〉读后》。在短短的半个月之内,俞先生竟然读完我的小书,并且写出一篇言辞恳切的评论,这是我始料未及的。而更让我感动的是,俞先生在文中肯定我的创作态度和创作基调后,语重心长地指出:"一些倾向于新变者,似乎更喜欢虚幻、空蒙的境界,追求热烈、狂放、变异,宣泄内心隐曲的风调……但我觉得这个集子里的散文不是这个路数,无须借光,因为它自有它的读者。"读到这里,我忽然明白拜访俞先生时,面对我的犹疑与苦闷,他为什么笑而不答了。现在,我真乃醍醐灌顶,茅塞顿开,可以摒弃犹豫,坚定方向了。时至今日,尽管散文界艺术流派丛生,异彩纷呈,但我仍然一如既往地遵循俞先生的教导,追求我写实的风格,绝不放弃脚踏实地的散步而去攀附自行车、摩托车和桑塔纳。

1991年春,我受海峡文艺出版社委托,编辑俞先生的散文集《晚晴漫步》。借此机会,我得以全面地拜读俞先生的散文作品,加深了对师长的人品、文品的敬仰。作为一代名师,他的严谨务实而不哗众取宠的学术风格，诲人不倦奖掖后学的教学精神，永远留在人们心中。而妙手所著文章，又以其独特的学者气度，为文坛增添异彩。读《晚晴漫步》，我眼前仿佛走来了一位埋头学问、倾心教学而又历尽艰辛、坚韧不拔的学界大师，他正风趣地微笑着面对他的世界。我记起后来发生的事。《晚晴漫步》出版后第二年初夏，俞先生因患直肠癌在省立医院动了手术。我两次到医院探望，他明显地虚弱，但精神依然矍铄，像平日里一样风趣，谈笑风生，毫不畏惧绝症的威胁。我是个长期患病的人，深知休养之重要，劝他功成名就，今后应以休养为主，他却说："无所谓功名，是一种事业的人生追求，得了绝症，时间不多了，要赶快做事。"果然，他在手术后笔耕不辍，又写了许多精彩的散文篇章，出版了第二本集子《晓月摇情》；而这其中，他倾注了人生最后的宝贵心血，为他的诸多学生作序。这些序言，绝不是简单的应和文章，而是包容了俞先生精辟独到的见解，深入浅出的理论分析，珠圆玉润的流畅文字，是俞先生散文理论的深化与升华。每读俞先生病后的文章，对照自己的怠惰，深感愧疚，也感悟到了"桃李不言，下自成蹊"的哲理力量。的确，我歆羡姚春树先生、阙君国虬、汪君文顶诸位朋友有机缘受业于俞先生的门下而终成大器，悔恨自己过早脱离书斋而至今一事无成，但庆幸的是我竟得到了俞先生的真诚指教，指教我的创作道路，更给予人格力量的感化。是的，我自去年突患脑中风之后，对人生几濒绝望，每日苟延残喘。想起俞先生身患绝症后的感人业绩，我还有什么理由消沉下去呢？

　　稿毕，走向阳台。夜空没有月亮，没有星星，只有淅沥的雨，一片苍茫迷蒙。屈指一算，俞先生自今年 1 月 15 日启程远行，已足足七个半月了。重重往事，历历在目，顿觉人生苦短，无限悲凉袭上心头。透过茫茫泪雨，遥望俞先生那中山装后空荡荡的背影，我默默祝愿："路途维艰呵，先生您慢些走！"

（原载《福州晚报》1996 年 9 月 23 日）

榕城西湖我家园

　　写下这个似乎有悖逻辑的题目，我犹豫了好一阵时间，但我最终还是要说出这句心里话："西湖——我的家园！"

　　阴晴圆缺，每天每天，我都要走进公园散步，就像一个在外奔波跋涉的游子，卸去一身的风尘与劳顿，回到温馨的家。这里的每一棵榕树、樟树、白皮桉，这里的每一丛迎春花、千里香，这里的每一盆月季、黄菊、郁金香，这里的每一块如茵的绿地，每一座古朴的石桥，每一条鲜花簇拥的林荫道，我都这样熟悉，这样亲切。我可以闭上眼睛如数家珍地述说，桂斋怎样孕育一代民族英雄、步云桥怎样追溯至宋代的古迹、荷亭唱晚怎样氤氲着依依情韵、小孤山怎样流溢着鸟语花香……

　　记得十年前，我迁居大梦山房之时，曾在《人民日报》上一篇题为《迁居》的拙作中写道："每日晨昏，我漫步榕城的西湖公园，往往被树上悦耳的鸟语所吸引……一只可爱的黄莺正斜着眼睛瞅我呢……你住小孤山，我住大梦山，西湖之滨家为邻。黄莺黄莺，你来自何方？像我一样，几度迁徙，从乡间飞过闹市，衔来希望的柴草，垒起温柔的席梦思，栖息在这宁静的湖畔吗？"十年以来，我已习惯于漫步西湖公园，也依然驻足枝叶葳蕤的树下，谛听小鸟啁啾，甚至痴迷地加入百鸟清亮的大合唱，沉醉在美妙的乐章之中。以致去年单位动员我搬往铜盘路110平方米的新房，我婉言谢绝领导的关爱。我离不开浓浓公园绿、盈盈西湖水。我不无骄傲地调侃："新房再大，哪有我的现房大？我家拥有一座后花园呢！"我舍弃人人羡慕的大面积新房，而宁守十多年前开始蜗居的旧屋，就因为屋后有一座得天独厚的后花园。这里的春天，百花盛开，姹紫嫣红，千树新绿，青枝嫩叶，俨然一座生机盎然的百花园。夏天绿荫如盖，凉风习习，尤其到了夜晚，置身湖畔鸳鸯亭，看眼前湖波映月，听远处笙歌悠扬，殊觉远离尘嚣，心旷神怡，久久凭栏，乐而忘归。秋天，迎来了五彩缤纷的菊花展，放眼望去，惊叹于花的路，花的篱，花的云，花的水，简直是全世界的菊花一夜之间突然簇拥到西湖公园来，榕城万人空巷，游人如织，倾城而至，流连穿行在万花丛中。冬天时序无情，万木萧疏，但这里依然绿树连天，红花铺地，与北国冰天雪地的景致截然不同。融融冬日下，老翁老太或提拳抬腿练太极法，或围坐谈天，讨论养身经。偶见年轻的母亲，徐徐推来婴儿车，稚嫩的婴儿瞪大眼睛，张望着洒满阳光的绿树蓝天，让公园更平添了一份暖意与安宁。

阴晴圆缺，每天每天，我都要走进西湖公园。多少个雨天我撑开雨伞，撑起一片晴天，独自一人，踽踽而行。静听雨水敲打绿叶的淅沥声，一阵阵，时远时近，极富乐感，那是多么悦耳的天籁之声；细观雨点滴落湖面，千簇万点，激起无数密密麻麻的涟漪，那是一幅多么壮观的湖天落雨图啊。空湖灵雨，寂静无人，而我偏向园中行，实实在在地感知公园正严峻地经历着一番风雨洗礼，心中翻腾着对社会人生的几多思索，几多醒悟。

我曾游览过北京的北海、南京的玄武湖、无锡的太湖、杭州的西湖、昆明的滇池，湖光山色，一次次升华着我的审美意趣。我也曾低吟默诵过苏子的《饮湖上初晴后雨二首·其二》："水光潋滟晴方好，山色空蒙雨亦奇。欲把西湖比西子，淡妆浓抹总相宜。"东坡居士以其天才的比喻，把杭州西湖写活了，也写绝了，以致后人望湖兴叹，愧无应对。杭州西湖是泱泱大湖，而福州西湖只是面积稍逊一筹而已，细细考察，其气度、其风韵实则相似。不信，置身西湖公园，吟苏子诗，不亦同样发现绝代佳人西施，千姿百媚，楚楚动人，款款前来，向你施礼吗？

我爱西湖公园。这样具有千年悠久历史的园林，不仅在福州，即便在全省乃至全国也是世所罕见。作为福州人，我为文化名城有这样一座文化园林而骄傲。我把它视为自己的家园，更视为福州文明的一个窗口。我不忍心它身上架设太多的钢铁，不忍心有名目繁多的游乐项目在这里谋取利润，更不愿看到游客为大车小车摩托的横冲直撞而惊恐躲避，不愿看到门口值班人员满口秽语……而那开化寺内，长年长草，别无文物；那临湖宛在堂，人去楼空，当年群贤毕至吟诗作赋的盛会，如今化作几枝枯竹相对无言，连楼前一尊塑像，也不见一行镌注，是李纲，还是陆游，让游客张冠李戴好困惑。

我期待：千年园林，千年的文化积淀，在世纪之交，快快注入文明的血液，让它早日焕发出时代的光彩。

（原载《福州晚报》1997 年 4 月 1 日）

传家无别物

父亲走了。

他没有交代一句话，无牵无挂，无怨无悔，无疾而终，一脸安详，就像往日睡觉一样。我是长子，只能强忍着与父亲生离死别的沉重伤感，忙着张罗繁杂的丧事。及至第二天把父亲送进火葬场，抬到炉膛口，我才突然惊惶起来，才感到父亲真的要走了，在这世界上，我将再也见不着父亲了。我俯下身，透过婆娑泪眼，努力端详父亲，也在此刻，我突然发现父亲原来这样可怜，而这可怜竟是我造成的。

记得，他很孤寂。妻告诉我，在我下班前，他老在门口徘徊，苦苦等候，口里喃喃自语："怎么还没回来？还没下班？"我一跨进门，他干皱的脸便绽开笑纹，张开空洞洞的口，笑得天真，竟像孩童的笑。他跟在我身后说话，他耳背，我只好大声回答。他问的话多，我的声调明显地不耐烦起来，心嫌父亲啰唆，忽略了对父亲风烛残年、老而孤寂的理解和抚慰。如今，他闭上眼，合上口，虽然子孙成群在他面前哭泣，呼天抢地，他却一句话也说不出了。可怜的父亲！

还记得，在他生日那天，我的女儿，他的孙女，回来庆贺祖父健康长寿，带回上海西餐厅的生日大蛋糕。他快乐地围着蛋糕转，并立时切下蛋糕，吃得津津有味，黏得满手满嘴白奶油，还连连说："好吃，好吃，好蛋糕！"真是返老还童了，妻笑着说："俗话说得好，一世老人，两世孩子嘛！"他饭量小，必须少吃多餐，我买些糕饼给

229

他当点心。但我没有舍得花钱买他爱吃的西餐厅的蛋糕，而是就近在小商店买些普通糕饼。他也并不怎样有胃口，只在夜里饿的时候，起来吃几口。有一天，他自言自语："这糕饼太粗，不好吃。"我并不在意，没有想到满足老人少有的食欲，去买父亲所喜欢的蛋糕。如今，他闭上眼，合上口，再也吃不下精美可口的蛋糕了。可怜的父亲！

我俯下身，轻轻抚摩父亲冰凉的头，一任泪水默默地涌流不止，模糊了眼镜，模糊了视线。从我懂事起，我从未有过今天这样伤心。泪水伴着我痛心的愧疚，伴着我无法挽回的后悔，无声地涌流不止。

炉膛口的铁板挪开了，敞开了一道入口。是上天堂，还是下地狱，都只有一道入口。何去何从，务必早作抉择，挨到临终，便身不由己了。父亲乃一介寒士，毕生诚实忠厚，与人为善，与世无争，他必将走向天堂，但并不因此而减轻我的愧疚与后悔。

父亲终于走了。我的后悔犹如块垒永远压在我的心头。上一代人是否也像我这样痛切地经历了一次后悔？也许经历了，但他们没有或是羞于告诉下一代人。其实，后悔是人性的复苏，是美丽的痛苦，是灵魂的升华，是一份宝贵的精神财富，应该传给下一代人，告诉他们自己心灵上经历的一次痛苦，好让他们避免或减少不必要的人生体验与忏悔。我决计把自己侍奉父亲的后悔，原原本本地告诉两个女儿，也告诉两个外孙女。人世间的荣辱浮沉炎凉皆为身外虚无之物，唯性灵之至美至善才是做人的真谛。传家无别物，传之以我的后悔，足矣。

（原载《散文天地》1997 年第 4 期、《南方周末》1997 年 7 月 25 日，收入福建省文学艺术界联合会编《福建文艺创作 60 年选·散文》，海峡文艺出版社 2009 年版）

见 到 母 亲

婴孩 7 个月时，我便不幸，我年仅 21 岁的母亲患病而逝。人们说，母爱是人世间最温暖最深厚的情感。可惜我对此毫无感知，却只有怀念，怀念我那永远陌生的生身母亲。看到一位剪着短发、面容姣好的母亲牵着她的孩子走在乡间小路上，我就想，我的母亲如若在世，也必定这样带我出门；看到邻家又端庄又柔顺的母亲依在门框等待她放学的孩子归来，我也想，我的母亲如若在世，每天傍晚肯定煮好我最爱吃的饭菜，然后站在路口接我放学归来。但在一年 365 天的日日夜夜，我没有母亲。夜里，我梦见我的母亲捧起我的小脸，舔干我的汪汪泪水。醒来，看见我还在啜泣，我的姑妈也泪眼汪汪地一把把我揽到怀里，口里喃喃感喟："可怜的孩子！可怜的孩子！"

后来，父亲续了房，我终于有了一位后妈。她秉承起一个母亲的天职，关怀我的饮食起居，在我生病发烧的时候也一刻不离地守着孱弱的我。她后来生下了我的两个弟弟三个妹妹。我仍然怀念为我怀胎 10 个月、为我哺育 7 个月的母亲。我才 10 岁，就常到母亲墓前徘徊。那是故乡村庄后的一座小山，小山脚下一个荒凉的小墓包。我的母亲寂寞呵，一个人在那偏僻的山坡下。母亲花一样的青春妙龄，却长年累月地冷落在荒山野岭。我迁怒父亲，恨他无情无义，忘了母亲，另娶新欢。大白天，我仿佛又见母亲对我招手，我奔赴母亲怀抱中。每当此刻，我便生闷气，孤独几天都不搭理父亲，有时愤愤责问父亲，母亲到底得了什么病？你干吗去了，为什么不送她看医生？

秋分时节，我又独自走向母亲墓前。秋风飒飒，满山的树木，满山的衰草。我跪在墓前，扒开乱草朽木，分明再现"刘阿妹之墓"墓碑。心酸酸，泪汪汪，我低声呼唤：妈妈，离开荒山野岭，我们回家吧！

在我三番五次的催促下，父亲动心了，决定请母亲回家，回到我曾祖父母、祖父母、伯父母他们聚居的大墓地。那天，阳光和煦，小鸟啁啾。父亲同我一道，荷锄抬瓮，为母亲收拾尸骨。母亲，您的肌肤依然洁白透亮，一如遗传给我一样的肤色？母亲，您的眼睛依然饱含忧伤，一如遗传给我一样的眼神？我以母亲给我的臂力，奋然掘进，待到掀开枯朽的棺盖，我才第一次见到我亲爱的母亲———一具骸髅！掀开棺盖，见到骸髅，谁都会毛骨悚然，而此时此刻我没有胆怯，没有惧怕。我俯下身子，双手抖抖索索地捧起母亲的头骨，泪水夺眶而出。睁着模糊的泪眼，我极力辨认和想象母亲生前的容颜。可是什么也看不出，唯一使我惊讶和慰藉的是在母亲的头骨下，意外地发现一颗门牙锈迹斑斑。父亲说这是金属镶牙。母亲，您把这颗珍贵的门牙也遗传给我了，如今，我的门牙也一样残缺。一颗门牙，我找到了血脉相连的象征。我终于见到母亲了，终于能亲自把母亲请回家了。我顿消悲痛，手脚麻利地把母亲的尸骨，从头到脚，一根根，小心翼翼地用红纸包裹，一层层地叠进瓮里，和父亲一起，一路步履轻快地抬回祖墓。乡亲驻足问："谁的骸骨？"我总抢先回答："我的母亲，我见到母亲了！"

（原载《福建文学》1998年第1期）

寻访严复先生

暑假期间，偌大的北大校园里显得有些空旷，弯来绕去的校园小道上，行人不多。放眼之处，便是深幽清静的楼宇房舍，枝繁叶茂的花草林木。

自幼失学的我，第一次跨进北大校园，犹如突然闯入陌生、神秘的圣殿，心向往之而又诚惶诚恐，其复杂的心情难以言表。偶尔，从未名湖畔走来一队夏令营的中学生，欢呼雀跃，脸上泛着幸福的光泽，他们正憧憬着三五年后成为中国最高学府的天之骄子。这时，我心里油然而生一种亲切感，开始一处处地参观中外近代人文胜迹。蔡元培、李大钊甚至塞万提斯的铜像瞻仰过后，我猛然记起今年5月3日《光明日报》载，在北大百年庆典之时，严复铜像落成揭幕。作为严复故乡福州阳岐严氏家族女婿的我，理应趁此次北大之行虔诚地拜谒严复铜像。

迎面而来的是一对学子模样的青年男女，我即趋步上前问："两位，请问严复铜像坐落在哪里？"他们频频摇头，连声说："对不起。"尔后，温和地微笑着离开了。我心里泛起一丝疑惑，严复是我国近代史上杰出的启蒙思想家、翻译家和教育家，只要是知识青年或稍懂历史的人，谁人不知？这两位青年男女温文尔雅，必定是大学生无疑，怎么竟然不知严复？于是，车子转到李大钊塑像坐落的小公园前，旁边石椅上一位架着眼镜的学子书卷在手，正埋头阅读。我寻问

233

他，他竟也不知。我怏怏地离开，回首一瞥，只见他依然埋头读书。也许，这位学子太专注了，只知道他手中书卷的世界，而那世界中却无严老先生的《天演论》，更无严老先生铜像坐落的一席之地。

　　我不相信，在北大百年庆典中落成揭幕的严复铜像，校园中竟无人知晓。在一幢楼房前，我们见有电脑排版室的牌子，大门敞开，电脑前两位女同志正忙于操作，心想这里是办事机构，这下可能问到家了。于是，我进门打问，前面的一位停下敲打键盘的手，迟疑片刻道："严复？我们北大没有这个人吧？"她转头问后面的同事，那人看上去年纪30多岁，一双发亮的眼睛，一脸清秀。她扑闪着眼睛反问："严复，他住在哪里？"站在一旁同行的方先生哑然失笑，我心中则涌起一阵悲哀，像回答她们，又像唏嘘自语："严复早已作古，他是你们北大的第一任校长。我们来自他的故乡，千里拜谒他的铜像。"顿时，两位女子羞赧满面，连连说明在这里工作十多年，但对北大的历史不甚了解，也没听说严复这位人物。对她们的诚实与歉意，我还有什么话说呢？

　　在北大校园中，难道真的寻访不到严复？我记得，在清光绪二十四年四月二十三日（1898年6月11日），光绪皇帝下诏《明定国是》，支持康、梁"维新变法"。为了"以期人才辈出，共济时艰"，变法的重要内容之一是兴办学校，诏书明令"京师大学堂为各行省之倡，尤应首先举办"。后来"百日维新"失败，唯一准予保留下来的便是创办京师大学堂。1912年2月25日，严复出任京师大学堂总监督。5月1日改称北京大学，5月3日正式任命严复为校长，并制定教育方针："以圣贤义理之学，植其根本；又须博采西学之切于时务者。"这虽然带有"中学为体，西学为用"的洋务派色彩，但较之封建科举教育制度，毕竟很具有时代特征，能从时务出发，深入学习西方文化，会通中西，不再只是单纯地学习西方语言文学及船坚炮利的科学技术了。应该公允地评价：严复为北京大学的创办、发展和改革倾注了心血，在艰苦创业阶段做出了贡献。在北大百年庆典时落成的严复铜像，是对他的功绩最佳的缅怀和纪念。

我们仍不死心，心里一遍遍呼唤："严校长，您在哪里？"

我们来到未名湖南岸，绿树掩映的小楼前，只见一位老太太正和几位白发苍苍的老先生握手送别。同行的方先生眼尖，判定这位老太太或许是北大教授，正好问她。客人已走远，老太太转身与我们打个照面。眼前的老太太剪着短发，头发稀疏花白，眉宇间却隐隐透着一股灵性，一望便知是一位很有学问有修养的知识女性。待我请教后，她迅即反应道："严复？不！我们的严校长！他的铜像供在新图书馆。校庆时，严校长老家还来过人呢！"她说得那么欢快，那么亲切，似乎严校长还曾参加过盛大的校庆，踏足未名湖畔，音容笑貌还留在北大人的心中。我眼前豁然开朗，一片蓝天，一道阳光，一行柳树，一池荷花，一切都鲜活明亮起来，衬托着北大校园的无限生机，一派风光。

由李嘉诚捐资 1000 万美元新建的北大图书馆气宇轩昂、雄伟壮观，总面积达 2.6 万平方米。由于内部整修未毕，尚未对外开放，我们说明来意后，管理人员破例让我们入馆参观。踏着花岗岩、大理石和火烧石铺就的地面，我们步入右侧大厅。啊！严复先生铜像出现在眼前，我大步趋前，抚摩、端详。

感谢北大福州校友会的捐赠，感谢厦门大学李维祀教授的精心设计。在我的印象中，在我家现存的照片中，严复先生总是哲人老者的形象。而眼前严复先生的铜像，一反常例，体现了他英姿勃发、风流倜傥的青年时代风貌。实际上，严复先生出任北大第一任校长时已经58 岁，李教授设计的活脱脱是留学英伦、中兴祖国的一代人杰，足见其良苦用心矣。

（原载《中国教育报》1998 年 11 月 17 日）

我在台北乘公交车

炎夏 8 月，我在台北，曾多次搭乘公交车，所见所闻，录之聊作茶余饭后谈资。

我下榻的康华饭店门前即有车站。头天晚上，我独自一人，怀揣硬币，走向车站。站台并不豪华，但有一排整洁的靠背长椅。等车的人不多，不到两三分钟，前往新店的公交车徐徐停下。上下车似乎只有一道门，先下后上。没有人抢步，都很客气，依次上车。我到台北之前，妻已先我赴台探亲。一次，她见公交车靠站，无意间习惯地趋前两步，超越人群，正欲上车，忽然身后一位先生轻声提示："小姐，请按秩序上车。"妻怔了一下，回顾身后，只见人们平静地排队，顿感失礼，窘得满面飞红，连忙退至队尾。今我亲历，果然如妻所述。

我所到的七张站有两段路，每段 15 元台币，我"咣当咣当"地投进 30 元，找个座位坐下。公交车在灿烂的夜色中平稳地前进，大道两旁霓虹灯光五彩变幻，招商的店牌和温馨的广告，使我目不暇接，眼花缭乱。灯光与夜色浑然迷离，闪烁着台北的无限陌生与神秘。

看看走了好几站，也不知快到站了没有，遗憾的是车上没有报站的装置，要在哪站下车，全凭乘客自己认路。这对于外乡人多有不便，茫茫然唯恐过站。我惴惴不安，收敛好奇心，离座走向司机："师傅，我要在七张站下车，到时请指点，谢谢！"司机转脸瞥我一眼,答:"好的。你不是台北人?""我来自福建。""大陆的?哦!请坐请坐,到站叫你,不误事。"我刚回到座位,后座的一位老妇人,悄悄探问我:"你是大陆来的?大陆民众现在生活好起来了吧?"我告诉她,大陆改革开放,今非昔比,过上小康的日子了。老妇人直点头:"那好!那好!"那绽开的笑纹,那欣慰的眼神,就像听到长久惦念心头的远方亲人捎来的喜讯。我请她找个机会,到大陆旅游观光,毕竟百闻不如一见嘛。她高兴起来,话也多了,干脆挪位坐到我旁边,问我许多大陆的事,关切之情形于色。这时,司机叫道:"先生,七张站就在前方,准备下车。"老妇人也惊呼起来:"哎呀,光顾讲话,差点过站,七张站就在前头,走好呀!"也许是乘客不多的缘故,车厢显得宽敞整洁,给人舒适之感。我离座起身,一车的乘客,目光都投向我,那目光饱含诚挚的微笑,有的乘客还颔首致意。刚踏上台北土地,第一夜的公交车之旅,遇上这么友善的同胞,心中不禁感慨万千。

后来几天,我又频频乘车外出。在大陆的某些城市,乘车逃票者似乎并不羞耻。无怪乎报纸上曾做过难堪而无奈的报道。改为无人售票后,乘客上车投币,司机则双目紧紧盯住投币口,投币口通常还搁着一杆竹条,司机握着方向盘的手同时还要腾出来,拿起竹条把钱币拨下入口。即使司机这样手眼并用,还是有人似入无人之境,不投一币,急急挤过通道,径直走向汽车后厢,司机只好大声咋呼:"喂,喂,没投币的到前面来补交!"更有甚者,我见到两三个小青年违反规定,从下车的后门挤上,并无投币之意,司机先是大喊"前门上车",继之是"上车的到前面投币",他们相视嬉笑,充耳不闻,过了三四站后,嘻嘻哈哈跳下车,扬长而去。所以,对于台北上车投币,我早就有意留神观察。

我每每坐在前排,注目每一位上车的男女老少。他们上车,侧身投币箱,"咣当咣当"地投币,而后从容地向后走。没有犹豫的神色，没有慌张的表情。上车投币，就像掏钱采购生活必需品一样，遵守社会生活的每一条经济法则，正常运行。司机全神贯注地开车，没人监督你投多少。我暗自思忖：难道没有一个私心重的人，上车不投或少投？就这疑问，我请教过在台湾几十年的二哥，他不假思索地回答：谁做这种没脸皮的事！

我由衷歆慕台北人上车自觉投币这一文明风尚，而他们的另一文明风尚是让座。

乘客上车依然不慌不忙，井然有序，每遇妇女幼童，立即有人让座。在我们的生活中，对"让座"颂扬了几十年，但乘车时仍有让人非常尴尬的场景：怀抱孩童的妇女吃力地颠来晃去，座椅上的年轻人却跷着二郎腿，旁若无人。因此，在台北 10 日，每天乘公交车，我都特意观察让座现象。我真真切切地发现，每一位需要帮助的乘客，确乎都心怀感激地坐上了别人让出的座位，而且总不忘回报一声真诚的"谢谢"。就连我这样不算老的老人，一次在重庆南路上车，马上就有一位年轻女子让出座位，而我实在不忍心让一位女性站立而谦让了好一阵。

在台北乘公交车很方便，不误时。公交车行驶在划定的公交车道上，其他任何车辆不得抢道，以保证公交车畅行无阻。公交车线路多，纵横交错，四通八达，哪里都可到达。所以公交车很受台北民众欢迎，尤其是上学的学生和上班的公务员、职员大多乘坐公交车，可准时上学上班。这种为广大民众着想的交通思路，值得首肯。台北有许多私家车，但日常外出，很多人宁愿放弃小车而搭乘公交车，因为小车时遇堵塞，进退两难，误工误事急出一身汗。而且小车停靠的泊位收费通常每小时数百元，找朋友或办事，一天下来，付出一两千元停车费是常有的事。台北地下停车场虽然不少，但远远满足不了停靠的需要，往往在街道两边画出停车线，停泊的小车一长溜，远远看去，像甲壳虫一只接一只，形成台北街市的一道奇异的风景线。

我还留意到这里的民众自觉遵守社会公德的方方面面。诸如机关、公司、商店等，备有饮水机及一次性口杯，从来未有人为损坏。公厕清洁得发亮，芬芳弥漫，质地良好的卫生纸任你取用，而这一切全都免费。步入偌大的公园，清新整洁，纤尘不染，地上连一片纸屑也不见。花木愈加扶疏，绿草愈见碧青，人人维护、人人享受这美好的自然环境。我还亲历一件让我惊羡的事：那天下雨，我们逛百货大楼，湿淋淋的雨伞不便携带进楼，于是各自放在大门口的伞架上。我心里不安起来：等一会儿出来，这伞不会被别人"借用"了？也不知转悠了多久才下到门口，而我们的伞依然平静如故地搁在架子上。二哥笑道："还没听说丢失雨伞的事呢。"

我不厌其烦地叙说上车、投币、让座以及商店、公园、公厕等公共场所的见闻，确是小事一桩，然而又绝非小事。公民的素质、社会的文明所关乎之道理不言自明，我愿与读者诸君共勉。

（原载《福州晚报》1999 年 2 月 3 日）

世纪的遗憾

——怀念文学大师冰心

　　与往日一样，带着平静的心情，一早踏进办公室，正准备开始新的一天的工作，不料同事却低沉地告诉我，冰心昨晚21时去世了。震惊的瞬间，心潮翻滚，我不相信自己的耳朵，我原本期望冰心安然无恙地跨过世纪的门槛。我的期望不是子虚乌有的幻想。冰心曾在八秩高龄时著文宣布："生命从80岁开始。""孔子说'不知老之将至'，我是'无知'到不知老之已至的地步!"而不久前，萧乾九十华诞，冰心发来贺电相约："不知你有没有信心和我拉着手一起进入新世纪。"真是人生苦短，像冰心这样满怀信心跨越21世纪的文学巨星，却在21世纪的曙光熹微之时陨落了。这不能不说是世纪的遗憾。

　　作为文学爱好者和习作者，我自幼诵读冰心的作品。她的《繁星》在我心中闪耀，她的《春水》在我心中荡漾，而《寄小读者》更让我对人生充满奇丽的憧憬与朦胧的关爱。冰心成了我心目中尊崇的偶像之一。乃至后来，我加入中国民主促进会，就起因于冰心是民进中央领导人的缘故。有时遇到不了解情况的人，我必骄傲地告知"我参加的是冰心为名誉主席的中国民主促进会"。1984年，我第一次进京，头一件事就是拜会心仪已久的冰心。在中国社会科学院文学研究所研究员、冰心研究专家卓如的安排下，我受到了冰心的接见。其时，她不但患过脑血栓，而且为了给一个儿童让路，一个趔趄，摔了一跤，胯骨骨折。出现在我面前的冰心，搅动我万千思绪。我在

《拜会冰心》的拙文中，有一段这样的记叙："一张多么熟悉的脸，眉宇间透着睿智，目光里饱含着对于儿童、对于人间的万般慈爱。这时，她拄着一支暗黄色的手杖，迈开右腿，又迈开左腿，单薄的身子随着微微颤动，向一侧倾斜。霎时间，我的心猛地颤动一下，但立刻就平静下来，因为我真切地看见，她又稳健地迈开了新的步伐。"

卓如告诉我：本来因为病，遵照医嘱，谢绝来访，但一听说是家乡福州的来访者，她破例欣然答应。卓如指着桌上的一盘茯苓夹饼，说是冰心特为家乡客人准备的宫廷糕点。冰心一边端起夹饼让我品尝，一边如数家珍地说："北京吃的都赶不上我们家乡，单是水果，我们那儿一年四季吃不完，3月枇杷，6月荔枝，8月龙眼，10月福橘，还有一种叫黄皮果的吧，核大，皮薄，酸酸甜甜，好吃呢。"讲起家乡，她兴致勃勃，话题多起来了。卓如原先约定会见半小时，冰心却沉浸在浓浓的乡情中，与我们娓娓叙谈，关于家乡父老乡亲的生活，关于家乡的山清水秀滋养一方人才，关于严复、林则徐、林觉民，关于福州南后街杨桥巷口万兴桶石店后的故居……

第二年，我着手编写《绿的歌——福建散文作家作品选介》，首先想到冰心，当然把她列在卷首，收录她的新作《绿的歌》和《我的故乡》。于是，我冒昧地致信，请她题签。信发出后，我心里忐忑不安：冰心85岁高龄，而且患病在身，我竟然好意思劳驾她为我的这本小书题写书名？这么惴惴然十多天，我收到卓如的信，打开一看，是冰心的题签，字迹娟秀飘逸，饱含着一股悬腕挥毫的力度。我立刻意识到，这不是普通的应酬题写。我把它视为珍宝，因为它凝聚着前辈文学大师对家乡晚辈的扶持，我分明看见，冰心对我们的殷殷期许、切切鼓励之情，在一纸题签上漾开、漾开……

一个时期以来，我时时担忧着冰心的健康，也注意阅读冰心的新作。她在晚年写了大量直面现实的作品，与早期的作品在内容上虽然不同，但同样表现"爱"之主题，爱祖国，爱人民。这些丰富的晚年作品，形成一道奇特的文学景观，焕发出圣洁的冰心文学精神。而今，人生毕竟无奈，生老病死，自然规律，冰心终于仙逝，这无疑是巨大的损失。但她留下了洋洋 400 万言 8 卷本的《冰心全集》，冰心现象得以流传后世，冰心精神得以发扬光大。

（原载《闽教书讯》1999 年 4 月 15 日）

高原如歌

　　那晚，在成都，一曲《青藏高原》，把我深深震撼了。歌者亭亭玉立，秀丽端庄，是一位来自东北的一望便令人敬重的知识女性。她说，明天就要进山了，特为我们献上这首歌。一如青藏高原，这首歌的旋律出奇地清越、高远，格外地空灵、渺茫，我独自沉浸在那旷远而苍凉的歌声里，一任那歌声所颤动的博大、神秘、丰富悄悄净化我的心灵。

243

　　那晚，我久久不能入眠，耳边回荡着无言的歌，回荡着远古的呼唤。我追寻着美妙有如天籁的音律，穿越市井的喧嚣、都市的灯红酒绿，排遣遭遇挫折的忧愤、失意和孤独，让喘息的灵魂快快栖息在遥远的青藏高原，那里有终年的积雪、冷井、喇嘛寺和寒夜的星？还有长满青苔的生命？

　　翌日，溯岷江而上，夜宿茂县。旅游车紧紧贴着山崖蛇行，峭壁下是千百米深的河谷，望而发怵，心发颤，腿发软。时而遇上坦途，心平气和之中，依窗眺望，但见一座座山川相连，阳光下雪峰好不亮丽。及至第三天登临海拔 4200 米高的雪梁山，大家兴奋，满山踩雪。导游小姐扔来一团雪球，往我后脖炸开，冰冷冰冷的，但我心里却留下一脉雪山的暖意。不是吗？沐浴着海峡咸湿的风长大的我，居然在花甲之年登上了雪线之上的皑皑雪峰！平生第一次来到雪域，看到发亮的雪峰，看到绵亘的山川，看到一落千丈的峡谷，看到洁白吉祥的哈达、猎猎作响的五彩经幡，以及水磨坊永不停歇的转经筒，我仿佛突然感悟到青藏高原悠悠万年，地老天荒，蕴藏着一种看不见的力量，这力量极其神奇，威慑世间万物，昭示真善美，超度假恶丑，荡涤自私、卑劣、欺诈和奸佞。

　　不知为何，在气喘吁吁地攀上黄龙五彩池，在静悄悄地步入层林尽染、万山红遍的九寨沟，惊叹一幅幅绝世奇观时，我心中又回荡起高亢辽远的《青藏高原》。而当我深入原始森林，探足松软的林间小道时，忽然从密林深处飘出《青藏高原》，声调依然清亮辽阔，只是由于森林的烘托，辽阔中带深厚，清亮中显淳朴。莫非是同行的东北女一时雅兴，又引吭高歌？疑惑之际，只见一位藏族少女，牵着一匹枣红马，马上坐着游客，晃晃悠悠地走出来。少女一边走，一边若无其事而又略有所思地唱着："是谁日夜遥望着蓝天/是谁渴望永久的梦幻/难道说还有赞美的歌/还是那仿佛不能改变的庄严/哦，我看见一座座山一座座山川/一座座山川相连/呀拉索/那就是青藏高原/呀拉索/那就是青藏高原。"我驻足凝神聆听，注目少女从面前走过。与普通藏族少女一样，她身着青布衣袍，高原阳光在她两颊烧灼了鲜明的一对红晕。藏族是一个能歌善舞的民族，这在昨晚的篝火晚会上，我已深为感佩。这首具有浓郁藏乐风格的歌，是音乐家张千一谱曲、由歌手李娜演唱而后流行起来的。不想，一位高原乡野村姑，竟把这首《青藏高原》唱得如此轻巧流畅，又如此摄魂动魄。于是，我看见了纯净的天空飘着一颗纯净的心。于是，我这颗被尘俗污染的心被过滤被清洗了，犹如这九寨长海一样平静、清澈，犹如这高原圣境一样纤尘不染。一曲终了，我还无法驱遣那份超乎想象的感动，痴痴地目送她消失在密林之中，低头吟哦那缭绕林间不绝如缕的余音。

　　高原归来，我还来不及卸去一身劳顿，匆匆赶到音像店，买回了《青藏高原》的影碟。于是这支有着浓郁藏乐风格的歌一遍又一遍地在我心间飞扬起来——"是谁带来远古的呼唤/是谁留下千年的祈盼/

难道说还有无言的歌/还是那久久不能忘怀的眷恋/哦，我看见一座座山一座座山川/一座座山川相连/呀拉索/那可是青藏高原/呀拉索/那就是青藏高原……"

（原载《文汇报》2000年2月4日，收入高长梅主编《名家名篇进校园》，花山文艺出版社2013年版）

花 开 花 落

——生命终极探笔

老是抹不掉的画面：一头乱发，像一蓬秋天的野草，枯黄，斑白，干涩；一双眼睛一片浑浊，一片迷蒙，似呆凝，似困惑，黯然得失却生命的亮度；一泡眼睑是皱巴巴的小肉袋。吃力地勾着头，似乎支撑不住，老往下耷拉。驼着背，步履蹒跚……

在早晨的公园，在傍晚的路边，在民居的门前，在冬日的阳光下，一幅又一幅老妪的画面，形成叠影，闪现在脑际，永远抹不掉。每当老妪出现时，我极力搜寻她昔日的光芒，依稀感觉她脸庞秀气，眼睛、鼻子、嘴唇恰到好处，想象她青春妙龄之时，必定出落得天仙一般，招惹得蜂蝶纷飞。可是经过漫漫几十年的时光侵蚀，居然腐朽得不堪入目。人生啊，真是一场炼狱，非得把青春美少女折磨成颤巍巍的老太婆不可。看那西湖花园，鲜花开放，艳丽无比，煞是可爱，谁经过都要驻足欣赏，流连忘返。可是细心的人却发现，花儿一天一个样，直至发黄、枯萎、衰落，谁也不屑一顾了。真是人生一世，花开花落，终归凋零。

偶尔邂逅一位中年女士，惊疑她居然不从业，悠闲自在。她却讲起一段缘故：一日黄昏，她在二楼窗前，真真切切看见一位她认识的老妪从窗下经过，形容枯槁，步履艰难。她猛然记起小时候，听妈妈说过，那位姨妈年轻时是远近街坊一枝花，对身边众多的追求者不理不睬。这位当年高傲的白雪公主，随着时光流逝到现在，一截朽木而已，谁顾怜？女士感慨不已，她说：我年过不惑，青春已逝，才不那么傻呢，整天忙忙碌碌奔走，去填那永远不满足的欲壑，赶快享受生活吧，先生！

我不免困惑起来。

她虽过不惑，风韵犹存，但远不及青春少女那样靓丽夺目。可以想象，再过一二十年时光的残酷剥蚀，她将完全是一个老太婆了。纵然有怜香惜玉的心肠，也无法挽回她那逝去的艳丽。她恐惧未来，每日每日，力图让时光快乐起来，享受每一天。这是一种活法一种观念。但我不知道她怎样度过每一天。每个人都得面对现实。你要为温饱而劳作，你要生儿育女，甚至面对柴米油盐的烦琐家务，面对生活中太多太多的无奈，面对一地鸡毛，一筹莫展，怎一个"愁"字了得，你怎样快乐起来，又怎样享受每一天？

我欣赏两位年轻人。一位是苦读寒窗18年的博士后。在他的生活中，除了读书看报，还是看报读书。什么是人生的享受？埋头做学问。他不慕别人美轮美奂的住宅，而安于四壁剥落阴暗潮湿的陋室。与妻女上街，他一头躲到书店几个小时，让三岁小女儿满街找满街哭："爸爸丢了！爸爸丢了！"另一位呢？用流行的语言来说，是"新新人类"吧。正值一生中最灿烂的年华，又有一个让人羡慕的职业，体面地上班。上班专心地工作，博得上司和同事的好评。下班后，一头扎进霓彩灯下的蹦迪场，一任鼓乐雷动，尽情陶醉。散场后倒头便睡到天明。逛街，买衣服，买小玩意儿；上山览胜，下水嬉戏。什么是忧愁？她不知道，也无须去理会。两个年轻人，各有志趣，各有活法。社会发展到今天，生活方式的选择应该是多元的。追逐时尚或拒绝时尚，淡泊一点，出世一点，前卫一点，"另类"一点，都是个性的张扬，无可厚非，是各人自己的权利，这也体现了国民的自我完善，社会的开明进步。

记不清哪位哲人说过：完满的人生应该包含奋斗与享受。细细思量，似乎悟出其中的哲理。别管他人是奋斗，还是享受，抑或二者兼之，走向完满，只想想，父亲母亲让自己来到人世间走一趟不容易，该奋斗还要奋斗，该享受就要享受，充实每一天，享受每一天。

（原载《福州晚报》2000 年 12 月 4 日、《海内外文学家企业家报》2000 年 12 月 20 日）

天生喜欢滑滑梯（外一篇）

舒舒喜欢滑滑梯。

每晚都吵着带她上西湖公园。一进公园，那双小脚丫轻快点地，笃笃笃，一眨眼就跑出老远，没入朦胧夜色中。我迈开不甚灵活的双腿，紧紧追赶，气喘吁吁，好不容易追到了滑梯下。只见她小手攀，小脚蹬，唰唰，蹿上了梯顶平台，然后得意地灿烂一笑，招招手，一屁股坐下，哧溜溜滑下来，滚到了沙坑上，但还未站稳，又唰唰攀缘而上，开始了第二轮滑梯游戏。

如此周而复始，上上下下，没完没了。看她小脸蛋红扑扑，额头汗涔涔，却不知疲倦。好说歹说，连哄带骗，才拖她回家。

临睡前，终于安静下来了，问她为什么这么喜欢滑滑梯，她眨眨眼，故作神秘地告诉我："因为——我是从妈妈大肚子里滑出来的，所以——天生喜欢滑滑梯！"

宝宝在睡梦中哭泣

幼儿园放暑假了。

舒舒在家睡觉、吃饭、看动画片，要不，就掏出彩笔画起太阳、森林、木屋、熊猫什么的。天天都这样，烦死啦！

昨天，楼上的小毛邀请她去他家玩电动小汽车，还搬出大本小本的图画书。小毛真好，教她开着汽车满客厅横冲直撞，累了，又翻开图画书，一幅一幅地讲那神秘的星空故事……

小伙伴在一起好开心，时时飘出一串串银铃般的笑声。

不知过了多久，爸爸出现在门口："玩了大半天，该回家吃午饭了。"舒舒还兴奋地沉浸在伙伴的嬉戏之中，大声嚷嚷："不回去！不回去！"爸爸细声软语地讲呀哄呀，她都不听，依然和小毛扭成一团，笑嘻嘻的。爸爸只好走了。

妈妈出现在门口，那脸板得好吓人，上前一扯，逮住舒舒手臂，啪！啪！舒舒白嫩嫩的小脸蛋上，立时出现五指红晕。"哇——"哭得好伤心，舒舒被拽出门外。

夜里，舒舒泪痕斑斑地醒过来了，妈妈心疼地把她搂在怀里，问："宝宝，干吗哭？宝宝，别哭，妈妈在哩！"

舒舒哽咽着说："妈妈……你也像外公外婆那样，不骂我……不打我……"

妈妈眼睛湿润了，轻轻地拍着宝宝肩背，把她搂得更紧了。

（原载《福建幼儿教育》2001 年第 9 期）

我的皮肤为什么这么黑（外二篇）

今天，舒舒好快乐，因为外公外婆带她到江滨公园，一会儿荡秋千，一会儿攀木梯，还到江边沙滩上，追着笑嘻嘻的浪花，捉那小小的螃蟹，拾那五颜六色的贝壳……

回家的时候，舒舒浑身是汗，一下子蹿进卫生间，让外婆帮她冲凉。她先在浴缸里洗呀泡呀，忽然，她发现什么似的，从水里站起来，一把抢过喷头，大叫："外婆！我要淋浴！你看，在浴缸里洗了半天，皮肤还黑还脏，然然表姐的皮肤又白又干净，肯定是淋浴出来的。"

外婆笑而不语，看着舒舒在小肚皮上摩挲一阵，淋浴一阵，又移到膝盖上，边擦边淋。怎么，这膝盖比肚皮更黑更脏，擦不掉，也淋不干净？舒舒仰起小脸求外婆帮助，外婆不接喷头："好了好了，都干净了。"

"那为什么还黑还脏？"

"妈妈生下你的时候，就是这么黑，不是脏。"

"坏妈妈！坏妈妈！"

"那你不要这个妈妈了吧！"

"可是，谁叫她是我妈妈呀，我怎么能不要呢！"

白雪公主

舒舒提着白雪公主奶油蛋糕。一溜柜台，就数这块最可爱。舒舒连连感谢带她上街的外公："好外公，好外公，外公第一好！"

出路口，飘来幽幽的琴声，舒舒看见市场一块地上围着不少爷爷、叔叔、阿姨，也有和自己一样的幼儿园小朋友，一位白发爷爷坐在场地当中地上，心事重重地拉着胡琴，身边一个小姐姐，那一头乱发，好像秋天的路边野草。她带着沙哑的童声在唱歌，那是舒舒听过的一首歌："世上只有妈妈好，没妈的孩子像根草……"

舒舒揪紧外公的手，和别人一样，站着不动，静静地听小姐姐唱歌。一个阿姨递上一张钞票，走了。一个小朋友送上一包牛奶，走了……

外公发现，舒舒眼圈红红的，噙着泪水，便掏出手帕，替她抹干，牵她离开人群，舒舒却脱开外公的手，径自走进圈内，把白雪公主奶油蛋糕送到小姐姐面前，小姐姐瞪大惊异的眼睛，犹豫着，不敢接。

舒舒拉着小姐姐的手，轻轻地把蛋糕送上，问："姐姐，你上幼儿园大班吧？我才上小班呢。"

早晨刷牙的时候

舒舒一早醒来，悄无声息地溜下床，先上卫生间，然后刷牙，喝盐开水。在准备吃早饭前，她看了钟，走到床前把妈妈摇醒："妈妈，都七点半了，快起床，你今天不是要带我去学小提琴吗？"妈妈一看表，一骨碌起床，一阵匆匆忙忙后，就要吃早饭，舒舒出其不意地拿下妈妈的筷子："你忘了刷牙，妈妈！"

"乖宝宝，妈妈睡过头，来不及了，今天我先用漱口水代替刷牙吧。"

"用漱口水也不行，要刷牙，这是你教我的。"

"对！妈妈教你从小养成卫生习惯，早晚刷牙，可是有时候大人也有特殊情况，比如今天，你上提琴课的时间快到了……"

"不可以，不可以，妈妈你要做榜样。要不然，我以后也不刷牙了！"

妈妈愣住了，转身抽出牙膏牙刷。

舒舒笑得多得意。

（原载《福建幼儿教育》2001年第10期）

冰心两度回榕

　　著名女作家冰心于 1900 年 10 月 5 日出生在福州城内隆普营，但 7 个月后就离开了出生地，直到 1911 年才从山东烟台返回故乡。经历波涛汹涌的海洋而转到自在安闲的闽江，她初见温柔恬淡的江水，眼界为之一新，心情顿感愉快。父母之邦是这么美丽可爱，她的吟兴油然而生，写下几行诗句：

254

> 清晓的江头，
> 白雾蒙蒙；
> 是江南天气，
> 雨儿来了——
> 我只知道有
> 蔚蓝的海，
> 却原来还有
> 碧绿的江。
> 这是我父母
> 之乡！

　　这几行语句清新淡雅，言近意远，既充满着童稚天真的灵感和意态，又画出一幅春江清晓的山水画。作者对父母之邦的无限热爱，跃然纸上。冰心在髫龄之时，就能写出如此清脆可诵的白话诗，令人赞叹！

冰心回榕后，住在福州城内南后街杨桥巷口万兴桶石店后一座大房子里。她的曾祖父谢以达原是长乐县横岭乡的一个贫农，因为天灾，逃到了福州城里学做裁缝。所以祖父谢子修是谢家第一个读书识字的人，当时在城内道南祠授徒为业。冰心12岁考上开设在城内花巷一所旧家宅第内的福州女子师范学校预科读书。在一个清静的夜晚，祖父感慨自己贫苦家世，对孙女意味深长地说："你是我们家第一个正式上学读书的女孩子，一定要好好地读呵。"冰心在这所学堂只读了三个学期，又随父迁往北京。

冰心第二次回榕，是在1955年11月中旬，从北京陆路回来，一路风尘仆仆，却不忘作家的职责，沿途描写了闽山闽水无限瑰丽的风光，为我们留下了清新隽永的优美散文《从北京到福州》。冰心是这样描写家乡福州城的："进到福州市，正是微雨初晴，从前的灰色的城墙不见了，贯穿城内的河道也不见了，仄仄的石板路也不见了。眼前涌现的却是宽阔的马路，高大的楼房，整齐的商店……福州本是个有山有水有温泉的城市，而且是四季绿叶不落，繁花不断……福州是一座花园。"这段描写，字里行间充满着作家对故乡新貌的热烈赞颂，充满着远离家乡的儿女对这座花园城市的一往情深。

冰心不但对故乡的青山绿水充满爱恋，而且也特别关注故乡的民情风俗，尤其是翻身得解放的郊外劳动妇女，在作家眼前亮起一道可敬可爱的绚丽风景线。当她进入福州街市时，"惊喜地发现，满街来来往往的尽是些健美的农妇！她们皮肤白皙，乌黑的头发上插着三条刀刃般雪亮的银簪子，穿着青色的衣裤，赤着脚，袖口和裤腿都挽了起来。肩上挑的是菜篮、水桶……健步如飞，充满挥洒出解放了的妇女气派！这和我在山东看到的小脚女人跪在田里做活的情景，心理上的苦乐有天壤之别。"

当时，冰心是以人大代表的身份回闽视察的，回到榕城之后，很快就来到福州郊区后屿乡，到全国著名劳动模范郑依姆所在的农业合作社参观访问。那里的男女社员亲热地称呼她为谢姑姑。尤其是来到农民业余学校的时候，社员们欢呼："欢迎谢姑姑！欢迎谢姑姑！"把她团团围住。冰心感到非常高兴，和男女社员亲切攀谈。她详细地询问了当时农业社经营的印度蚕的生产情况。接着，她又一一了解农民业余学校的情况，如教师配备、课本种类、上课时间、教学方式、入学社员的年龄情况和男女比例等，并记入随身携带的本子，还鼓励社员努力学习文化，扫除文盲，迎接农业机械化。在场的农业合作社的干部、社员都为冰心关心农业生产发展和农民文化学习而深受感动。

冰心对故乡总是念念不忘，1955 年之后，写出了一组耳目一新的故乡系列散文，赞颂闽山闽水闽都人，讴歌家乡的建设新气象。1964 年，冰心计划第三次回闽，临走时接到国家任务，去了国外。此后冰心再也没有机会回到榕城，留下了永久的遗憾。但故乡并没有忘记自己的优秀女儿，故乡的父老兄弟姐妹始终想念着远在北京的冰心。

关于《生命绿》

郭 风

《生命绿》出版以后，得以比较集中地拜读任凤生同志的散文作品。我觉得自己对于他在散文艺术方面所取得的成就，以致潜藏于他的心灵内部的某种品质有了较深切的理解。读任凤生的散文作品，也许未必有一种才华横溢或且说才华出众之感，但人们在他的作品里，绝不可能看到令人厌倦的轻率、浮泛和有意卖弄的取巧。读他的作品时或能够隐约地感受到作家对于周围事物、对人生、对自然和生命乃至病苦有一种认真的思考；这种思考，出现在他的作品里，成为一种深沉的智慧和虔诚，具有一种亲切的感人力量。

我自己有一个想法，以为游记作品在一定程度上，似乎最能体现作家的功力、修养和个性；因而作家的游记作品（如果这位作家也涉足游记文学的话），往往是认识作家及其创作成就的镜子。在我国的五四时期以至中华人民共和国成立以后的文学创作中，人们可以从郁达夫、朱自清的游记作品中，从刘白羽、杨朔的游记作品中，真切地认识到他们的文学功力和个性、才智。基于我个人的这样认识，从《生命绿》所收录的若干记游作品来看，似乎可以从中感觉到任凤生同志独特的创作个性：即使写游记，也不是写某种一时的感受，而是依靠作家对于事物（哪怕是景色）的深沉的思考。我很喜欢《绍兴访圣》《山明水秀人杰》，这中间写绍兴、写富阳、写鲁迅和郁达夫，似乎都与作家平日的文化素养、思想特质有恒久的以致很早的联系，不是情感的一时勃发。作品中写乌篷船、咸亨酒店、三味书屋以及写富阳村间山水、古宅，表达一种对于先贤的崇敬、怀念之情，均显得朴实、沉郁、真挚。

任凤生在散文艺术创作方面的才能和智慧，是在作家对于人生和社会生活之虔诚的沉思中被开发出来的。有一些作品，例如《我心中的一座古屋》等，写童年时代在乡镇（小县城）所过的某种质朴、宁静生活以及对于普通人（如"侬俤嫂"这样的人物）的朴素心灵的眷恋和赞美；又例如《生命》《笔茧》中有关医院生活、"文革"生活的记述，有关生命、历史的思索，等等，充满一种朴素的哲理情趣，充满对于世情和人性之明智的审视和感悟，充满一种清淡的忧郁和疑虑，更充满信念、期许和达观，充满憧憬。我以为，如果这些一一能够成为任凤生同志的散文艺术的魅力的话，应该说，这都要得力于人生阅历给他带来的一种深沉的思考，得力于作家的宁静的性格，得力于他对于散文艺术的虔诚。

（原载《福建日报》1989 年 3 月 5 日）

我们的散文伙伴
——任凤生《生命绿》序

何 为

任凤生同志的散文集《生命绿》付梓前，约我写一篇序文之类，说起来已是去年的事了。今年春末回福州，凤生送来了他的集子，这是他精心编的一本散文集，他谦虚地说："只要翻翻。"我因经常杂事缠身，又恐有负于朋友的嘱托，以致迟迟未落笔。

我和凤生虽然交往不多，但有一段值得回忆的文字因缘。早在1977 年，"四人帮"覆灭不久，凤生和他的两位伙伴就以专论形式，评述我在封笔十年后连续发表的几篇散文，那是较早发表的对我的评论文章之一。

不仅如此。《中学生语文报》开辟的专栏"福建散文作家谱"，凤生既是热心的组织者，又是细心认真的编辑。他为许多散文同行撰写评介文章，我荣幸地再度被加以评述。而在福建的散文作者行列中，不断有人赶上来，其中一位便是凤生。

我有时想，凤生对我的了解，很可能胜过我对他的了解。只是在这几年，从几次开会和朋友们谈话中，在几次不同场合的接触中，我对他的了解才逐渐有所增进。人们对他的印象，一般只停留在文弱书生这个外观形象上：面色苍白，身体羸弱，举止文静，说话轻声细语，等等。其实他还有内在的一面。即使他体弱多病，生活待遇较差，却并不影响他对坎坷生活的顽强抗争以及对事业孜孜不倦的追求。这些都构成他性格中坚强的一面，也是不易为人所觉察所理解的一面。

是的，他是一个充满生命活力的人，正是这种活力给他带来办事的魄力。一个最明显的例子是，他苦心筹划的《中学生语文报》专栏"福建散文作家谱"，竟能汇编成集。这本多人散文集由冰心题签，刘再复作序，要求书籍有较高的装帧艺术，并以超乎寻常的出版周期与读者见面了。即此一端，便可看出凤生的活动能力。

凤生的散文创作以清秀明丽见长，收在这本散文集里的三辑文字中，虽然也有写景记游的篇章，但大部分作品都是写人，写普通人，写人的价值，写人的尊严和内心的美，文章都透着闪光的亮色。

他苦心经营文字，作品很富有散文韵味，文章内涵也较丰富。如《芥菜》《笔茧》等，文字质朴，感情真挚，读后亲切难忘。《绿叶》和《生命》等也写得清新动人，生机盎然，不少读者都很欣赏。类似这样的题材，他处理得较好，驾驭文字也较自然。其中有几篇游记，瑕瑜互见，似有进一步精思运笔之必要。

顺便说说，游记在散文领域中不易为之，我是深有所感的。如果作者不能在游程中有自己的发现，自己的感受，自己的审美观和认识的升华，这样的作品便失去了感染力，读者过目即忘。推而广之，如何赋予散文以艺术生命力，这也是我们从事散文创作的共同探索的课题。

这几年来，坊间通俗读物大有泛滥之势，严肃文学不免受其冲击，散文更是被冷落了。不少热心人发出不平之鸣，许多报刊也腾出篇幅来刊登散文，这种对严肃文学的推崇和介绍，努力为读者提供口味纯正的精神食粮的做法，是值得称道的。当然，散文不可能很快变得"热门"起来，何足介怀？散文自有其独立存在的地位和绵延不绝的生命价值。中国古代和现代文学史充分证明了这一点。文学工作者在默默笔耕中，常常是寂寞的。寂寞也是一种美。

何况我们并不寂寞。我们周围就有许多为散文事业做出贡献的伙伴，凤生便是我们中间忠实的一位。

1985 年 8 月

（收入任凤生《生命绿》，海峡文艺出版社 1988 年版）

诚实人的心声
——散文集《生命绿》读后序

俞元桂

近年偶见散文走向末路之论，可能是其他文体多有新变，而散文却景色依然，于是产生了悲观心理，估计它必将"江河日下"。我以为这是一种多虑。如果说，有人以为摩托、自行车盛行，就无须散步，可乐、啤酒当令，就不用饮茶，山珍水产有味，就鄙弃米饭，大概同意的人不会太多。我看散文之于读者，就像散步、饮茶、吃饭之于人们一样，有着天然的缘分。从文体的特点来说，有些散文就像散步、饮茶、喝粥一般，是那样自如、不拘形迹，那样轻松、赏心怡神，那样可口而对身心有益。五四时期这种散文最为出色，至今还保持着它的魅力。

为了教学的需要，我时常读些散文，近来也写点散文。散文研究在学术界并非显学，散文写作在创作界也不是热门，我生性内向，不怕寂寞。有人说，散文是老年人的写作文体，这倒有点实情。某些散文特别需要作者参透人情事理，其表现形式又有点散漫不拘，恰是老人性之所近。不过，散文天地广阔，可以包容众多的路数，比如情感浓郁、技巧新颖、语言华赡的散文，就多为年轻人所喜欢。散文自有它的读者，按年龄、经历、性格的各不相同，不同的品类有着不同的读者群。我国古典散文写了2000多年，现代散文才不过写了70年，来日方长，哪会这么快就走上末路？

我喜欢散文，任凤生同志以他的散文集《生命绿》见赠，我很有兴趣地拜读了。凤生同志是中年人，他的散文继承"五四"传统，发扬了20世纪50年代到60年代前期的散文风格。他写乡思亲情，写对文学前辈和师长们的敬慕，写对辛勤的普通劳动者的感佩，写他对生命的热爱，等等。他以诚实的心，感激的眼神，观察周围的事物，捕捉生活中的诗意，笔端流泻着思念、赞美、呼唤和希望。他的创作基调同他的生活道路是密切联系着的。他原来家境清寒，贫病使他不能读完高中学业，靠着勤奋的自学和辛勤的工作走上编辑岗位。面对改变着面貌的祖国和改变着自己处境的现实，他从心坎发出对新社会人事景物的美的赞颂和企望。这种情感是一些对现实老是感到不满足的人所体会不到的。作者在抒发他的情思时，相当着意于理性的阐发。他以清丽的文字，在所描述的人事景物中发掘有益于人们的意念，鼓舞读者去劳动、去奋斗、去竞争，当一个优秀的服务员，一个有教养的公民，一个称职的公仆，去建设新的生活。我在掩卷之余，明晰地意识到作者的写作态度，就是他强烈的社会责任感。

新时期散文没有摆脱20世纪50年代到60年代前期的风格，这是散文走向末路论者的根据之一。一些倾向于新变者，似乎更喜欢虚幻、空蒙的境界，追求热烈、狂放、变异，宣泄内心隐曲的风调。我颇有兴趣地看到出版社的征订单中对本书的介绍，说它会"把读者带入爱的领地，花的家乡，梦的摇篮，海的怀抱"，这可能是为了适应某些读者口味的一种宣传手法。这类作品自有其存在价值和读者群，但我觉得这个集子里的散文不是这个路数，无须借光，因为它自有它的读者。不过，出版社也给作者提供了一个重要信息，那就是作品也是商品，生产者不能忽视消费者的需求。

20世纪50年代到60年代中期的散文有过它的青春，给当时的文坛带来过新意，它在文学史上的地位和影响是不可磨灭的。然而它也确有局限，主要是那时代的散文太专注于发现生活中的诗意、意境，没有能更真实、更广泛地表现生活，因之作品产生了情理的偏枯和技巧的单调，形成了一种模式。看来，恢复散文的自由、宽容的品格至关重要。作者按着自己的良知的个性、爱好和特长写他的作品，多元互补，满足人们多层次的精神食粮的需要，散文创作在百花齐放中即可能达到繁荣优化的境地。

商品经济的发展冲击着人们的灵魂，这使提高民族文化素质的任务更加迫切。严肃文学在夹攻中挣扎，难怪有人发出散文走向末路的惊呼。我想，凤生同志也是不会害怕寂寞的，《生命绿》植根于特定时期的土壤而闪烁它的光色，高扬着民主精神的改革开放新时代给散文的发展以更为良好的环境，文化市场也不乏欣赏优质品的顾客，我期待着作者继续默默耕耘他的新作，这棵绿色的生命之树在新风的吹拂下，必将更为自由舒展，充溢着畅茂的生机。

264

（原载《写作》1988 年第 11 期）

一片虔诚的绿声

——读任凤生的散文集《生命绿》

曾焕鹏

任凤生有一颗立志献身散文的虔心。

如果说《绿的歌——福建散文作家作品选介》(鹭江出版社 1985年 12 月版) 是其在所谓 "散文不景气" 的情形下，不屈于 "寂寞" "萧条" 的评判，热情洋溢地把读者引进了一座生机盎然的绿色乐园，那么，他的第一本散文集《生命绿》(海峡文艺出版社 1988 年 4月版)，则是他经辛勤耕耘后再次献给读者的一片葱茏的绿意。他曾在《生命绿》后记里直接宣示了自己散文创作的美学理想："愿我的每一篇文章，都成为一片虔诚的绿。" 事实上，通观其劳作成果，我们都会留下一个共同的感受：真诚深刻的生活感受，赤诚不懈的艺术追求，坦诚求实的作品评价，交相融合，已凝聚成任凤生散文与评论 "一片虔诚的绿"。

任凤生散文抒写的大多是自己的或他人的人生际遇。人虽微，事虽小，但都是从生活泥层的深处淘洗出来的闪光的艺术金粒。这些闪光的艺术金粒之所以能夺人眼目的原因是文中情思的深刻，感受的独特。情感的真挚诚恳只是散文创作的基本品格，要想打动读者，使之产生强烈的艺术感受，情感就必须沿着真挚诚恳的层面掘进，一直达到深刻独特的境界。《榕城心》一文较成功地体现了这一点。作者不让笔触只简单地停留在表现一个榕城之子思恋家乡情愫的倾吐，而是在求真求新的基础上，由个人的常人的家乡之恋，又掘深一层——延写对家乡"何时绽开世纪的新绿"的不安和忧虑，再续写对"榕城的崛起"的惊奇和喜悦。作者递进式地画出了思乡、忧乡、赞乡等内在情感流程的起伏波澜，也就顺利地完成了审美个性意识的深化与升腾。这是一般思乡之作所不及的审美高度和深度。《太平蛤》在散文立意的求高求深上所倾注的匠心也是值得称道的。作者并不满足于探究"太平蛤"富有传奇色彩的名称由来，而是紧紧抓住"太平"二字作文，由蛤引出了"大陆的渔船和军舰、台湾的渔船和军舰，在和平的海面擦肩交臂地游弋"，引出了军人和渔民"祝愿海峡两岸太平无事"的共同心声。这样叙写，主导情致就已经得到了相当深刻的表达。但作者又锦上添花，于整体构思上再添加启人心智的一笔：同行的小女儿，"读到了我们时代的历史新一页"。是的，那关于海峡两岸的滴血的可怕梦魇，不能再压在年轻一代幼稚的心灵上了。拆除人为的樊篱，让海峡两岸的华夏儿女能够自由和平地往来，不仅是隔岸苦苦思念了几十载的白发老人的心愿，更是年轻一代乃至我们子孙万代永远真情呼唤的企望！《笔茧》《橘颂》《绿叶》《芥菜》《茉莉》《夜场》《书的回忆》及《桃花山记》等一大批篇什，都体现了任凤生散文高屋建瓴、意境深远的美质。

感受的独特和情思的深刻，决定了任凤生散文缀事记人的基质和格调：不是随波逐流地去迎合一些不符合生活实际的虚狂的热潮，而是呈现现实生活中最引人沉思的一些普遍的东西，借此抒发主体心灵深处的感受；不是刻意雕琢人物，而是以极简单的情节或片段，展示在平凡而又艰辛的生存环境中人的精神现象和性格魅力。从散文集《生命绿》三辑文字的辑页题词上，我们可以明白无误地领略作者的创作指归：山川的壮美，心灵的善美，生活的甜美，艺术的优美……所有人世间一切美好的事物，都可以成为他"旦暮之祈"的内容，

"睿智之歌"的主调。但他从不单纯地粉饰生活，而是以一个在生活中跋涉的真诚灵魂，如实地写出了生活的多侧面的真，其中也敢于流露作家本人真实的思想情感和生活中并非全属于诗意美的那一面。《生命》中，作者并不掩饰对生命之星不幸陨灭的感伤，《绿叶》同样不回避重病昏沉中对生之希望渺茫的悲泣，但二者更多的则是对生命闪射出永不泯灭的蓬勃生机的歌唱，对生之勇气热烈的召唤。每一个读者读了这些散文后，都会有自己的感想和一种内在的美的感染，都会省察到作者略为压抑的笔调中沉埋着对生命的执着与热爱。正是此种"生命绿"——立意的内核贮满的春光和希望的人生亮色于文中的熠熠闪现，形成了任凤生散文主题最鲜明的意蕴和走向。

作者的心灵是诚实的，其笔下的人物也是可爱的。在任凤生的不少散文篇幅里，我们都可得遇清晰感人的人物剪影。这些人物，除冰心、杜鹏程为著名作家外，大都是些名不见经传的普通人。他们中最清晰的剪影该是那位《走向讲台》中的女实习生。作者于特定的短暂的课前三分钟内，如剥笋般一层一层地将人物的心理和动作写得细腻动人又真实可信。他们中最简洁的剪影该是《夜场》中那位只闻声不见人的支书阿金哥。前者于春光流溢的氛围中思考"生活是怎样从美丽的梦幻，变成了真真切切的现实"，因此人物意识的流动有了宽阔的河道；尽管联想与想象上下翻飞，左奔右突，但终不离立意的根本。后者惜墨如金，似随手拈来，只淡淡的几笔"听音"片段，那人物却栩栩如生地跳了出来！我们不难发现，组成任凤生散文人物剪影画廊的几乎都是些女性形象。从有一双大眼睛的好学的女服务员（《有一双眼睛》），朴素大方、默默无闻地劳作的清洁女工（《茉莉》），到对故人故国有绵绵无尽衷情柔怀的刚强女学者（《最是恨别时》），倔强地生活、平静地做人的房东老妪（《我心中的一座古屋》），所有这些女性的身上都充盈着一种内在的人性美。她们虽叹息生活之艰辛却不消沉，虽惋惜生命之短暂却不颓废，总是在平凡而又艰辛的生存环境中寻求进取，寻求生的快乐和爱的幸福。我觉得，这些对坎坷人生顽强抗争的女性形象，与其看作是作者对充满了生命活力的人的礼赞，毋宁将其视为作者人格力量与心灵情绪最有说服力的征象。他曾说过，热爱生活，顽强生活，"这种在劳动和饥饿中培养起来的珍贵感情，成为我后来走向生活的强大力量，不断地在我身上顽强地冒出来。"（《芥菜》）理解了作者艰难人生的辙印，我们也就不难理解这些明晰地挺立的人物剪影，倾注了作者多少炽热的生命之流！

任凤生对散文艺术的赤诚追求，还体现在表达方式上对一些手法的娴熟应用。比如悬念的运用。《橘颂》篇首出现的那张套在塑料薄膜袋里保护着的淡淡发黄的报纸，几经延宕，临近文末才点明它是一张刊有党的农村政策的报纸。极其平淡的琐事，经此艺术处理，便有了引人探究的可读性。又如注重焦点的发现和把握，讲究同质或具有相同特征的事物在主导思想和中心意象的统制下，有机地汇集串联，共同构筑成一个艺术的整体。《生命》对癌症患者、主治医生和初生婴儿，从生命的宝贵这个聚焦点去作"连体"透视；《夜声》则捕捉了乡村之夜美妙的蛙声、山林之夜宁静空灵的律动、南平之夜通宵加班搞运输的拖拉机粗犷豪放的噪音，以及省城之夜建筑工地上汽锤雄壮激昂的轰鸣——这一切的"夜声"，沿着一定的情感定向，获得了有节奏有层次的表达。尤其值得称道的是任凤生善于在散文的关节处作合情合理的延伸联想，让外在的现象与内心的波动，交织感应，辗转生发，以完成深宏而又涵厚的散文意境的创造。如《茉莉》中病人对医师复杂感情的设问联想："那是落水者对奋臂救助的恩人的感激？那是陷于生活迷途的悲欢者，突然得遇带路人的崇敬？那是对于长者的童稚般纯真的信赖？"在这里，医师对病人的细心询问和亲切安慰，不过是一个个温暖而又舒心的虚拟联想的引线和弹跳点；联想让浓郁的深情和纷繁的意绪超越了实体形象的摹写，散文便获得了深沉的意蕴。任凤生的散文对联想手法的使用频数是颇高的：《东山一日》中对空气与海水界线的类似联想，《绍兴访圣》中对现实与作品里的乌篷船的接近联想，《走向讲台》中对祖孙三代执教的不同年代联想，《生命》中对襁褓中的小生命多少年后命运和事业上的推测联想……这些散文艺术思维极富创造力的联想，大多强化了作者在特定境况中真实的主观感觉，使爱憎、好恶、褒贬、悲喜、哀乐等情感更为强烈动人，因而作品也更具散文韵味。但艺术上富有特色的板块往往也是瑕疵易见的地方。无疑的，联想手法在任凤生的单篇散文里是运用得相当出色的，但几十篇汇集在一起阅读，读者就难免对频频出现的老是以排比、设问修饰的联想产生厌腻之感。这或许是任凤生今后创作散文时所应加以警惕的一个"视点"。

应该看到，任凤生以严肃的自审态度在求真求新的基础上求高求深，把对生命的执着和热爱的创作心态抒写得如此深切感人，足可见他在散文观念意识和表现方法等方面都想做跃跃欲试的突破。但是，挑剔地说，辑录在这个集子里的三组散文，游记与采访性质的几篇作品都较为单薄，从底蕴、功力、深度上看都比那些以生命的情致与色彩为题材的力作略逊一筹。虽如是，后者受散文语言清秀明丽、纤巧细腻的特色所围，有时会使人感到细腻有余而雄浑不足的遗憾。

（原载《福建学刊》1989 年第 1 期）

后　记

　　1981 年 2 月，也是人生的机缘，有 20 年教龄的我，从学校调入福建教育出版社。当时的教育出版社刚刚复办，百废待兴，暂借福建教育学院的一块场地，搭建起几间简陋的木房子作为办公场所。木房子位于福州西湖边上，大梦山脚下。尽管简朴，却并未阻挡住我内心对它的向往。正是春寒料峭的季节，寒风刺骨，我穿上棉袄，怀揣着满腔激情，前去报到。

　　我成为一名编辑。每天，我沉浸在案头纷繁的书稿中，精心打磨文字。我以编辑匠自居，能为他人作嫁衣，心中洋溢着无限的满足和喜悦。

　　我一向喜爱文学，喜欢写散文。我羡慕我的挚友陈章武，他已成为福建作家协会主席，是一个名副其实的专业作家。我清楚自己的编辑身份，只能以业余创作为乐，但我内心深处的渴望逐渐强烈，我觉察到自己也有值得书写的故事。在繁忙的编辑工作之余，我努力抽出时间，追寻那不可抑制的写作激情。深夜，孤灯下，我独自坐在桌前，思绪如潮。精彩纷呈的生活、电光火石般的灵感，一次次在我心中闪耀、撞击、萌发。我倾注心血，驰骋想象，编织成章。编辑的角色为我打下坚实的基础，给我带来经验和洞察力，也锤炼了我的文学品位和审美眼光，让我能够以更高的标准审视和完善自己的散文创作。

日积月累，我的散文发表于《人民日报》《光明日报》《文汇报》《南方周末》《随笔》《散文》等报刊上，我也有幸成为中国作家协会会员。从教师到编辑、作家，这是我独特的人生旅程。无论身份如何转变，写作都是我的生命中不可或缺的一部分。我始终保持对写作的热爱和敬畏之心，用文字书写自己的人生。

我工作几年后，福建教育出版社拥有了一座崭新的办公楼和几栋宿舍，坐落在梦山巷内，与福建教育学院为邻，仿佛两座知识的殿堂相互映衬。我常常走在这条巷子里，眺望巷子北边的熊猫馆和动物园。大梦山上的百鸟在枝头啁啾，歌声婉转清丽。针叶松树在凛冽的寒风中发出的呼啸声，如同激越而雄壮的贝多芬《命运交响曲》。我才得知，大梦山上的阵阵松涛声，正是著名的"西湖八景"之一，被称为"大梦松声"。

我的一家住在办公楼后面的宿舍里，我常偕家人散步西湖，把西湖当作自家的后花园。尤其是外孙女然然、舒舒，小时候常常在西湖公园开心地玩耍。每当看到我疼爱的孩子们灿烂的笑脸，我心中都充满无限的幸福。我想，我的写作，不仅仅为自己，更是要让孩子们了解我这一代人所走过的路，我这一代人的思想和情感。

回首往事，我深深地怀念那段在大梦山下西湖畔的岁月。那里的大梦松声，永远回荡在我的心中。

1988年，我的第一本散文作品集《生命绿》出版。衷心感谢文学大伽何为给《生命绿》作序，文学大师郭风、俞元桂以及文学评论家曾焕鹏撰写书评。

1992年，我主编的《绿的歌——福建散文作家作品选介》出版。衷心感谢"世纪老人"冰心为封面题签。

现在，在对我的新旧散文作品重新整合，汰劣择优，结集为《大梦松声》出版之际，我不禁想到我们福建的著名散文家冰心、林语堂、许地山、郑振铎、庐隐，还有郭风、何为、谢冕等，他们都是福

271

建籍的作家，在中国现当代文学史上留下浓墨重彩的一笔。如今，一大批福建中青年散文作家又接续前辈，在文坛上大显身手，硕果累累，为海内外读者所瞩目。海峡文艺出版社敏锐地发现福建散文创作的优秀传统，坚持文化自信，发扬文化传承，出版了一批批散文作品。

拙著《大梦松声》出版之际，向海峡文艺出版社社长林滨致以崇高的敬意，同时也向责任编辑谢曦，表示诚挚的谢忱！

任凤生

2023 年 6 月 30 日

图书在版编目(CIP)数据

大梦松声/任凤生著. —福州:海峡文艺出版社,
2023.7
("海岸线"美文典藏)
ISBN 978-7-5550-3380-6

Ⅰ.①大… Ⅱ.①任… Ⅲ.①散文集-中国-当
代 Ⅳ.①I267

中国国家版本馆 CIP 数据核字(2023)第 138807 号

大梦松声

任凤生 著

出 版 人	林 滨	
责任编辑	谢 曦	
出版发行	海峡文艺出版社	
经 销	福建新华发行(集团)有限责任公司	
社 址	福州市东水路 76 号 14 层	
发 行 部	0591—87536797	
印 刷	福州印团网印刷有限公司	
厂 址	福州市仓山区十字亭路 4 号金山街道燎原村厂房 4 号楼	
开 本	720 毫米×1010 毫米 1/16	
字 数	250 千字	
印 张	17.5	
版 次	2023 年 7 月第 1 版	
印 次	2023 年 7 月第 1 次印刷	
书 号	ISBN 978-7-5550-3380-6	
定 价	68.00 元	

如发现印装质量问题,请寄承印厂调换